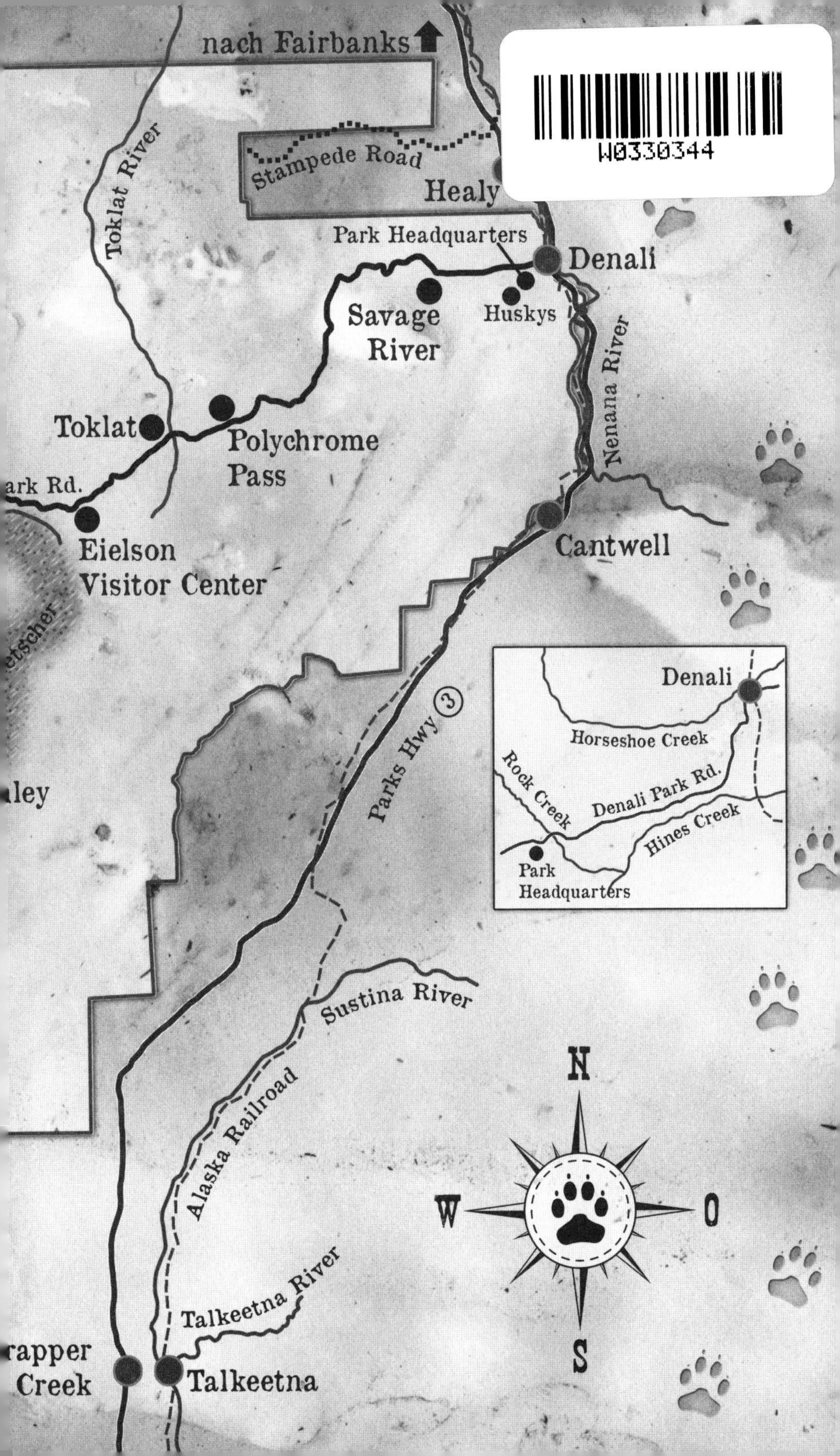

nach Fairbanks
Stampede Road
Healy
Toklat River
Park Headquarters
Denali
Savage River
Huskys
Nenana River
Toklat
Polychrome Pass
ark Rd.
Eielson Visitor Center
etscher
Cantwell
Parks Hwy 3
ley
Denali
Horseshoe Creek
Rock Creek
Denali Park Rd.
Hines Creek
Park Headquarters
Sustina River
Alaska Railroad
N
W
O
S
Talkeetna River
rapper Creek
Talkeetna

Alaska Wilderness
Schutzlos am Red Mountain

CHRISTOPHER ROSS

Schutzlos

am Red Mountain

ALASKA WILDERNESS

ueberreuter

In der Reihe *Alaska Wilderness* sind
bei Ueberreuter erhältlich:
Band 1: Verschollen am Mount McKinley
Band 2: Die Wölfe von Rock Creek
Band 3: Allein am Stony Creek
Band 4: Schutzlos am Red Mountain

1. Auflage 2015

ISBN 978-3-7641-7038-7

Covergestaltung: Vivien Heinz, Henry's Lodge
unter Verwendung von Fotos von © Adya / Shutterstock
und © Galyna Andrushko / Shutterstock
Karte im Innenteil: Herbert Ahnen, animagic GmbH, Bielefeld
Druck und Bindung: Interak, Czarnków
Gedruckt auf Papier aus geprüfter nachhaltiger Forstwirtschaft.

www.ueberreuter.de

1

Auf einem der Hügelkämme, die zum Gipfel führten, blieb Julie stehen. Sie richtete ihren Feldstecher auf die unter ihr liegende Schlucht, suchte den schmalen Tattler Creek bis zu der schroffen Felswand ab, die weiter südlich aus der Tundra ragte, und ließ den Blick über die Beerengestrüppe zu beiden Ufern schweifen. Erst beim wiederholten Hinsehen erkannte sie die grauen Flecken, die sich langsam durch das Buschwerk bewegten. »Ich wusste doch, dass uns jemand beobachtet«, sagte sie. »Eine Grizzly-Mutter mit zwei Jungen. Zwischen den Bäumen an der letzten Biegung. Sieht aus wie Bär 104.«

»Ich hab sie«, antwortete Carol, die ebenfalls durch ihr Fernglas sah. »Stimmt, das ist die Bärin, der wir vor einem Monat das Funkhalsband angelegt und die Ohren markiert haben. Eine ziemlich aggressive Grizzly-Dame.«

Julie beobachtete, wie sich die Bärin nach ihren Jungen umdrehte und ungeduldig wartete, bis sie zu ihr aufgeschlossen hatten. »Ich erinnere mich. Selbst als sie bewusstlos war, hab ich Abstand gehalten.« Sie ließ das Fernglas sinken und griff nach ihrem Funkgerät. »Ich sag im Hauptquartier Bescheid. Bei dem schönen Wetter sind bestimmt einige Wanderer unterwegs. Sie schlagen besser einen weiten Bogen um Bär 104.« Sie rief die Kollegen und gab die Meldung durch. »Wir sind am Sable Mountain«, fügte sie hinzu, »unterhalb des Gipfels. Ja, natürlich, wir bleiben in der Gegend, für alle Fälle.«

Julie Wilson steckte das Funkgerät weg und lächelte stolz. Seit zwei Monaten war sie von der Praktikantin zur vollwertigen Rangerin aufgestiegen und gehörte nun fest zum Team im Denali National Park. »Park Ranger« stand auf ihrer neuen Visitenkarte. Vorbei waren die Zeiten, da sie jeden Abend mit der Ungewissheit eingeschlafen war, ob Superintendent John W. Green ihr die heiß ersehnte Urkunde aushändigen würde. Sie hatte während ihrer Probezeit hervorragende Arbeit geleistet, aber auch erstklassige Bewerber mussten oftmals zurückstecken, wenn freie Stellen oder Gelder gestrichen wurden. Seit der Übernahme fühlte Julie sich als der glücklichste Mensch auf Erden.

Für die Viertelmeile zum Gipfel brauchten sie fast eine halbe Stunde. Der Anstieg zum Sable Mountain war ungewöhnlich steil, und obwohl Julie und ihre ehemalige Vorgesetzte wie alle Ranger sehr sportlich und durchtrainiert waren, taten sie sich schwer. Carol hatte sich vor einigen Wochen den rechten Fuß verstaucht und zögerte noch, ihn voll zu belasten. Sie war Ende zwanzig, ungefähr sieben Jahre älter als Julie, und hatte die dunklen Haare wie immer im Dienst zu einem festen Knoten gebunden. Sie arbeitete schon seit einigen Jahren im Denali National Park und war wegen ihrer Erfahrung im Umgang mit Huskys zu einer gewissen Bekanntheit gelangt – es gab Besucher, die sie sogar um ein Autogramm baten. Vor einigen Jahren war Carol Fünfte beim Iditarod geworden, dem legendären Hundeschlittenrennen zwischen Anchorage und Nome nördlich des Polarkreises, dem härtesten und längsten Rennen der Welt. Eine Herausforderung, die Julie, wenn alles nach Wunsch lief, im nächsten März annehmen wollte.

Auf dem Gipfel blieben Carol und Julie stehen und blickten andächtig in die Runde. Obwohl beide schon seit vielen Jahren in Alaska lebten, waren sie immer wieder beeindruckt von der spektakulären Natur, die sich insbesondere von den Aussichtspunkten im Nationalpark darbot. Der Gipfel des Sable Mountain, obwohl nur 1800 Meter hoch, gehörte zu den besten. An einem sonnigen Sommertag wie diesem erhob sich die Gebirgskette der Alaska Range direkt vor ihren Augen, und der schneebedeckte Bergriese des Mount McKinley schien sich bis weit in den Himmel zu schrauben. Selten war der höchste Berg der USA in seiner ganzen Pracht zu sehen. Im Westen leuchteten die felsigen Hänge des Polychrome Mountain in allen Braun- und Rottönen, und im Osten ragte der mächtige Cathedral Mountain empor. Die Morgensonne überzog die Berge, die alle über der Baumgrenze lagen, mit einem goldenen Schimmer.

Julie und Carol atmeten die klare Bergluft tief ein und teilten sich ein Sandwich mit Geflügelsalat. Dazu gab es leicht gesüßten Tee. Zum Nachtisch gönnte sich jede einen Mini-Schokoriegel aus Carols Geheimvorrat. Die morgendlichen Wanderungen gehörten zu den beliebtesten Aufgaben bei den Rangern, weil man auf diese Weise nicht nur die Trails überprüfen und von entwurzeltem Gestrüpp oder losem Geröll befreien konnte, sondern auch Zeit fand, die frische Luft und die Natur zu genießen. »Jetzt bin ich schon sieben Jahre hier, aber am Denali werde ich mich nie sattsehen«, sagte Carol. »Wie ein König im weißen Mantel steht er da, einfach … überwältigend.« Denali war der indianische Name des Mount McKinley und bedeutete »Der Hohe« oder »Große«.

Über den Trail stiegen sie ins Tal hinab. Eigentlich gab es nur Markierungen, die man zur Orientierung der Wanderer angebracht hatte, und keinen befestigten Weg, wie man ihn aus anderen Nationalparks kannte. In einem Wildnispark, wie Denali es war, sollte die Natur möglichst unberührt bleiben. Die Ranger ermutigten die Wanderer sogar, nebeneinander statt hintereinander zu laufen, um das Gras und die Erde zu schonen.

Julie war am liebsten im Winter mit ihren Huskys unterwegs, schätzte aber auch den kurzen Sommer. Die vielen Moskitos konnten ihn zwar zur Plage machen, doch dank Carol war sie auf ein wenig bekanntes Spray gestoßen, das der Kollegin schon in Yosemite geholfen hatte und bei Julie ebenfalls gute Dienste tat. Auf den grünen Bergwiesen, die die Hänge bedeckten, wuchsen Wildblumen in allen Farben und an beiden Ufern des Tattler Creek, der weit unter ihnen silbern in der Sonne glänzte, leuchteten tiefblaue Vergissmeinnicht. Ein Anblick, der auch die vier Wanderer begeisterte, die ihnen auf halber Höhe entgegenkamen. Zwei Männer und zwei Frauen, alle um die dreißig und sehr sportlich, wie Julie sofort erkannte. Sonst hätten sie auf dem steilen Hügelkamm nicht gelächelt.

»Wissen Sie, dass sich eine Grizzly-Dame mit ihren beiden Jungen in dem Beerengestrüpp am Fluss herumtreibt?«, fragte Julie, nachdem ihnen die Wanderer erzählt hatten, dass sie zum Sierra Nevada Hiking Club aus Kalifornien gehörten. Sie verbrachten ihren Urlaub im Denali National Park.

Einer der beiden Männer, ein blonder Modelathlet, der sich seines guten Aussehens offensichtlich bewusst war, nickte zustimmend. »Der Ranger im Besucherzentrum hat uns gewarnt. Wir haben die Bärin gesehen, zum Glück noch rechtzeitig, um ihr aus dem Weg zu gehen. Sie hatte ziemlich schlechte Laune. Trieb dauernd ihre Jungen vor sich her, als hätte sie es besonders eilig.«

»Wir behalten sie im Auge«, versprach Julie, »aber passen Sie auf dem Rückweg dennoch auf. Ich bin sicher, Sie haben das Bärenvideo gesehen …«

»Muss das nicht jeder, der im Nationalpark wandert? Ja, wir wissen, wie man sich verhalten muss. Und keine Angst, wir gehören nicht zu den Leuten, die einen Grizzly mit einem Teddybär verwechseln. Wir halten Abstand.«

Die Rangerinnen verabschiedeten sich von den Wanderern und gingen weiter. Nicht mehr so bedächtig wie bisher, eher stramm und wie geübte Bergsteiger, um möglichst bald die Schlucht zu erreichen. Weder Julie noch Carol hatten Angst vor wilden Tieren. Beide waren den Anblick von Bären, Elchen und Wölfen gewöhnt und wussten, wie man sich ihnen gegenüber am besten verhielt: indem man ihnen den nötigen Respekt zollte und sich bewusst machte, dass man in ihr Territorium eingedrungen war, und nicht umgekehrt. Am wichtigsten war es, den nötigen Abstand zu wahren und die wilden Tiere nicht etwa mit willigen Zoo- oder Zirkustieren zu verwechseln. Fünfzig Meter empfahlen die Ranger als Mindestabstand von einem Bären und hundert

Meter von einer Mutter mit Jungen. Nicht mal die Busse durften näher heran.

Die Sonne stand bereits hoch am Himmel, als sie den Tattler Creek erreichten. Eigentlich war es nur ein schmaler Bach mit steinigem Grund, den man an manchen Stellen bedenkenlos in Wanderschuhen durchqueren konnte. Carol und Julie unterhielten sich jetzt besonders laut, hielten ihre Ferngläser in den Händen und suchten immer wieder das Gestrüpp nach einer ungewöhnlichen Bewegung ab, die ihnen die Anwesenheit der Bären verraten konnte. Wanderer waren ihnen keine mehr entgegengekommen. Sie waren um diese Zeit entweder schon weit oben oder hatten sich von der Warnung der Ranger abschrecken lassen.

Im Bärenvideo, das sich alle Wanderer vor dem Besuch des Denali Parks anzusehen hatten, wurde eindringlich auf die Gefahr einer Begegnung mit Grizzlys oder Schwarzbären hingewiesen, aber auch vor plötzlicher Panik gewarnt. Wenn man die Ratschläge der Experten befolgte und sich zum Beispiel möglichst laut unterhaltend und singend bewegte, gingen einem die Bären meist freiwillig aus dem Weg. Bei Bär 104 durfte man sich darauf jedoch nicht verlassen. Eine aggressive Grizzly-Mutter war nur mit äußerster Vorsicht zu genießen.

Noch lag die Schlucht verlassen vor ihnen. Der Wind strich sanft über die grünen Hügel und die schroffen Felsen, die in einiger Entfernung aus dem Land wuchsen, und raschelte in den Espen und dem Gestrüpp am Ufer. Hätten sich Julie und Carol nicht so laut unterhalten und ihre warnenden »Hey Bear!«-Schreie in die Gegend getönt, hätte man sogar das bedächtige Gurgeln des Flusses gehört. In weiter Ferne war bereits die Park Road zu erkennen.

»Vielleicht sind sie weitergezogen«, überlegte Julie, »zum Polychrome Mountain oder über die Park Road zum Glacier River, da waren sie schon vor ein paar Tagen. Am Glacier River soll es noch mehr Blaubeeren geben.«

Carol setzte das Fernglas ab. »Das hätten die Kollegen doch bemerkt. Am Tattler Creek gibt's genug Futter, außerdem haben sie im Gestrüpp mehr Deckung. Ich glaube, unsere Bärin hat es nicht so gern, wenn sich Besucher aus den Busfenstern lehnen und ihr zurufen, dass sie sich umdrehen soll.«

»Das würde mich auch nerven«, erwiderte Julie lachend.

Einige Minuten später begegneten sie der Bärin tatsächlich. Julie sah sie zuerst, einen dunklen Schatten, der ungefähr eine Viertelmeile von ihnen im Unterholz der verkrüppelten Fichten und Espen herumstieg und die Blaubeeren mit der rechten Pranke von den Sträuchern streifte. Hinter ihr tauchten die beiden Jungen auf und versuchten es ihr gleichzutun. Dass sie dabei öfter das Gleichgewicht verloren und in den Beeren landeten, amüsierte ihre Mutter nur wenig. Missgelaunt half sie ihnen jedes Mal auf die Beine und warnte sie mit einem Grunzlaut, das nächste Mal besser aufzupassen.

Der Wind blies von Nordwesten und verhinderte, dass die Bärin Julie und Carol witterte. Ihre Sehkraft war begrenzt, wie bei allen Bären. Sie bewegte sich kühn und forsch, als wären sie und ihre Jungen allein in der Wildnis und hätten nichts zu befürchten. Nur ihre aufgestellten Ohren verrieten, wie aufmerksam sie tatsächlich war. Eine Bärenmutter tat alles, um ihren Nachwuchs zu beschützen. Jeder, der ihr zu nahe kam, wurde als möglicher Feind betrachtet.

Umso größer war das Entsetzen bei Julie und Carol, als sie einen ungefähr sechzehnjährigen Jungen entdeckten, der den abgesteckten Trail verlassen hatte und mit erhobener Kamera auf die Bären zulief. Sein rötlicher Haarschopf und sein blauer Anorak leuchteten zwischen den Bäumen hervor. Er lief gebückt und so unbedarft und unvorsichtig auf die Bären zu, als bewegten sich die wilden Tiere in einem Gehege, das durch eine hohe Mauer gesichert war.

»Ist der verrückt?«, rief Julie erschrocken. »Das ist glatter Selbstmord!«

Carol war ebenso entsetzt. »Hey!«, rief sie. »Zurück! Zurück!« Sie unterstrich ihren Warnruf mit eindeutigen Handbewegungen, aber der Junge reagierte nicht – ob absichtlich oder nicht, war auf die Entfernung schwer zu sagen.

»Der hat den Verstand verloren.« Julie blickte ungläubig auf den Jungen der keine hundert Meter mehr von den Bären entfernt war. »Zurück! Zurück! Weg von den Bären!«, warnte auch sie ihn. »Bleib sofort stehen, verdammt!«

Sie waren bereits losgerannt, liefen am Fluss entlang, bis sie an eine flache Stelle kamen, an der man ihn ohne Mühe durchqueren konnte. Am anderen Ufer ließen sie es vorsichtiger angehen. Auf keinen Fall wollten sie der Bärin in die Quere kommen. Über das Geröll, das sich bis zum Gestrüpp unterhalb der Hügel ausbreitete, näherten sie sich so schnell wie möglich dem Jungen.

Ungefähr hundert Meter von ihm und dem Bären entfernt, blieben sie keuchend stehen. Weder der Grizzly noch der Junge schienen sie gesehen zu haben.

»Hey!«, rief Carol, gerade so laut, dass der Junge sie verstehen konnte. »Weg von den Bären! Dreh sofort um und geh langsam zurück. Langsam!«

Obwohl Carol so eindringlich gesprochen hatte, dass dem Jungen der Ernst der Lage bewusst sein musste, tat er so, als hätte er sie nicht gehört. Er ging weiter auf die Bärin zu und schien die Gefahr bewusst zu ignorieren. Als hinge sein Schicksal von dem einen Foto ab, das er aufnehmen würde, sobald die Bärin groß im Bild war.

Julie blieb fast das Herz stehen. Es würde sein letztes Foto sein. Die Grizzly-Mutter würde ihn als Bedrohung für ihre Jungen ansehen und gnadenlos verfolgen. Und einem Grizzly entkam keiner, nicht mal ein Sprint-Weltmeister.

Trotz der großen Gefahr, die auch ihnen drohte, liefen die jungen Frauen geduckt auf den Jungen zu. Sie konnten ihn nicht einfach seinem Schicksal überlassen, auch wenn er sich durch seine eigene Dummheit in diese Lage gebracht hatte. Bis auf fünfzig Meter wagten sie sich an ihn heran, ohne die Grizzly-Mutter und ihre Jungen aus den Augen zu lassen. Ihre Nerven waren zum Zerreißen gespannt.

»Zurück!«, rief Carol dem Jungen mit gedämpfter, aber bestimmter Stimme zu. »Geh langsam zurück … rückwärts … mach schon, oder willst du sterben? Geh langsam zurück, dann passiert dir nichts. Wenn er doch angreift, leg dich auf den Boden und spiel den toten Mann!«

Julie hatte bereits ihr Bärenspray aus dem Anorak gezogen und legte den Finger auf die Drucktaste, ohne die Grizzly-

Mutter und ihre Jungen aus den Augen zu lassen. Außer einer großkalibrigen Waffe, die nur die Ranger der Polizeitruppe tragen durften, war Bärenspray die einzig wirksame Waffe gegen die Tiere, kein Pfefferspray, sondern eine besondere chemische Verbindung, die den Bären verwirrte und seine Sinne unterdrückte, ohne bleibende Schäden zu hinterlassen. Das Problem war, dass es Grizzlys gab, die sich selbst durch das Spray nicht irritieren ließen, wenn sie nur wütend oder hungrig genug waren.

Auch Carol hielt ihre Spraydose bereits in der Hand.

»Junge!«, rief sie so leise sie konnte. »Kehr sofort um! Oder willst du sterben? Ein Schritt weiter, und der Grizzly greift an. Willst du, dass dein Name morgen in der Zeitung steht? Der Verrückte, der offenen Auges in sein Verderben lief?«

Der Junge blieb zum ersten Mal stehen und drehte sich nach ihnen um. Carols letzte Worte hatten ihn anscheinend getroffen. Sie hakte sofort nach.

»Willst du, dass die Leute abfällig über dich reden?« Sie veränderte ihre Stimme. »Über Tote soll man ja nichts Schlechtes sagen, aber nur ein Idiot wagt sich so nahe an einen Grizzly heran. Selbst schuld, der Junge.« Und wieder mit ihrer eigenen Stimme: »Willst du, dass sie über dich lachen?«

Julie beobachtete, wie Bär 104 den Kopf hob und in die Richtung des Jungen blickte. Seine Ohren zeigten steil nach oben, ein Zeichen dafür, dass er etwas Verdächtiges gewittert hatte. »Langsam zurück, Junge!«, forderte Julie den Jungen auf. »Das ist deine letzte Chance! Geh langsam zurück und blick dem Bär nicht in die Augen! Keine hastige Bewegung!

Mach schon! Hörst du mich, mein Junge? Du musst da unbedingt weg!«

Die Grizzly-Mutter war nervös geworden. Ihre Ohren zeigten jetzt nach hinten, und aus ihren Mundwinkeln lief Speichel. Sie war kurz davor anzugreifen. Hinter ihr hatten auch die Jungen ihr Spiel unterbrochen und blickten neugierig zu ihrer Mutter auf. Sie erkannten die Gefahr nicht, merkten nur, wie unruhig die Bärin war und dass irgendetwas nicht so war, wie es sein sollte.

»Zurück!«, befahl Carol dem Jungen. »Weg da! Sofort!«

Erst jetzt, als es beinahe schon zu spät war, gehorchte der Junge. Übernervös und sich der tödlichen Gefahr plötzlich bewusst, stolperte er aus dem Blickfeld der Bärin. In seiner Panik bewegte er sich viel zu abrupt und hastig. Bär 104 knurrte laut und setzte zur Verfolgung an.

»Auf den Boden!«, rief Carol. »Spiel den toten Mann! Hände über den Kopf!« Aber der Junge schien sie nicht zu hören. Nur noch daran interessiert, die Bärin hinter sich zu lassen und sich in Sicherheit zu bringen, rannte er wie verrückt davon.

Julie und Carol versuchten, zwischen ihn und die Bärin zu kommen und sich mit einigen Schüben aus ihren Spraydosen die nötige Zeit zur Flucht zu verschaffen, wussten aber, dass ihre Chancen sehr gering waren. Hätten sie doch nur ein Gewehr dabeigehabt!

Nur ein Zufall rettete den Jungen. Die Bärin war noch keine zehn Schritte gelaufen, als ihre Jungen verzweifelt nach ihr riefen. Ein männlicher Grizzly war im Gestrüpp aufgetaucht und hatte sich ihnen genähert. Er konnte dem

Nachwuchs noch gefährlicher werden als ein Zweibeiner. Denn auch wenn die Bärin noch keine weiteren Jungen bekommen konnte, griffen männliche Bären sie oftmals ohne vorherige Warnung an und töteten die Kleinen.

Die Bärin wirbelte herum und zögerte keinen Augenblick. Noch wilder fauchend als beim Anblick des aufdringlichen Zweibeiners rannte sie zu ihren Jungen zurück und stellte sich dem Angreifer entgegen. Entschlossen, ihren Nachwuchs bis zum letzten Blutstropfen zu verteidigen, hielt sie auf den größeren und schwereren Bären zu und vertrieb ihn wütend aus ihrem Gebiet.

Julie und Carol nutzten die unverhoffte Atempause, um den Jungen an den Armen zu packen und möglichst weit von der Bärin wegzuzerren. Als der fremde Grizzly abzog und die Bärin zu ihrem Nachwuchs zurückkehrte, waren sie mit dem Jungen schon um die nächste Biegung verschwunden und zur Park Road unterwegs. In der Ferne leuchteten die Fenster des Eielson Visitor Center in der hellen Sonne.

2

Der Junge rannte so plötzlich davon, dass sie ihn nicht daran hindern konnten. Drehte sich um und jagte in die Schlucht zurück, als bereute er seine Entscheidung, mit den Rangern zu gehen und sein Leben zu retten. »Meine Kamera«, jammerte er, »ich hab meine Kamera fallen lassen! Ich brauche meine Kamera! Die ganzen Fotos!«

Er war flink auf den Beinen und hatte schon einen beträchtlichen Vorsprung, als sich Julie und Carol an die Verfolgung machten. »Bleib stehen!«, riefen sie abwechselnd. »Zurück! Komm zurück, oder willst du unbedingt sterben? Sei doch vernünftig! Die Kamera holen wir später.«

Der Junge schien sie nicht zu hören und stürmte weiter am Ufer entlang. Es war offensichtlich, dass er keine Ahnung von Bären hatte. In dem aufgebrachten Zustand, in dem sich die Grizzly-Mutter nach der Herausforderung durch den männlichen Bären befand, bedeutete eine weitere Begegnung den sicheren Tod.

»Zurück! Zurück! Sonst greift die Bärin an!«

Julie war etwas schneller als Carol, aber der Vorsprung des Jungen war immer noch groß. Er schien komplett den Verstand verloren zu haben. Wie ein Wahnsinniger rannte er in die Schlucht hinein, der aggressiven Bärin und ihren Jungen entgegen.

Er hatte es wohl nur seinem Schutzengel zu verdanken,

dass er auch diesmal überlebte. Im Gestrüpp abseits des Ufers stolperte er über einen abgebrochenen Ast und stürzte der Länge nach zu Boden. Fluchend rutschte er durch das Strauchwerk und mit dem Oberkörper ins kühle Wasser des Tattler Creek. Er wollte aufspringen und sofort weiterlaufen, aber da war Julie schon zur Stelle und bekam ihn am linken Oberarm zu fassen. Sie zog ihn aus dem Fluss, drehte seine Arme auf den Rücken, wie sie es im Selbstverteidigungskurs beim Law Enforcement gelernt hatte, und presste das Knie auf seinen Rücken.

»Jetzt reicht's mir aber!«, fuhr Julie den Jungen an. »Bist du lebensmüde oder was? Reicht es denn nicht, dass du ein Mal in Lebensgefahr warst?«

»Meine Kamera«, jammerte der Junge. Er versuchte, sich gegen ihren Druck aufzulehnen, schaffte es aber nur, seinen Kopf zu drehen. »Lassen Sie mich los! Ich hab meine Kamera verloren. Ohne die gehe ich nicht zurück!«

Julie dachte nicht daran, ihren Griff zu lockern. »Du wirst erst mal ohne deine Kamera auskommen müssen. Wir lassen auf keinen Fall zu, dass du dein Leben riskierst, verstanden?«

»Ich brauche einen Beweis!«, widersprach er eigensinnig.

»Für was? Für deine Dummheit?«

Inzwischen war auch Carol da, und sie zogen ihn gemeinsam vom Boden hoch. Auf dem Rückweg hielten sie ihn an beiden Armen fest. Anfangs wehrte sich der Junge noch, doch dann sah er wohl ein, dass er gegen die Ranger nicht ankam, und ergab sich in sein Schicksal. Julie und Carol ließen sich nicht täuschen. Wer sich einmal losriss, würde es auch ein zweites Mal versuchen, und sie hatten keine Lust, ihn noch einmal zu verfolgen und vielleicht schuld an einer Katastrophe zu sein. Der Junge hatte sein Glück aufgebraucht. Bei einem weiteren Versuch, seine Kamera zu holen, griff sein Schutzengel bestimmt nicht mehr ein und ließ ihn gewähren.

Sie packten den Jungen auf die Rückbank ihres Suburban und stiegen ein. Mit einem entschlossenen Griff verriegelte Carol die Türen. Während sie zum Funkgerät griff und das Hauptquartier verständigte, drehte Julie sich zu dem Jungen um und beobachtete ihn scharf. »Das war sehr leichtsinnig von dir«, sagte sie. »Was hast du dir bloß dabei gedacht? Mit einem Grizzly ist nicht zu spaßen und mit einer Bärin und ihren beiden Jungen schon gar nicht. Haben sie dir im Besucherzentrum denn nicht gesagt, wie du dich verhalten sollst?«

Der Junge antwortete nicht. Er war ein schmächtiger Kerl, der im Sportunterricht sicher keine gute Figur machte und sich anscheinend nicht entscheiden konnte, ob er wütend oder beleidigt sein sollte. Seine Augen waren mit Tränen gefüllt. Nicht gerade der Typ, auf den die Highschool-Girls flogen.

Carol hatte den Auftrag bekommen, den Jungen zu Ranger Erhart, dem Chef der Polizeitruppe, zu bringen und startete den Motor. Ihren breitkrempigen Hut, den sie sonst gerne auf die Rückbank legte, hatte sie Julie gegeben.

Sie blickte in den Innenspiegel. »Wie heißt du?«

»Terry«, kam die zögerliche Antwort. »Terry Lombard.«

»Aus Fairbanks?«

»Fox«, erwiderte er. Ein Nachbarort von Fairbanks.

»Wie alt bist du?«

»Vierzehn. Warum?«

»Weil man mit vierzehn eigentlich vernünftig genug sein sollte, einer Bärin und ihren Jungen aus dem Weg zu gehen. Und weil nicht mal ein Siebenjähriger zurücklaufen würde, um seine Kamera zu holen.« Sie schüttelte immer noch ungläubig den Kopf. »Was hast du dir bloß dabei gedacht, Terry?«

»Ich bin kein Feigling«, erwiderte er trotzig.

»Hat das jemand behauptet?«

»Alle sagen das, die Schüler in der Highschool, die Lehrer, sogar meine Eltern. Ich wär eine Memme, weil ich kein Football und kein Eishockey mag und vor Angst geheult hätte, als wir mit unserem Jahrgang beim Schwimmen waren.« Seine Stimme wurde lauter und trotziger. »Aber das ist gelogen! Ich war nicht feige! Mir war nur was in die Augen gekommen, deshalb bin ich nicht gleich ins Wasser gesprungen. Ich bin doch nicht wasserscheu.« Er wischte sich mit einer raschen Bewegung eine Träne von der Wange. »So ein Blödsinn! Ich mache halt keine große Show aus einem Sprung wie Marty.«

»Marty? Geht der auch auf deine Highschool?«

Er nickte schwach. »Marty Remick. Auf die West Valley High.«

»Marty … und wer noch?«

»Marty, Chip … Sandy und ihre Cheerleader …«

Carol begann den Jungen zu durchschauen. »Und denen wolltest du's mal richtig zeigen, was? Du wolltest ihnen beweisen, was für ein mutiger Kerl du bist, stimmt's? Und die Fotos der Bärin wolltest du als Beweis mitnehmen.«

Terry brummte unwirsch. »Was weiß ich.«

»Wie bist du hergekommen?«, fragte Julie. »Mit dem Wagen?«

»Per Anhalter«, antwortete der Junge missgelaunt. »Und dann mit dem Shuttlebus. Auf der Website steht, dass man in dieser Gegend besonders häufig auf Bären trifft.« Sein Blick wurde zornig. »Warum fragen Sie das alles? Warum lassen Sie mich nicht die verdammte Kamera holen? Der Grizzly war doch meilenweit entfernt, der hätte mir schon nichts getan. Und wenn doch, wäre ich weggerannt.« Der Junge glaubte anscheinend, was er sagte.

Julie schüttelte ungläubig den Kopf. Sie hatte schon einiges erlebt, seitdem sie im Park arbeitete, aber so viel Dummheit war ihr noch nie untergekommen. »Da irrst du dich aber gewaltig, Terry. Du warst keine fünfzig Meter mehr von der Bärin entfernt, als du sie fotografiert hast, und wenn der andere Bär nicht aufgetaucht wäre und sie abgelenkt hätte, wär's das gewesen.«

Er lächelte unsicher. »Sie wollen mir doch nur Angst machen.«

»Hast du dir nicht das Video über Bären im Besucherzentrum angesehen? Das muss jeder sehen, der die Park Road verlassen und über einen der Trails wandern will. Außerdem gibt es Info-Blätter über Bären.« Sie bemerkte seinen unsicheren Blick. »Du warst gar nicht im Besucherzentrum, was? Du hast den erstbesten Shuttlebus genommen und bist am Tattler Creek ausgestiegen, weil sich hier einige Grizzlys aufhalten sollen. Du hast deine ganze Weisheit aus dem Internet.« So viel Naivität war doch nicht zu fassen. »Aber auch auf unserer Homepage steht alles über Bären.«

»Ich wollte ihn doch nur fotografieren.«

»Ich muss es leider wiederholen, Terry. Das war sehr leichtsinnig und höchst unverantwortlich von dir, und du wirst um eine saftige Strafe leider nicht herumkommen. Beziehungsweise deine Eltern. Du hast gegen die Vorschriften des Nationalparks verstoßen und dich gegen zwei Ranger gewandt.«

»Meine Eltern?« Er bekam es mit der Angst zu tun.

»Ich glaube kaum, dass du so viel Geld auf dem Konto hast. Außerdem wird man dir verbieten, in absehbarer Zeit den Park zu betreten. Du hast mit deinem Leben gespielt, Terry, und alles nur, um deine Highschool-Freunde zu beeindrucken und ihnen zu zeigen, was für ein mutiger Bursche du bist.«

»Sie sind nicht meine Freunde«, erwiderte er. »Niemand ist mein Freund. Schon gar nicht auf der Highschool. Die wollen mich fertigmachen, weiter nichts. Marty und Chip, obwohl Chip nur Ersatzmann der Football-Mannschaft ist, und Sandy, diese eingebildete Cheerleader-Zicke. Die verbreitet lauter Lügen, dass ich sie zum Abschlussball eingeladen hätte und so was.«

Julie bekam Mitleid mit dem Jungen. Ihre eigene Highschool-Zeit lag nur ein paar Jahre zurück, und sie erinnerte sich noch gut an die Ungerechtigkeiten und die Eifersüchteleien, die viele Schüler erdulden mussten. Es ging immer auf die Schwächsten. Auch in ihrem Jahrgang hatte es einen schmächtigen Jungen gegeben, der dauernd gehänselt und von den It-Girls oder wie immer sie sich gerade nannten, gemobbt wurde. Ihr Schulpsychologe hatte Wind von der Sache bekommen und die Mädchen mit einem Verweis bestraft, und der Junge arbeitete inzwischen bei der Stadt und lachte wohl über diese Zeit.

Und Terry Lombard? Julie musterte ihn aufmerksam. Wer sein Leben riskierte und sich einem Grizzly näherte, war entweder wahnsinnig oder sehr verzweifelt. Sie wechselte einen raschen Blick mit Carol und wandte sich wieder an den Jungen. »Marty, Chip und Sandy ... gehören die zu einer Clique? Ärgern die dich ständig? Was tun sie denn noch alles?«

»Spielt das eine Rolle? Sie können mir nicht helfen.«

»Aber ich könnte versuchen, dich besser zu verstehen.«

Der Junge schwieg eine ganze Weile, blickte aus dem Fenster, schloss die Augen, öffnete sie wieder und begann ein paarmal stotternd, bis er endlich hervorstieß: »Vor drei Monaten haben sie einen Hund auf mich gehetzt. Einen giftigen Köter, der ständig an mir hochsprang und mir an die Kehle wollte. Und als eine Woche später ein Musher zu uns in die Schule kam und einige Schlittenhunde mitbrachte, lachten sie mich aus, weil ich plötzlich Angst vor den Huskys hatte.« Sein Blick wurde wieder zornig. »War doch kein Wunder! Woher sollte ich denn wissen, dass mich die nicht auch bissen? Sie lachten mich vor versammelter Mannschaft aus, und die Lehrerin lachte mit und sagte, in Alaska hätte man doch keine Angst vor Huskys.«

»Hast du's deinen Eltern erzählt?«, wollte Julie wissen.

»Meinen Eltern?« Er klang bitter. »Die würden mich doch genauso auslachen. Stell dich nicht so an, so benimmt sich doch kein junger Mann ... die haben nicht die geringste Ahnung, was in der Schule abgeht. Wenn dich Typen wie Marty und Sandy auf dem Kieker haben, hast du keine Chance.«

»Diese Sandy … ist sie sehr hübsch?«

Terry errötete leicht und zuckte die Achseln. »Sie ist Cheerleaderin, die sehen alle gut aus. Lange blonde Haare, dunkle Augen, schlank und immer wie ein Model angezogen. Sie geht mit Marty.«

»Und du hast sie zum Abschlussball eingeladen?«

»Unsinn!«, rief er aufgebracht. »Sie hat mit mir geflirtet und mich gefragt, ob ich mit ihr gehen würde, falls Marty sie fallen lassen würde, und ich hab irgendwas Doofes geantwortet, an das ich mich nicht mehr erinnern kann. Und dann hat sie gelacht und mir ihr iPhone vor die Nase gehalten … sie hatte alles aufgenommen. Sie hat die Aufnahme ins Netz gestellt, und alle haben gelacht.«

»Bist du zu eurem Vertrauenslehrer gegangen?«

»Damit alles noch schlimmer wird? Ich bin doch nicht lebensmüde! Eher beiße ich mir die Zunge ab, als zu dem zu laufen. Am besten ist es, gar nichts zu sagen, dann verlieren sie irgendwann die Lust, und ich hab meine Ruhe.«

»Sprich wenigstens mit deinen Eltern.«

»Wann denn? Mein Vater ist Trucker und die meiste Zeit unterwegs, und meine Mutter arbeitet bei Fred Meyer an der Kasse und ist immer ganz erledigt, wenn sie nach Hause kommt.« Fred Meyer war der größte Supermarkt in Fairbanks und Umgebung. »Die will gar nicht wissen, was in der Schule abgeht. Einmal hab ich gesagt, dass sie mich mobben würden, und meine Mutter sagte nur: ›Was meinst du, was ich im Supermarkt mitmache? Du musst dich überall durchbeißen, also kneif gefälligst die Arschbacken zusammen.‹«

Julie schüttelte stumm den Kopf und wandte sich wieder nach vorn. Sie hatten bereits den Savage River überquert und waren nicht mehr weit von den Headquarters entfernt. So nahe beim Parkeingang und bei den Campgrounds waren zahlreiche Wanderer unterwegs, standen oftmals am Straßenrand und suchten mit ihren Ferngläsern die Tundra ab. Grizzlys wagten sich selten so nahe an Menschen heran, aber Julie hatte schon Elche direkt am Parkeingang stehen sehen.

»Sperren Sie mich jetzt ein?«, fragte Terry.

»Nein«, antwortete Carol, »wir bringen dich zu Ranger Erhart, dem Chef unserer Polizeitruppe. Einer seiner Leute wird deine Personalien aufnehmen und dir ein paar Fragen stellen, und dann kannst du gehen. Welche Strafe deine Eltern bezahlen müssen, wird man euch schriftlich mitteilen.«

»Die zahlen meine Eltern nie!«

»Es wird ihnen nichts anderes übrig bleiben. Du hast dich eines Vergehens schuldig gemacht, und dass man dir in der Schule übel mitspielt, wird das Urteil nicht beeinflussen. Sei froh, dass dir nichts passiert ist. Das hätte auch ganz böse ausgehen können. Und lass es dir vor allem eine Lehre sein.«

Sie hatten die Park Headquarters erreicht und sahen Ranger Erhart aus dem Verwaltungsgebäude kommen. Der Polizeichef der Rangertruppe war ein stämmiger Mann, der allein durch sein entschlossenes Auftreten eine natürliche Autorität ausstrahlte und mit seinem Schnurrbart und seinem leichten Bauchansatz wie ein Sheriff aus dem Wilden Westen aussah. Die Geschichte des amerikanischen Westens und alte Westernfilme waren seine große Leidenschaft, und er bedauerte sicher, nicht hundertfünfzig Jahre früher geboren zu sein. Breitbeinig, die Daumen hinter seinen Gürtel gehakt, blieb er stehen.

»Und du wolltest es mit einer ausgewachsenen Grizzly-Dame aufnehmen?«, empfing er den Jungen, der unter seinem strengen Blick sichtlich kleiner wurde. »Da hattest du dir ja ordentlich was vorgenommen. Das hat nur der gute Jim Bowie geschafft. An den Filmtitel kann ich mich leider nicht mehr erinnern.« Er rief einen Ranger seiner Truppe herbei und befahl ihm, den Jungen in sein Büro zu bringen. »Bleiben Sie bei ihm, bis ich komme.«

Erhart wartete, bis die beiden gegangen waren, und wandte sich an Julie und Carol. »Kommt mit, wir trinken einen Kaffee in der Rec Hall, und dann erzählen Sie mir noch mal genau, was da draußen in der Schlucht passiert ist.«

Sie setzten sich an einen Tisch in der Recreation Hall und verzichteten auf den Kaffee, als sie merkten, dass er kaum noch zu genießen war. Erhart zog sich stattdessen eine Cola aus dem Automaten. Er schob seinen Hut in den Nacken, setzte sich auf die braune Ledercouch und trank einen Schluck.

Julie und Carol berichteten abwechselnd, übertrieben nicht, ließen aber auch kein Detail aus. Für Mitleid war in ihrem Geschäft kein Platz, und einen Vorfall, wie ihn Terry Lombard provoziert hatte, durften sie auf keinen Fall herunterspielen. Es ging nicht nur darum, den Jungen angemessen zu bestrafen, sondern auch darum, die aggressive Bärin weiter genau zu beobachten. Oftmals führte ein solcher Zwischenfall dazu, dass die Raubtiere ihre natürliche Scheu vor den Menschen verloren und ihnen noch gefährlicher als sonst werden konnten.

Dennoch erklärte Julie dem Ranger, was der Junge in der Schule erlebt hatte und welchen Einfluss es auf sein Vorgehen gehabt haben konnte. »Terry war sich nicht bewusst, gegen das Gesetz zu verstoßen, Greg.« Seit sie fest zu den Rangern gehörte, durfte sie alle Kollegen mit Vornamen ansprechen. »Er war vollkommen von Sinnen. Ich meine, welcher normale Mensch geht auf einen wütenden Grizzly zu, wenn der schon zum Angriff geblasen hat? Er war besessen von der Idee, es seinen Mitschülern zu zeigen, also brummen Sie ihm nicht gleich die Höchststrafe auf. Eigentlich sollte man seinen Eltern ins Gewissen reden, die haben anscheinend überhaupt keine Zeit für ihn. Und zum Vertrauenslehrer will er nicht gehen, was ich auch verstehen kann. Gehen Sie sanft mit ihm um.«

Erhart nippte an seiner Cola und wischte sich die Feuchtigkeit aus dem Schnurrbart. »Wie Grace Kelly in ›High Noon‹«, erwiderte er lächelnd. »Die wollte Gary Cooper, den Marshal, auch ständig überreden, die Schurken mit Samthandschuhen anzufassen. Nun ja, bei dem Jungen liegt der Fall vielleicht ein wenig anders.« Er stand auf. »Ich will sehen, was ich machen kann, Julie.«

»Mehr wollte ich gar nicht, Greg.«

»Ich brauche jetzt erst mal eine heiße Dusche«, sagte Carol, als Erhart gegangen war. »Und ein Sandwich mit Thunfischsalat.«

»Gute Idee«, sagte Julie lachend. »Ich kümmere mich darum, ist ja meine Spezialität.«

3

Julie war gerade dabei, den Thunfisch mit Mayonnaise und klein gehackten Zwiebeln zu vermischen, als ihr Smartphone klingelte. Steve Morgan war dran, der junge Mann, den sie vor einigen Wochen kennengelernt hatte. Er studierte Biologie an der University of Alaska in Anchorage, und Julie spürte das berühmte Flattern im Bauch, als sie das Gespräch annahm. »Steve! Sag bloß, du bist in der Nähe.«

»Heute nicht, aber morgen«, antwortete er fröhlich. »Stell dir vor, ich darf bei einem Forschungsprojekt über Wölfe mitmachen. Kate Halloran, eine Biologin aus Fairbanks, hat mich eingeladen. Ihr haben meine Seminararbeiten gefallen. Wir werden den ganzen Sommer unterwegs sein, sie, zwei Studenten aus Fairbanks und ich. Was Besseres hätte mir nicht passieren können.«

Sie setzte sich auf einen Hocker, den Löffel vergessen in der Hand. »Das ist großartig, Steve. Zu solchen Projekten werden nur die besten Studenten eingeladen! Wenn dir Kate Halloran eine Empfehlung schreibt, kannst du überall arbeiten. Sie hat einen guten Ruf. Ihr Buch über Wölfe gehört zu den Bestsellern in unserem Shop.«

»Ich meinte eigentlich uns«, verbesserte er sich. Seine Stimme klang plötzlich sehr verlegen. »Uns beiden hätte nichts Besseres passieren können. Wir könnten uns öfter sehen.« Er zögerte. »Ich … ich vermisse dich sehr, Julie.«

Sie sah ihn vor sich: den eher unauffälligen jungen Mann in Jeans und Pullover mit widerspenstigen Haaren, die sich auch von starkem Gel nicht bändigen ließen, und dem wärmsten Dackelblick, den sie jemals bei einem Mann gesehen hatte. Old School und doch »total angesagt«, wie ihre Freundin Brandy sich ausdrücken würde. »Ich vermisse dich auch, Steve.«

»Morgen geht es schon los«, fuhr er fort. Ihre versteckte Liebeserklärung hatte seine Begeisterung angefacht. »Wir kommen nach Denali, setzen uns einen Tag mit deinem Kollegen Pete Gorman zusammen und fahren am nächsten Morgen zum Wonder Lake weiter. Von dort wandern wir zum Clearwater Creek, zum East Fork. Kate Halloran und ihre Leute beobachten das Rudel dort schon eine ganze Weile. Der Superintendent ist sehr an unserer Auswertung interessiert.«

Die letzten Worte hatte Julie gar nicht mehr mitbekommen. »Ihr übernachtet morgen Abend in Denali? Dann sollte ich dich zum Essen ausführen! Ganz in der Nähe gibt's eine passable Pizzeria … natürlich nur, wenn dich deine Leute weglassen.« Sie lächelte. »Meinst du, das geht?«

»Ich hab Kate schon gesagt, dass ich mich mit dir treffen möchte.«

»Ehrlich?« Sie errötete unwillkürlich.

»Ich habe nämlich noch mehr gute Neuigkeiten … ich hoffe es jedenfalls.«

Sie glaubte zu spüren, dass er ebenfalls lächelte, und hätte ihn am liebsten umarmt. »Gute Neuigkeiten? Du machst mich neugierig. Betrifft es uns?«

»Auch.«

»Die Arbeit?«

»Erzähle ich dir alles morgen«, wich er aus. »Vorausgesetzt, meine alte Kiste schafft es bis nach Denali. Eigentlich bräuchte ich längst einen neuen Wagen, aber dafür fehlt mir leider das nötige Kleingeld. Ich muss wohl warten, bis ich endlich Professor bin und Bücher schreibe.«

»Das dauert nicht mehr lange.« Durchs Vorderfenster beobachtete Julie, wie Carol das Duschhaus verließ und sich ihrem gemeinsamen Blockhaus näherte. Ihr fielen die Sandwiches ein. »Ich muss aufhören, Steve. Carol kommt zurück, und ich hab ihr meine speziellen Thunfischsalat-Sandwiches versprochen. Wir sehen uns morgen. Um achtzehn Uhr vor dem Besucherzentrum?«

»Ich werde da sein«, erwiderte er. »Ich freue mich riesig.«

»Ich mich auch, Steve. Ich mich auch.«

Sie steckte ihr Smartphone weg, griff rasch nach dem Toastbrot und schob vier Scheiben in den Toaster. Den Thunfisch verfeinerte sie mit etwas Ketchup und mengte alles gut durch. Nicht gerade Diätkost, aber sie waren den halben Tag gewandert und konnten sich etwas leisten. Mit dem Finger probierte sie den Aufstrich. »Sehr lecker«, lobte sie sich.

Die Toastscheiben sprangen gerade aus dem Toaster, als Carol hereinkam. Beim Anblick ihrer Kollegin, die noch dabei war, eine Tomate in Scheiben zu schneiden, grinste sie. »Lass mich raten. Steve hat angerufen.«

Julie errötete erneut. »Nur ganz kurz.«

»Du brauchst dich nicht zu entschuldigen«, sagte Carol. Sie legte ihren Waschbeutel aufs Bett und kehrte in die Küche zurück. »Wenn ich einen Typ wie Steve hätte, würde ich mich auch freuen, wenn er anruft.« Sie sah zu, wie Julie jede Toastscheibe mit einem knackigen Salatblatt belegte, den Thunfisch darauf verteilte und mit einer Tomatenscheibe bedeckte. »Hmm, das duftet richtig lecker«, freute sie sich. »Gibt's irgendwelche Neuigkeiten?«

Julie legte die fertigen Sandwiches auf einen Teller und stellte ihn auf den Tisch. Carol hatte bereits zwei Gläser mit Eiswasser gefüllt.

»Stell dir vor«, sagte Julie nach dem ersten Bissen, »Steve kommt morgen nach Denali ...«

»... und ist bei dem Wolf-Projekt von Kate Halloran dabei«, ergänzte Carol. Sie grinste über das ganze Gesicht. »Ich wollte es dir schon früher sagen, Julie.«

Julie vergaß vor Überraschung zu kauen. »Das wusstest du? Du wusstest, dass Steve nach Denali kommt, und hast mir nichts gesagt? Seit wann?«

»Schon eine ganze Weile«, gestand Carol. »Aber Kate war sich nicht ganz im Klaren, ob sie zwei oder drei Studenten mitnehmen sollte, und es bestand immer noch die Möglichkeit, dass sie ihn zu Hause lassen könnte. Ich wollte dir keine falsche Hoffnung machen. Selbst Steve weiß es erst seit heute Morgen.« Sie biss freudestrahlend in ihr Sandwich. »Deine Thunfischsalat-Sandwiches sind erste Sahne. Keiner der Imbissläden macht sie besser.«

Julie lächelte stolz. »Das beruhigt mich. Dann kann ich immer noch einen Sandwichshop aufmachen, wenn ich zu alt für den Ranger-Job werde.« Sie trank einen Schluck und warf Carol einen vorwurfsvollen Blick zu. »Du hättest wenigstens was andeuten können. Ich wäre auch gern dabei gewesen.«

»Das weiß ich doch, und ich habe mich auch für dich eingesetzt. Aber erstens warst du schon im Winter bei einem Wolfsprogramm dabei, und zweitens sieht es der Super nicht gern, wenn wir mit Verwandten oder Freunden und Bekannten aus unserem anderen Leben zusammenarbeiten.« Mit »Super« war Superintendent John W. Green gemeint, der Chef des Denali National Parks.

»Vielleicht hat er sogar recht«, gab Julie zu. Ihre Eltern, beide Ärzte, hatten bis zu ihrer Scheidung im selben Krankenhaus gearbeitet, ihr Vater als Chefarzt und ihre Mutter als Chirurgin. Sie hatten sich oft zu Hause wegen irgendwelcher Probleme im Krankenhaus in die Haare bekommen und waren ständig gereizt gewesen. Julie hatte die Scheidung als Erlösung empfunden und kam jetzt, nachdem ihre Mutter einen Anwalt geheiratet hatte und in San Diego arbeitete, wesentlich besser mit beiden zurecht. Sie sah sie allerdings nur selten.

»Sei froh, dass dir Steve über den Weg gelaufen ist«, sagte Carol. Ihr Blick in die Küche verriet, dass sie noch ein halbes Sandwich vertragen konnte. »Stell dir vor, du hättest mit einem Chaoten wie diesem Terry zu tun. Mir läuft es jetzt noch kalt den Rücken herunter, wenn ich daran denke, wie nahe er den Grizzlys war. Mein Gott, das hätte eine Katastrophe gegeben.« Sie wischte sich den Mund ab und trank etwas Wasser. »Ich glaube nicht, dass wir mit dem Bärenspray gegen sie angekommen wären, so aufgebracht, wie die war.«

»Solche Jungen und Mädchen gibt es leider öfter.« Julie war bereits dabei, den Rest des Thunfischs auf ein drittes Brot zu verteilen. Sie schnitt es der Länge nach durch und gab Carol eine Hälfte. »Ich brauche nur an meine Highschool-Zeit zu denken, da fallen mir drei oder vier ein. Niemand, der einem wilden Bären entgegengelaufen wäre, aber verkrachte Existenzen, die kein richtiges Zuhause hatten und froh sein konnten, wenn sie die Schule abschlossen. Ein Junge landete später sogar im Gefängnis. Beide Eltern waren ständig unterwegs, so wie bei Terry, und niemand kümmerte sich um ihn. Bei seiner Freundin war es nicht anders. Sie war schlau, besser in Mathe als viele andere und konnte doch keinen Job halten. Sie hätte aufs College gehen sollen, aber ihre Eltern gingen lieber auf Kreuzfahrt. Sie hatten genug Geld.«

Carol kaute nachdenklich. »So eine Geschichte hat fast jeder Straftäter parat, aber das entschuldigt noch lange nicht ihre Taten. Terry muss seine Strafe bekommen, und wenn er noch so eine schwere Jugend hat. Ihnen Vernunft beizubringen, ist Sache der Eltern und Erzieher. Wir können sie nur davon abhalten, eine Dummheit zu begehen, auch wenn wir heute Morgen beinahe zu spät gekommen wären. So einen Irren habe ich hier noch nie erlebt.«

Es klopfte. Auf ihr »Herein!« trat Ranger Erhart ein. Er blieb in der offenen Tür stehen und sagte: »Hmm, das sieht gut aus. Ich hätte wohl etwas früher kommen sollen. Thunfischsalat, stimmt's? Eine meiner Leibspeisen.«

»Ist leider schon alle«, erwiderte Julie. »Erinnere mich daran, dann mach ich dir beim nächsten Mal eins mit.« Sie räumte die Teller weg. »Was gibt's?«

Der Ranger lehnte sich gegen den Kühlschrank und nickte dankbar, als Julie ihm eine Cola reichte. »Wir können die Eltern des Jungen nicht erreichen«, sagte er. »Sein Vater ist Truck Driver und irgendwo in Kanada unterwegs, und seine Mutter hat ihr Handy abgeschaltet. Ich könnte ihn von den Troopers nach Hause bringen lassen, aber das würde nur unnötig Staub aufwirbeln, und ich neige dazu, bei Terry mildernde Umstände gelten zu lassen. Wir haben in der Schule angerufen und erfahren, dass man ihn tatsächlich mehrfach angegangen hat. Der Vertrauenslehrer will sich verstärkt um ihn kümmern.« Er nippte an seiner Cola. »Du konntest doch ganz gut mit ihm, Julie. Würdest du ihn nach Hause fahren?« Er reichte ihr einen Zettel mit der Adresse. Auch die Namen der Highschool, derselben Schule, auf die sie selbst früher gegangen war, und des Supermarkts, in dem Terrys Mutter arbeitete, hatte er notiert. »Auf dem Rückweg könntest du mir einige Zigarren mitbringen.«

»Aber das ist Sache der Polizeitruppe«, versuchte Julie sich zu wehren. »Ich weiß gar nicht, was ich mit dem Jungen reden soll. Wäre es nicht besser, jemand vom Law Enforcement würde ihn fahren? Wer sagt mir denn, dass er nicht wieder durchdreht? Oder soll ich ihm Handschellen anlegen?«

Erhart deutete ein Grinsen an. »Nicht nötig, der macht keinen Ärger mehr. Wir haben ihn ganz schön in die Mangel genommen. Was ist? Würdest du das tun?«

»Ein Befehl?«

Das Grinsen des Gesetzeshüters verstärkte sich. »Sagen wir mal so: Du würdest mir einen großen Gefallen tun. Erinnerst du dich an Angie Dickinson in ›Rio Bravo‹? Die trug auch keinen Stern und half dem Sheriff trotzdem, ein halbes Dutzend gefährlicher Banditen dingfest zu machen. Du brauchst nur einen halbwüchsigen Jungen nach Fox zu fahren. Ein Kinderspiel.«

»Na, dann.« Obwohl sie selbst kein großer Westernfan war, wusste sie, dass der Vergleich mit dem Filmklassiker als Kompliment gemeint war. Sie imitierte den schleppenden Dialekt von John Wayne. »Ich bin bereit, Ranger.«

Wenig später saß sie im Geländewagen und verfrachtete den Jungen auf den Rücksitz. Terry wirkte müde und abgespannt und lange nicht mehr so nervös und aufgewühlt wie auf der Rückfahrt vom Tattler Creek.

»Gegessen hat er«, sagte Erhart, »ich hab ihm eine Pizza kommen lassen. Hab meinen großmütigen Tag heute. Vergiss die Zigarren nicht, eine Packung.«

»Geht klar, Greg. Sonst noch was?«

Er druckste ein wenig herum und reichte ihr einen zweiten Zettel. »Ich wollte dich eigentlich damit verschonen, aber von uns kommt in den nächsten Tagen keiner nach Fairbanks, und wir haben da ein paar Dinge aufgeschrieben, die wir brauchen könnten.« Er reichte ihr einen Fünfzig-Dollar-Schein.

Für die Kollegen einkaufen zu gehen, wenn man nach Fairbanks fuhr, verstand sich von selbst. Auch für Carol und sich würde Julie einige Dinge mitnehmen, die man in Denali und Umgebung nicht bekam. Ein spezielles Shampoo und die kostbare Schweizer Schokolade für die Kollegin und etwas frisches Obst und Gemüse für sie beide. »Kein Problem, Greg. Was soll ich Terrys Mutter sagen, wenn ich sie erwische?«

»Dass sie besser auf ihren Sohn aufpassen soll und dass sie bald von uns hören wird. Ich werde es wohl bei einer ernsthaften Verwarnung belassen und ihm einen Sozialdienst aufhalsen. Ältere Leute in einem Seniorenheim pflegen oder so was in der Art. Mir fällt sicher noch eine geeignete Strafe ein.«

»Ich wüsste da vielleicht was.«

»Ach ja? Lass uns später darüber reden, okay?«

Julie startete den Chevy und fuhr zur Park Road hinauf. Wie jeden Tag im Sommer war so nahe beim Eingang eine Menge los. Ausflügler und Wanderer bevölkerten die Straße, und Wohnmobile und Camper quälten sich durch den dichten Verkehr zu den Campgrounds. Grüne Shuttlebusse und die Reisebusse der Touristikunternehmen standen sich gegenseitig im Weg.

»Im Yosemite National Park ging es noch schlimmer zu«, hatte Carol mal gesagt. »Nur gut, dass die Park Road ab dem Savage River für Tourbusse reserviert ist, sonst würden sie da draußen noch mehr Staub aufwirbeln, und es gäbe bald überhaupt keine Bären und Elche mehr. Mir reicht der Trubel am Eingang.«

Auf dem Highway nach Fairbanks war es viel ruhiger. Die Sonne hatte sich hinter einigen Wolken verborgen und überzog den Asphalt und die Bäume am Straßenrand nur mit einem matten Flimmern. Die Gipfel der Alaska Range lagen teilweise im Dunst und der Mount McKinley hatte sich hinter einem weißen Mantel verkrochen. Pech für die vielen Besucher, die gekommen waren, um den »König der Berge« zu sehen. In seinem vollen Glanz so wie heute Morgen ließ er sich nur selten blicken.

Terry war sehr schweigsam, antwortete lediglich mit »Ja« oder »Nein«, wenn sie ihn etwas fragte, und starrte ansonsten aus dem Fenster, als gäbe es dort etwas Besonderes zu sehen. Die Strafpredigt, die ihm Erhart gehalten hatte, sicher mit etlichen Verweisen auf einschlägige Western-Filme, hatte ihre Wirkung nicht verfehlt. Von dem Jungen, der sich wie ein Wahnsinniger einer wütenden Bärin genähert hatte, war nichts mehr zu sehen.

»Heute ist dein Glückstag«, sagte Julie nach einer ganzen Weile. »Nur einem Zufall hast du es zu verdanken, dass der Bär dich nicht getötet hat, und der guten Laune von Ranger Erhart, dass du mit einer glimpflichen Strafe davonkommst. Wahrscheinlich belässt er es bei einer ernsthaften Verwarnung. Stattdessen wirst du irgendwas tun müssen. In einem Seniorenheim jobben, für ältere Leute einkaufen, Unkraut jäten ... oder fällt dir was Besseres ein?«

Sie sah seine ratlose Miene im Innenspiegel und fragte sich, ob er sie überhaupt verstanden hatte. »Ganz ohne Strafe geht es nicht. Wärst du ein Jahr älter, hätte dir sogar eine Gefängnisstrafe gedroht.« Die wurde zwar nur äußerst selten ausgesprochen, weil die meisten Straftäter stattdessen eine Geldstrafe bezahlen konnten, aber so würde er den Ernst der Lage hoffentlich eher verstehen. Sie überholte ein großes Wohnmobil. »Na, was würdest du am liebsten tun?«

»Keine Ahnung«, sagte er, ohne sie direkt im Spiegel anzublicken. »Abhauen und irgendwo neu anfangen, wo mich niemand kennt. Die Deppen in der Schule lassen mich sowieso nicht in Ruhe, und meine Eltern ...« Er verzog abfällig die Lippen. »Die merken doch gar nicht, wenn ich weg bin.«

»Das glaube ich nicht«, erwiderte Julie. »Ich bin sicher, deine Mutter wird sich freuen, wenn ich dich heil und gesund nach Hause bringe. Sie will dir doch nichts Böses, Terry. Sie ist nur gereizt, weil sie so viel arbeiten muss.«

»Und warum geht sie dann mit anderen Männern aus? Wenn mein Dad das wüsste, würde er sie verprügeln … das heißt, er geht wahrscheinlich selbst fremd. Alle Trucker gehen fremd, sagen sie in der Schule. Elendes Pack!«

»In jeder Ehe gibt's Probleme«, sagte Julie. Sie kam sich wie eine besserwisserische Tante vor. »Das gibt sich wieder, du wirst sehen. Meine Eltern sind geschieden. Seit meine Mutter in Kalifornien lebt und mit einem neuen Mann verheiratet ist, verstehen sie sich viel besser. So ist das heute. Ewige Liebe gibt's nur ganz selten.« Bei Steve und mir aber schon, schwor sie sich, sagte aber nichts. »Ich hätte da eine Idee, was du tun könntest …«

»Ich gehe lieber ins Gefängnis.«

»Unsinn. Wie wär's, wenn du mir an den Wochenenden im Nationalpark hilfst? Ich betreue die Huskys und könnte tatkräftige Hilfe gebrauchen. Natürlich müsste ich das erst mit dem Superintendent und dem Chef unserer Polizeitruppe abstimmen, aber meinetwegen könnte es schon bald losgehen.«

»Hunde? Nie im Leben!«

Ihr fiel ein, dass er schon mal gebissen worden war und eine Heidenangst vor Hunden hatte. »Hunde beißen nur, wenn man sie aufhetzt oder schlecht behandelt. Meine Huskys tun dir nichts. Im Gegenteil, wenn du erst mal warm mit ihnen geworden bist, beschützen sie dich sogar. Und du wirst sehen, wenn du einmal mit Huskys unterwegs warst, willst du nichts anderes mehr tun.« Sie lächelte. »Eine bessere Strafe gibt es in ganz Alaska nicht.«

»Ich hab gehört, wie sie gejault und gebellt haben.«

»Hunde, die bellen, beißen nicht. Aber wer weiß, vielleicht hat sich Ranger Erhart schon längst was anderes für dich ausgedacht. Du könntest ein paar Tage lang den Abfall am Parkeingang wegräumen. Oder unsere Geländewagen waschen, die sehen immer aus, als wären wir tagelang durch Schlamm und Dreck gefahren. Stimmt ja meistens auch. Der Junge, den wir mit einem Four-Wheeler im Park erwischt hatten, musste den Rasen vor den Headquarters mähen … mit einem kleinen Rasenmäher wohlgemerkt.«

»Was auch immer«, sagte Terry. Er hatte Tränen in den Augen.

Julie zog es vor Mitleid das Herz zusammen. In diesem Moment nahm sie sich fest vor, den Jungen nicht im Stich zu lassen.

4

Die Lombards wohnten in einem einfachen Mehrfamilienhaus am Highway. Es gehörte zu einer Siedlung mit drei Wohnblocks, die aus dem letzten Jahrhundert stammten und im Tageslicht besonders schäbig wirkten. Der Rasen zwischen den Häusern war trocken und braun, auf dem Spielplatz gab es eine Rutschbahn, zwei Schaukeln und ein Klettergerüst.

Julie hielt am Straßenrand und drehte sich zu dem Jungen um. »Kommst du klar, Terry? Lass dich nicht unterkriegen. Sieh zu, dass du ein gutes Zeugnis und einen anständigen Job bekommst, das ist viel wichtiger.« Sie lächelte. »Ich klinge wahrscheinlich wie eine nervige Tante, aber ich hab's am eigenen Leib erfahren. Nur mit einer guten Ausbildung bringst du's zu was.«

Terry brummte etwas Unverständliches.

Julie wartete, bis er ausgestiegen war, und ließ ihr Fenster herunter. »Und vergiss nicht, dass du heute unbeschreibliches Glück hattest. Du könntest ab jetzt zweimal Geburtstag feiern. Heute beginnt dein neues Leben. Das ist schon eins mehr als bei den meisten anderen Menschen!«

Der Junge hob zögernd eine Hand, wie um ein Dankeschön anzudeuten, und ging zum Haus, ohne sich noch einmal umzudrehen. Selbst als an der Haustür ein hübsches Mädchen hinter ihm vorbeilief, sah er nicht auf, sondern verschwand rasch im Flur.

Julie wartete noch ein paar Minuten, dann fuhr sie nach Fairbanks zurück. Terry machte ihr Sorgen. Dabei sollte sie eigentlich wütend auf ihn sein. Immerhin hatte er Carol und sie in höchste Gefahr gebracht. Sie hatte schon einiges während ihrer Dienstzeit im Denali National Park erlebt, aber so dumm und leichtsinnig hatte sich noch kein Besucher benommen. Er musste sehr verzweifelt gewesen sein, um sich einer aufgebrachten Grizzly-Mutter auf diese Weise zu nähern.

Im Supermarkt verband Julie das Angenehme mit dem Nützlichen. Sie arbeitete die Liste ab, die Ranger Erhart ihr gegeben hatte, lud den Einkaufswagen mit den Waren voll, die ihre Kollegen haben wollten, und kaufte auch für Carol und sich selbst ein. Als sie am DVD-Regal vorbeikam und eine preiswerte Box mit alten TV-Western fand, griff sie kurz entschlossen danach.

An den Kassen suchte sie nach Candice Lombard und fand sie an Kasse 7: eine schlanke Frau im blauen Shirt der Supermarktkette mit der gelangweilten Miene der meisten Kassiererinnen, wenn sie zum wiederholten Mal dieselben Waren eintippten. Sie war etwas zu stark geschminkt und trug die blonden Haare zu einem Knoten gebunden. Ihr Name stand auf dem Schildchen an der Brusttasche.

»Haben Sie alles gefunden?«, begrüßte sie Julie mit der Standardfrage und einem professionellen, unbeteiligten Lächeln.

»Candice Lombard?«, fragte Julie.

»So steht's auf meinem Namensschild«, antwortete die Kassiererin.

»Ich hätte Sie gern mal gesprochen.«

Terrys Mutter hob den Kopf und musterte Julie misstrauisch. »Sie sind Park Ranger, was? Ich war 'ne gefühlte Ewigkeit nicht mehr in einem Nationalpark. Was wollen Sie von mir? Mir irgendwas verkaufen oder anhängen?«

»Es geht um Ihren Sohn, Mrs Lombard.«

Die Frau wirkte kaum überrascht, drückte auf eine Taste und deutete auf den Apparat, durch den Julie ihre Kreditkarte ziehen musste. »Ich hab jetzt keine Zeit. Sie sehen doch, dass ich beschäftigt bin. Ich kann hier nicht weg.«

»Vielleicht später?«

Die Kassiererin überlegte einige Sekunden und sagte schließlich zögernd: »In einer halben Stunde mache ich 'ne Zigarettenpause. Vor dem Laden beim Cola-Automaten.«

»Ich werde dort sein«, versprach Julie.

Es dauerte etwas länger als eine halbe Stunde, aber dann erschien Candice Lombard und zündete sich noch im Laufen eine Zigarette an. Sie zog genüsslich und blieb neben dem Cola-Automaten stehen. »Also?«

»Terry wäre heute Morgen beinahe von einem Grizzly angefallen worden«, erwiderte Julie. Sie berichtete der Kassiererin, was im Nationalpark geschehen war und was der Junge ihr berichtet hatte. »Mit seiner Aktion hat er gegen mehrere Vorschriften unseres Nationalparks verstoßen, und wenn er ein paar Monate älter wäre, hätten wir ihm wahrscheinlich eine empfindliche Geldstrafe aufgebrummt. Aber nachdem wir seine Geschichte gehört haben, belassen wir es bei einer ernsthaften Verwarnung. Er muss sich allerdings zu einem mehrtägigen Dienst für das Allgemeinwohl verpflichten. Ich werde vorschlagen, ihn im Nationalpark arbeiten zu lassen.« Sie beobachtete, wie Terrys Mutter den Rauch tief in die Lunge sog. Sie schien einige Zeit zu brauchen, um die Nachricht zu verstehen und zu verdauen. »Ihr Sohn hat sehr viel Glück gehabt, Mrs Lombard. Ein Schritt weiter, und er wäre in Stücke gerissen worden.«

Julie hatte sich bewusst so drastisch ausgedrückt, um Terrys Mutter den Ernst der Lage klarzumachen, und wunderte sich, wie gleichgültig die Frau die Nachricht aufnahm. Lediglich ihr nervöses Paffen wies darauf hin, dass ihr die Sache näher ging, als sie zugeben wollte. Mrs Lombard warf die Zigarette zu Boden.

»Terry macht öfter mal Ärger«, versuchte sie den Vorfall herunterzuspielen. »Sie sind doch selbst noch jung und müssen wissen, was Vierzehnjährige alles anstellen.«

»Er hätte tot sein können«, sagte Julie noch einmal. Sie hatte nicht den Eindruck, dass Terrys Mutter kapiert hatte, in welcher Gefahr ihr Sohn geschwebt hatte. »Er wollte eine aufgebrachte Grizzly-Bärin und ihre Jungen fotografieren. Das ist mehr als leichtsinnig. Warum macht er so etwas? Kann es sein, dass es damit zu tun hat, dass Ihr Sohn in der Schule gemobbt wird? Ich hatte auch den Eindruck, dass er darunter leidet, seine Eltern so wenig zu sehen.«

Terrys Mutter zündete sich eine weitere Zigarette an und paffte ein paarmal, bevor sie sagte: »Wenn Sie mir weismachen wollen, dass ich mich zu wenig um meinen Sohn kümmere, antworte ich Ihnen: Das geht Sie gar nichts an. Ich weiß, was gut für meinen Sohn ist. Er hat die Schule geschwänzt und sich am Denali rumgetrieben, okay, das war falsch von ihm, aber deswegen müssen wir ihn nicht in Watte packen. Terry ist kein Weichei. Und was Sie da über Mobbing sagen, das ist doch Unsinn.«

Julie versuchte dem Zigarettenrauch auszuweichen und verzog das Gesicht. »Nein, Mrs Lombard. Ranger Erhart, der Chef unserer Polizeitruppe, hat mit dem Vertrauenslehrer der Schule gesprochen. Es stimmt tatsächlich, dass an der Highschool gemobbt wird. Ihr Sohn macht einen sensiblen Eindruck auf mich.«

»Ha.« Terrys Mutter lachte trocken. »Dann muss er sich eben etwas wärmer anziehen. Wir alle müssen uns gegen Größere und Stärkere wehren.«

»Vielleicht könnte Ihr Mann mal mit ihm reden?«

»Bill?« Sie lachte wieder. »Ich bin froh, wenn ich den nicht sehe. Der macht doch, was er will. Treibt sich auf jedem Truckstop mit einer anderen rum und verprasst die Hälfte seines Lohns unterwegs. Der soll bleiben, wo der Pfeffer wächst, von dem kann Terry nichts lernen.« Sie inhalierte noch mal tief und drückte die Zigarette an der Wand aus. »War's das?«

»Ich wollte Ihnen nur Bescheid geben, Mrs Lombard.«

»Das haben Sie. Auf Wiedersehen.«

Julie kehrte in ihren Wagen zurück und blieb eine Weile sitzen, bevor sie den Motor startete und vom Parkplatz fuhr. Sie hatte noch nie eine Frau getroffen, die sich so wenig um ihre Familie scherte. Zugegeben, das Leben hatte ihr übel mitgespielt, aber sollte sie nicht wenigstens bemüht sein, ihrem Sohn ein besseres Leben zu ermöglichen?

Seufzend blickte sie auf die Uhr und zog ihr Smartphone

aus der Tasche. Kurz nach fünf. Zeit für einen Caffè Latte. Wenn sie schon mal in Fairbanks war! Das würde sie auch auf andere Gedanken bringen.

Sie wählte Brandys Nummer und bekam sie gleich an den Apparat. »Hey, Brandy. Wie wär's mit einem Kaffee bei Starbucks?«

»Julie!«, rief ihre Freundin überrascht. »Bist du in Fairbanks?«

»Auf Dienstfahrt«, erwiderte sie, »aber einen Kaffee darf ich. Ich hab heute einiges mitgemacht und brauche dringend eine Pause. In zehn Minuten?«

»Bin schon unterwegs«, sagte Brandy.

Sie wartete bereits vor der Coffee Bar, als Julie aus dem Wagen stieg. »Und auch noch in Uniform. Ganz offiziell. Nicht gerade der letzte Schrei, aber okay.« Brandy war fröhlich wie immer. Sie trug Röhrenjeans und ein türkisfarbenes Sweatshirt, das die knallroten Haare noch mehr leuchten ließ als sonst. Etwas kleiner und fülliger als Julie, hatte Brandy irgendetwas an sich, das die Männer verrückt machte. Eine gute Fee habe sie im Traum verzaubert, hatte sie mal behauptet und Julie glaubte ihr aufs Wort. »Mit Karamell?«

Julie hielt die Tür auf und grinste. »Karamell. Je süßer, desto besser.«

Sie setzten sich auf das Plüschsofa, ihren Lieblingsplatz, von dem aus man den Eingang im Blick hatte und Brandy nicht Gefahr lief, ihren Prince Charming zu verpassen, sollte er zufällig vorbeikommen. Oder irgendeinen attraktiven Mann, den sie wenigstens zeitweise in der Nähe haben wollte.

»Lass mich raten«, sagte Julie, nachdem sie ihrer Freundin von den aufregenden Erlebnissen im Nationalpark berichtet hatte. »Du hast einen neuen.«

Brandy spielte die Dumme. »Einen neuen … was?«

»Einen neuen Lover natürlich. Oder hast du noch diesen Langweiler?«

»Den Vertreter für Unterwäsche?« Sie schüttelte lachend den Kopf. »Den hab ich keine zwei Wochen ausgehalten. Außerdem hatte ich keine Lust, ihm die Kollektion vorzuführen.« Sie trank einen Schluck vom Caffè Latte und wischte sich den Mund ab. »Stell dir vor, er roch ständig nach Knoblauch.«

Julie verzog die Lippen. »Und wen hast du dir jetzt angelacht?«

»Angelacht?«, erwiderte Brandy. »Es ist einfach so passiert. Wie ein Naturereignis platzte er in mein Leben. Wie Blitz und Donner, ach, was sage ich, wie ein Hurrikan oder Tornado, ein Tsunami von ungeheurem Ausmaß.«

»Superman? Iron Man? Captain America?«

»Captain Bigfoot!«

Julie verschluckte sich fast. »Wie bitte?«

»Das ist nur sein Künstlername«, sagte Brandy kichernd. »Er gehört zu dem Wrestling Team, das man alle paar Wochen im Fernsehen sehen kann. Du weißt schon, diese Catcher, die so tun, als würden sie sich wehtun, und wie die Wilden im Ring rumspringen. Captain Bigfoot. Der Jüngere.«

»Der Jüngere? Gibt's auch einen Älteren?«

»Seinen Vater«, sagte Brandy. »Er ist der Star der Truppe. Meiner kämpft im Vorprogramm, das leider nur selten im Fernsehen gezeigt wird, aber das kommt noch. Wenn du mich fragst … er ist jetzt schon besser als sein Dad.«

»Seit wann interessierst du dich für Wrestling?«

»Gar nicht. Wenn du's genau wissen willst, mir geht der Zirkus sogar mächtig auf den Geist, aber Benny verdient ordentlich Kohle damit, und das ist doch auch nicht übel. Benny ist sein richtiger Name. Er ist mir zufällig über den Weg gelaufen, vorletzte Woche, als ich mit meiner Schrottkarre im Graben gelandet bin. Er hielt an und zog mich mit bloßen Händen raus.«

»Wow! Dann stehst du jetzt auf Muskelmänner?«

»Du glaubst nicht, wie sanft so ein Riese wie Captain Bigfoot sein kann. Wenn er mich im Arm hält, vergesse ich alles andere um mich herum. Hätte ich auch nicht gedacht, aber so ist es tatsächlich.«

Julie kam aus dem Staunen nicht raus. »Nicht zu fassen! Die kleine Brandy und der große Captain Bigfoot höchstpersönlich. Wo soll das nur enden?«

»Und du?«, wollte Brandy wissen. »Was macht dein Prince Charming?«

Julies Augen begannen zu leuchten. »Stell dir vor, er kommt zu uns in den Park. Wir treffen uns morgen Abend zum Essen.« Sie berichtete von seinem Anruf und der Ankündigung, einige Wochen im Nationalpark zu arbeiten.

»Ich höre Hochzeitsglocken läuten.«

»Unsinn. Wir kennen uns doch kaum.«

»Wenn man seinen Prince Charming gefunden hat, soll man ihn festhalten.« Brandy grinste übers ganze Gesicht. »Und das geht am besten, wenn man ihn an die Leine nimmt.

Steve passt zu dir, lass dir das von einer Expertin gesagt sein. Einen besseren Mann findest du auf der ganzen Welt nicht.«

Julie wurde rot wie eine Tomate und versteckte sich hinter ihrem Kaffeebecher. Sie blickte verlegen aus dem Fenster und wollte gerade etwas Belangloses sagen, um die plötzliche Stille zu überbrücken, als sie einen auffällig lackierten Van vor der Coffee Bar entdeckte. Sie erkannte einen brüllenden Löwen, einen aufgebrachten Elefanten und einen fauchenden Grizzly, die vor dem Hintergrund einer Fantasielandschaft aus Bergen, Steppe und Wüste die gesamte Breitseite des Wagens bedeckten. Darüber stand in roten Lettern: Barry Ralston, König der Tierfilmer. Und auf einem Label: Bekannt aus dem TV.

»Hey«, rief sie erstaunt, »da draußen parkt Barry Ralston.«

»Der Tierfilmer aus dem Fernsehen?«

Julie deutete aus dem Fenster. »Sieh dir das an! Er fährt mit einem Protzvan durch die Gegend und trommelt für seine Fernsehshow. ›Barry Ralston's Wilderness.‹ Als ob ihm die Wildnis ganz alleine gehören würde.«

»Magst du ihn nicht?«, wunderte sich Brandy.

Julie zuckte die Achseln. »Nun ja, er hat tolle Sachen gedreht. Über ein halbes Jahr hat er eine Löwenfamilie in der Massai Mara in Afrika verfolgt und beeindruckende Aufnahmen von der Jagd in den Kasten bekommen. Und die kämpfenden Elefanten am Wasserloch waren auch nicht ohne. Hier in Alaska war er letztes Jahr im Katmai National Park, du weißt schon, wo jedes Jahr die Lachse auf ihrer Wanderung durchkommen. Wunderschöne Aufnahmen, aber die Ranger waren nicht gerade begeistert von ihm. Er nimmt keine Rücksicht auf die Tiere. Es geht ihm lediglich darum, spektakuläre Aufnahmen zu bekommen, und wenn er dafür gegen irgendwelche Regeln verstoßen muss, ist ihm das egal. Er ist ein Verrückter. Betreibt einen Personenkult wie ein Popsänger oder ein Filmstar. Seine Freundin erwähnt er kaum, obwohl sie ihm kräftig hilft. Amy Keene.«

»Und woher weißt du das alles?«

»Von den Rangern im Katmai. Vor zwei Wochen haben wir uns doch auf der Tagung in Anchorage getroffen. Ranger aus allen Nationalparks.«

»Ob er auch einen Caffè Latte will?«, überlegte Brandy.

»Sieht fast so aus«, sagte Julie.

Barry Ralston und seine Freundin waren ausgestiegen und überquerten Hand in Hand die Straße. Er wirkte schmächtiger und kleiner als im Fernsehen und hätte ohne seinen breitkrempigen Cowboyhut, eines seiner Markenzeichen, eher unscheinbar ausgesehen. Weithin sichtbar trug er ein buntes Perlenarmband, das er von einem befreundeten Massai-Jäger geschenkt bekommen hatte. Seine Freundin war wesentlich jünger, hatte ihre dunklen Haare wie eine Indianerin zu zwei Zöpfen geflochten und sah selbst in ihren Khakihosen und den festen Stiefeln sehr hübsch und weiblich aus.

Als sie die Coffee Bar betraten, dauerte es nicht lange, bis die ersten auf Barry aufmerksam wurden und ihn um ein Autogramm baten. Er hatte anscheinend nur darauf gewartet. Mit einem geübten Griff zog er einen Stapel Autogrammkarten aus der Innentasche seines Anoraks und begann zu schreiben.

»Barry!«, rief eine Verehrerin. »Filmen Sie wieder in Alaska?«

Der Tierfilmer hielt im Schreiben inne und ließ seinen Blick für einen Augenblick auf der jungen Frau ruhen. »Ich komme jedes Jahr nach Alaska, Miss, hier ist es einfach wundervoll. Wie Sie wissen, habe ich letztes Jahr über die Bären von Katmai berichtet. In diesem Sommer besuche ich die Grizzlys im Denali National Park. Wir sehen morgen noch bei einigen Freunden in Fairbanks vorbei, dann geht es los. Ich habe vor fünf Jahren einige Jungbären am Denali gefilmt und will sehen, was aus ihnen geworden ist.«

»Können wir da zusehen?«, fragte ein kleines Mädchen.

»Das geht leider nicht, mein Schatz, und wäre auch viel zu gefährlich. Grizzlybären sind keine Teddys, weißt du, die können recht ungemütlich werden. Wir drehen am Red Mountain, der liegt meilenweit von der Straße entfernt. Ein gefährliches Abenteuer, besonders jetzt im Juni, wenn die Bären hungrig sind und auch mal Menschen angreifen. Aber du kannst es dir ja im Fernsehen anschauen. Im Herbst beginnen wir mit der neuen Staffel.«

Das klang mehr nach Werbung als nach einer Antwort, aber das Mädchen war zufrieden. Stolz zog es mit dem Autogramm davon und zeigte es seiner Mutter.

»Eingebildeter Fatzke«, sagte Brandy leise. »Hast du das gewusst?«

»Nein«, erwiderte Julie. »Und wenn ich höre, was er für einen Mist verzapft, wäre mir lieber, er würde nach Afrika gehen und sich um Löwen kümmern. Ich hab jedenfalls nicht die geringste Lust, auf ihn aufzupassen.«

5

Am nächsten Morgen war Julie mit dem Füttern der Huskys dran. Sie kroch schon um fünf Uhr aus den Federn, begnügte sich mit Kaffee und einem Muffin und beließ es bei einer Katzenwäsche über dem Waschbecken. In Uniform ging sie zu den Hundezwingern unterhalb des Verwaltungsgebäudes.

Wie immer im Hochsommer war es um diese Zeit bereits taghell. Die Sonne stand weit im Osten zwischen einigen Wolken und zauberte geheimnisvolle Schatten auf die Berghänge. Frischer Wind strich über die Wälder.

Die Huskys witterten sie schon von Weitem. Sie bellten und jaulten um die Wette, als wollten sie die ganze Gegend aufwecken. Von einigen Campern wusste Julie, dass man das Hundegebell bis zum Savage Creek hören konnte. Der Superintendent, der ganz in der Nähe wohnte, störte sich nicht daran. Für ihn gehörte das morgendliche Jaulkonzert der Huskys zu Alaska wie der Strand zu Kalifornien.

Besonders Curly, der lebhafteste Husky ihres Gespanns, konnte es gar nicht erwarten, sein Fressen zu bekommen. Er sprang auf und ab und zerrte ungeduldig an seiner Kette. Huskys mussten angekettet werden, weil sie sich in ihrem Übermut sonst gegenseitig verletzen konnten. Ihre Hütten standen aber weit auseinander und gewährten ihnen großen Spielraum. Der kräftige Bronco fiel lautstark mit ein und riss die anderen Hunde mit. Noatak, etwas über ein halbes Jahr alt, versuchte vergeblich, die älteren Hunde mit seinem Jaulen zu übertönen. Auf der anderen Seite des Zwingers machten die Huskys aus Carols Gespann auf sich aufmerksam, allen voran Skipper, ihr starker Leithund, und der unverbesserliche Rowdy.

Chuck, ihr eigener Leithund und sich seiner Führungsrolle bewusst, gab sich gelassener. Doch als ihn Julie zur Begrüßung zwischen den Ohren kraulte, wie er es am liebsten hatte, hielt auch er sich nicht länger zurück und sprang ungeduldig an ihr hoch. »Guten Morgen, meine Lieben!«, begrüßte sie ihre vierbeinigen Freunde. »Was meint ihr? Wollen wir einen kleinen Ausflug unternehmen, bevor der Trubel beginnt? Ich weiß, im Sommer macht das lange nicht so viel Spaß wie im Winter, aber besser als nichts.«

Natürlich waren alle Huskys einverstanden, doch zuerst war ihr Fressen dran. Chuck bekam wie immer die erste Portion, das war Julie ihrem Leithund schuldig. Danach waren die anderen an der Reihe. »Lasst es euch schmecken. Ich kümmere mich inzwischen um die liebe Konkurrenz, einverstanden?«

Nachdem auch Carols Huskys versorgt waren, räumte Julie auf und machte den Schlitten für den Ausflug klar. Für die sommerlichen Fahrten hatten sie Räder an die Kufen geschraubt, um auch auf Asphalt und Sand fahren zu können. Die Besucher sollten einen Eindruck davon bekommen, worauf es beim Führen eines Hundeschlittens ankam. Julie hielt es wie ihre Huskys. Sie war lieber in Eis und Schnee unterwegs, verstand aber auch, dass man den Besuchern eines Nationalparks etwas bieten musste. Die Erhaltung der Wildnis war teuer und die Eintrittsgelder der Besucher trugen dazu bei, dass in den Schutz von Tieren und Pflanzen investiert werden konnte.

Mit geübten Handgriffen spannte Julie ihre besten Huskys vor den Schlitten und tröstete die Hunde, die zurückbleiben mussten, mit dem Versprechen: »Heute haben wir wieder drei Vorführungen, da kommt jeder mal dran. Seid nicht traurig, meine Lieben.«

Im gemächlichen Tempo, um nicht zu viel Staub aufzuwirbeln, fuhr sie zur Park Road hinauf. Schon zu dieser frühen Stunde waren etliche Wanderer unterwegs, und nur zwei Meilen von den Park Headquarters entfernt sorgte eine Elchkuh, die bis dicht an die Straße gekommen war und Blätter von einem Strauch zupfte, für einen kleinen Menschenauflauf. Jeder wollte das mächtige Tier fotografieren. Als die Wanderer auch noch Julie und ihre Hunde entdeckten, drehten sich die meisten um und versuchten sie ebenfalls aufs Bild zu bekommen. Julie winkte den Leuten zu und zog eine kleine Show ab, indem sie die Huskys mit lautstarken Rufen antrieb.

Julie genoss die Morgenstimmung. Das Aufstehen fiel ihr schwer, aber war sie erst einmal an der frischen Luft, erfreute sie sich an dem würzigen Duft, der besonders in den frühen Stunden von der Erde auszugehen schien. Ihre Huskys empfanden ähnlich, wären am liebsten noch schneller gelaufen und ließen sich nur mühsam bändigen. Nebelschwaden lagen über der Tundra und der Mount McKinley hatte sich wie meist züchtig eingehüllt, sodass er nicht einmal zur Hälfte zu sehen war. Wenn der Wetterbericht recht behielt, würde er seinen Gipfel erst in ein paar Tagen wieder zeigen.

Über einen Trail, der nur an den Markierungen und dem niedergedrückten Gras zu erkennen war, lenkte Julie den Schlitten von der Straße weg und hielt auf eine Hügelkette oberhalb des Sanctuary River zu. Die Schlittenräder holperten über den teilweise immer noch gefrorenen Boden und schüttelten Julie durch. Sie merkte es kaum. In kräftigen Grün- und Brauntönen leuchteten die Berge in der aufsteigenden Sonne wie die gemusterten Kleider eines gewaltigen Riesen. Weit und leer schien sich das Land bis zum fernen Horizont zu erstrecken.

Auf einem der Hügelkämme hielt sie an. Die Park Road war nicht mehr zu sehen, und sie kam sich wie der einzige Mensch auf der Erde vor. Um sie herum lagen weite Ebenen, nur unterbrochen von vereinzelten Felsen und Hügelkämmen, und am Horizont die felsigen Berge der Alaska Range, die sich wie eine gewaltige Wand aus dem Land erhoben. In dieser Umgebung konnte man nicht anders, als die gewaltige Überlegenheit der Natur anzuerkennen und den Hochmut der Menschen zu verdammen, die es sich anmaßten, diese Natur ausbeuten und unter ihre Fittiche bringen zu wollen. Die Indianer hatten recht. Der Mensch war nur ein Teil dieser Natur, eines der schwächsten Glieder und gut beraten, der Wildnis mit der nötigen Ehrfurcht zu begegnen.

Eine Bewegung in der Ferne weckte ihre Aufmerksamkeit. Auch Chuck hatte sie bemerkt und wachsam die Ohren aufgestellt. Julie hob das Fernglas und suchte die Tundra ab. Schon nach wenigen Augenblicken hatte sie drei dunkle Punkte erfasst, die sich langsam über einen mit Blumen übersäten Hang bewegten. Sie stellte scharf und erkannte eine Grizzly-Mutter mit zwei Jungen. An den typischen Bewegungen und den Narben, die auch durch das Fernglas zu sehen waren, identifizierte sie die Bärin, die Terry angegriffen hatte. »Bär 104«, flüsterte sie. »Ist auch besser, wenn du woanders wilderst.«

Sie beobachtete eine Weile, wie sich die Bärin an den Heidelbeersträuchern auf dem Hang zu schaffen machte. Heidelbeeren gehörten zu den Leibspeisen der Grizzlys und damit waren sie nicht allein. Auch Wölfe machten sich mit Vorliebe über die Beeren her, eine Tatsache, mit der man die meisten Besucher des Nationalparks verblüffen konnte. Einmal unterbrach die Bärin ihr Festmahl und blickte kurz auf, um gleich darauf mit ihren Krallen weitere Heidelbeeren von den Sträuchern zu fegen und genüsslich zu fressen. Ihre Jungen versuchten es ihr nachzumachen, stellten sich aber wesentlich ungeschickter an.

Obwohl Julie gegen den Wind stand, war sie beinahe sicher, dass die Bärin sie gewittert hatte. Noch befand sie sich weit genug von Bär 104 und ihren Jungen entfernt, um außer Gefahr zu sein, doch das würde sich schnell ändern, falls sie weiter auf die Grizzly-Dame zuhielt. Der gestrige Tag hatte ihr gezeigt, wie gereizt die Bärin reagierte, wenn man ihren Jungen zu nahe kam.

»Keine Angst«, rief Julie ihren Huskys zu, »wir legen uns nicht mit ihr an. So eine schlecht gelaunte Bärin habe ich schon lange nicht mehr gesehen.«

Sie kehrte um und fuhr zu den Park Headquarters zurück. Als sie wieder auf der Park Road war und am Savage River Campground vorbeikam, begegnete ihr Greg Erhart. Der

Polizeichef war auf einer Inspektionsfahrt in seinem Geländewagen unterwegs. Als Julie den Schlitten bremste, hielt er an und ließ das Fenster herunter, eine kalte Zigarre zwischen den Zähnen. Das war seine Methode, sich das Rauchen abzugewöhnen.

»Hey, Julie. Vielen Dank für die Zigarren. Meine Marke. Schon so früh unterwegs?«

»Ich war am Sanctuary River«, antwortete sie, »und bin der Grizzly-Dame von gestern begegnet. Sie macht sich mit ihren Jungen in die Berge nach Westen davon. Das Beste, was sie tun kann, wenn du mich fragst.«

»Wie lief's mit dem Jungen? Alles okay?«

Julie beruhigte einen der Hunde und zuckte die Achseln. »Sein Verhältnis zu seinen Eltern ist nicht das beste. Ich hab mit seiner Mutter gesprochen, die hat genug Probleme mit sich selbst und gar keine Zeit, sich um ihn zu kümmern. Ich hab ihr ein wenig ins Gewissen geredet. Keine Ahnung, ob es was nützt. Was meinst du? Ob er seinen Sozialdienst bei uns ableisten kann?«

»Bei uns?« Er blickte sie verwundert an. »Wie soll das denn gehen? Ich dachte eher an ein Seniorenheim. Das mögen Jugendliche am wenigsten.«

Sie grinste verhalten. »Wie hieß der Junge in ›Rio Bravo‹?«

»Colorado. Ricky Nelson.«

»Genau. Der hatte auch einiges auf dem Kerbholz, wenn ich mich recht erinnere. Ein gefährlicher Revolvermann, nicht wahr? Eigentlich hätte der Sheriff ihn einsperren müssen, stattdessen hat er ihn als Gehilfen eingestellt.«

Erhart grinste so breit, dass ihm beinahe die Zigarre aus

dem Mund fiel. »Du hast dir den Film tatsächlich angesehen. Einer der besten Western aller Zeiten. John Wayne, Dean Martin, Rick Nelson. Angie Dickinson nicht zu vergessen.« Er rückte die Zigarre zurecht. »Und als was soll Terry arbeiten?«

»Mit mir bei den Huskys. Wenn er seine Angst vor Hunden überwindet, schafft er es vielleicht auch bei seinen Mitschülern. Ist einen Versuch wert.«

»Arbeitest du jetzt als Psychologin?«

»Du hast die Mutter nicht gesehen.«

Erhart bugsierte seine Zigarre von einem Mundwinkel in den anderen. »Also meinetwegen. Aber sobald es Ärger gibt, ziehe ich ihn ab, okay? Wir haben keine Zeit, um straffällige Jugendliche auf die rechte Bahn zu bringen, das ist Aufgabe der Eltern und Erzieher, und der Super würde es auch nicht erlauben. Da fällt mir ein, du sollst unbedingt bei ihm vorbeikommen.«

»Geht klar. Eine Gehaltserhöhung?«

Erhart lachte. »Das glaube ich kaum.«

Wenige Minuten später erreichte Julie die Hundezwinger und spannte die Huskys aus. »Ruht euch ein wenig aus«, sagte sie, »um zehn kommen die ersten Besucher, dann zählt es wieder.« Sie begrüßte den jungen Husky, der übermütig an seiner Kette zog. »Du auch, Noatak. Teil dir deine Kräfte ein.«

Sie winkte Carol zu, die mit ihren Huskys beschäftigt war und wieder einmal beruhigend auf Rowdy einsprach, und stieg zum Verwaltungsgebäude hinauf. Bevor sie klopfte, wischte sie einige Erdkrümel von ihrem Anorak.

»Ranger Wilson«, begrüßte der Superintendent sie, als sie sein Büro betrat. Er war ein Mann in den besten Jahren, mit einem kantigen Gesicht, sauber gescheitelten Haaren und stahlblauen Augen. Seine maßgeschneiderte Uniform trug er stolz wie ein Offizier. »Ranger Schneider und Sie haben sich gestern Morgen sehr umsichtig verhalten. Wie ich höre, haben Sie den Jungen nach Hause gefahren?«

»Ja, Sir«, antwortete Julie. Sie berichtete von ihrem Gespräch mit der Mutter und dem Plan, den Jungen seine Strafe im Park abarbeiten zu lassen.

Green überlegte eine Weile. »Eine gute Idee, obwohl eine Rangerin natürlich andere Aufgaben hat, als einen gestörten Jungen auf den rechten Weg zu bringen. Das überlassen wir lieber den Psychologen und Erziehern. Aber ich sehe ein, dass wir für diesen Jungen eine besondere Verantwortung haben. Sie müssten allerdings einige Urlaubstage opfern. Sie wissen, wie schwach wir besetzt sind. Sie können das nur außerhalb der Dienstzeit erledigen.«

»Kein Problem, Sir.«

»Und wir müssten seinen Strafdienst in den späten Juli legen«, fuhr Green fort. »Die nächsten Wochen werden Sie ziemlich eingespannt sein. Deswegen habe ich Sie auch rufen lassen, Ranger Wilson. Ich habe einen Spezialauftrag für Sie.« Er zögerte kaum merklich. »Eine sehr verantwortungsvolle Aufgabe, wie ich betonen möchte. Normalerweise würde ich Sie nur einem sehr erfahrenen Ranger übertragen, aber wie gesagt, wir sind knapp an Personal und Sie haben mich während der vergangenen Monate mehrfach von Ihren Fähigkeiten überzeugt. Sie sind eine hervorragende Rangerin.«

Er lächelte gönnerhaft. »Sie haben sich in letzter Zeit viel mit Grizzlys beschäftigt, nicht wahr? Haben Sie nicht sogar an einem Seminar in Fairbanks teilgenommen?«

Julie ahnte Fürchterliches. »Vor zwei Wochen, Sir.«

»Sehr gut, Ranger Wilson. Sie haben vielleicht mitbekommen, dass Barry Ralston, der bekannte Tierfilmer, in unserem Nationalpark drehen will. Er war vor ein paar Jahren schon mal hier, damals noch als relativ unbekannter Filmemacher, der sich in einem größeren Team die ersten Sporen verdiente. Er möchte am Red Mountain drehen, in einem Tal des Glacier Creek, und sehen, was aus den jungen Grizzlys geworden ist, die er vor einigen Jahren dort getroffen hat. Ich möchte, dass Sie ihn und seine Freundin Amy begleiten.«

Julie hatte mit dem Auftrag gerechnet, fühlte sich aber dennoch aus dem Gleichgewicht gebracht und brauchte einige Zeit, um die richtigen Worte zu finden. »Und was erwarten Sie von mir, Sir? Wie ich höre, soll Barry Ralston sehr eigen sein. Die Kollegen aus Katmai berichten, dass er sich mehrfach über Vorschriften hinweggesetzt hat. Er lässt es sich bestimmt nicht gefallen, wenn ihm eine junge Rangerin wie ich ständig auf die Finger sieht.«

»Ich weiß, dass er schwierig ist, Ranger Wilson, auch deshalb ist meine Wahl auf Sie gefallen. Sie verstehen mit Menschen umzugehen, das hat auch der Vorfall mit dem Jungen wieder gezeigt. Sie sollen ihn nicht beaufsichtigen ...« Er deutete ein Lächeln an. »Das heißt, eigentlich schon, aber er soll es nicht merken. Offiziell schicke ich Sie als Beraterin mit. Sie kennen sich in der Gegend am Red Mountain aus, wissen auch, wo sich die Bären aufhalten und wo Barry und

Amy am besten ihr Lager aufschlagen. Ich habe den beiden gesagt, Sie wären lediglich als Beobachterin dabei, das würde sich beim National Park Service gut machen und ihm zukünftige Anfragen erleichtern. Inoffiziell bin ich vor allem an Ihren Berichten interessiert. Teilen Sie mir über Funk mit, ob sich Barry so benimmt, wie wir das von einem verantwortungsvollen Tierfilmer erwarten. Halten Sie Augen und Ohren offen.«

»Natürlich, Sir. Darf ich fragen, warum Sie ihm die Dreherlaubnis geben, wenn Sie ihm nicht über den Weg trauen? Das ist sehr ungewöhnlich.«

Sein Lächeln kehrte zurück. »Das ist es wohl, Ranger Wilson. Aber auch in unserem Beruf geht es manchmal darum, gewisse Interessen und politische Strömungen zu bedienen. Der Sender, für den Barry Ralston arbeitet, ist an einer intensiven Zusammenarbeit mit dem National Park Service interessiert und hat wohl vor, eine ganze Reihe von Nationalparks zur besten Sendezeit zu präsentieren. *Nationwide*. Das wäre eine unbezahlbare Werbung für uns.«

»Ich verstehe, Sir. Wann soll es losgehen?«

»Ich erwarte Barry Ralston und Amy Keene morgen früh um acht Uhr. Nehmen Sie das große Marschgepäck und genügend Proviant für eine Woche mit. Nachschub lasse ich Ihnen vom Eielson Visitor Center bringen. Informieren Sie die Zentrale über Funk, wenn Sie etwas brauchen, dann werde ich alles Nötige veranlassen. Halten Sie mich über Funk auf dem Laufenden.«

»Wird gemacht, Sir. Weiß Mister Ralston schon Bescheid?«

Der Superintendent nickte. »Ich habe vor einer halben Stunde mit ihm telefoniert. Erfreut war er nicht, das muss ich leider zugeben, aber ich habe ihm keine andere Wahl gelassen. Er ist ein Frauentyp, auf Sie hört er sicher eher.«

»Ich hoffe es, Sir.« Sie ging zur Tür und blieb noch mal stehen. »Wie kommen wir zum Red Mountain? Sie haben doch sicher schweres Gerät dabei.«

»Ralston hat eine Maschine gechartert und nimmt Sie mit.«

Julie verabschiedete sich und verließ das Büro. Wieder an der frischen Luft, blieb sie stehen und atmete tief durch. Das hatte ihr gerade noch gefehlt! Das Kindermädchen für einen arroganten Filmemacher spielen, von einem Macho, wie er im Buche stand, der nicht mal die Fairness besaß, seine Freundin, die maßgeblich an seinem Erfolg beteiligt war, wenigstens in einem Nebensatz zu erwähnen. Wie sollte sie mit einem Typ, der sich bei Starbucks wie ein Filmstar feiern ließ und Autogramme schrieb, nur zurechtkommen?

Sie kehrte in ihr Quartier zurück und kochte sich einen starken Kaffee. Manchmal brauchte sie den, und heute war so ein Tag. Der Appetit war ihr gründlich vergangen, aber sie hatte am Morgen nur einen Muffin gegessen und gönnte sich ein Käse-Tomaten-Sandwich, nur um etwas in den Magen zu bekommen. Nach dem Essen spülte sie ab und machte sich daran, das »Große Marschgepäck«, wie der Superintendent es nannte, für ihre Expedition zu packen. Regencape, Ersatzkleidung, Erste-Hilfe-Kasten, Proviant, Bärenspray, Insektenspray, Waschzeug, Messer, Kompass, Feuerzeug, das Ein-Mann-Zelt mit Zubehör … zum Glück gab es eine Liste, die einem das Packen wesentlich erleichterte. Ganz wichtig waren BRFC's, wie sie im offiziellen Sprachgebrauch des Nationalparks genannt wurden. *Bear Resistant Food Containers.* Fest verschließbare Proviantbehälter, die selbst ein wütender Grizzly nicht zerbeißen oder auf andere Weise öffnen konnte.

Sie war gerade mit Packen fertig, als Carol ihre Hütte betrat. »Ich hab schon gehört«, sagte sie, »das wird sicher nicht einfach. Soweit ich weiß, soll dieser Barry Ralston ein richtiges Ekel sein. Aber tröste dich, ich hab den ganzen Tag mit Besuchern zu tun, und die können auch anstrengend sein.«

»Ein schwacher Trost«, sagte Julie und seufzte. »Womit hab ich das nur verdient?«

Carol legte ihr eine Hand auf die Schulter. »Du schaffst das schon.«

6

Am Nachmittag sah Julie bei Patricia Deming vorbei. Die erfahrene Biologin war auf Bären spezialisiert, hatte auch in diesem Frühjahr die Seminare für das Personal des Denali National Parks geleitet und wusste mehr über Grizzlys als jeder andere in Alaska. »Wildlife Biologist« stand an ihrer Bürotür.

»Komm rein, Julie«, begrüßte Patricia sie. Sie war um die Vierzig, schminkte sich kaum und dachte auch nicht daran, ihre angegrauten Haare zu färben. »So sehe ich meinen Grizzlys etwas ähnlicher«, scherzte sie öfter. Sie lachte gern und viel, hatte in diesen Tagen aber viel zu tun. Bis spät in die Nacht hatte sie die Informationen analysiert, die sie über den Zwischenfall am Tattler Creek bekommen hatte. »Schlimm, die Sache mit dem Jungen, aber Sie haben sich großartig verhalten. Ich bin froh, dass ihm nichts passiert ist. Wie Sie wissen, ist bisher noch kein Besucher unseres Nationalparks von einem Bären getötet worden. Und das soll natürlich so bleiben. Wie geht es dem Jungen? Ich habe gehört, dass er große Probleme in der Schule hat?«

»Nicht nur dort.« Julie erzählte ihr in wenigen Worten, was sie über Terry wusste. »Ich glaube, er versteht gar nicht, wie viel Glück er hatte.«

Die Biologin erhob sich von ihrem Stuhl. »Sie können mit Menschen umgehen, das muss einem gegeben sein. Ich kann besser mit Bären.« Sie lachte. »Ich habe gehört, dass Sie unseren Fernsehstar zum Glacier River begleiten dürfen. Keine leichte Aufgabe, so wie ich den Burschen kennengelernt habe, aber wenn es einer fertigbringt, dann Sie, Julie.«

»Ich weiß nicht«, überlegte Julie laut. »Ich habe ihn gestern zufällig im Starbucks in Fairbanks getroffen und war nicht gerade angetan von ihm. Wie ein Filmstar hat er sich aufgeführt, als würde er sich für den Allergrößten halten.«

»Draußen in der Wildnis hilft ihm das nichts. Die Grizzlys machen keinen Unterschied zwischen einem Angeber und anderen Zweibeinern. Sie betrachten jeden Eindringling als Störenfried, und wer sie herumkommandieren oder sich gegen sie auflehnen will, muss mit Konsequenzen rechnen.«

»Und genau davor habe ich Angst.« Julie blieb vor der Wandkarte des Nationalparks stehen. »Von den Kollegen in Katmai weiß ich, dass er es mit den Vorschriften nicht so genau nimmt. Mir ist klar, dass wir ihn nicht abweisen können. Der Superintendent hat mich schon darauf hingewiesen, wie bedeutsam unsere gute Beziehung zu dem Fernsehsender ist. Aber was soll ich tun, wenn er sich zu nahe an die Bären heranwagt und sich selbst, seine Freundin und vielleicht auch mich in Gefahr bringt? Was ist, wenn er nicht auf mich hört?«

Die Miene der Biologin wurde ernst. »Sie haben recht, das ist keine leichte Aufgabe. Ich wäre am liebsten selbst mit ihm zum Glacier River geflogen, aber das hätte nur böses Blut gegeben. Barry Ralston will in seinen Fernsehfilmen als der große Macher dastehen, da würde eine Biologin, die Bücher über Grizzlys geschrieben hat, nur stören. Eine junge Rangerin akzeptiert er eher.« Ihr Lächeln kehrte zurück. »Aber lassen Sie ihm keinen Verstoß durchgehen. Weisen Sie ihn darauf hin, wenn er sich falsch verhält, und berichten Sie es sofort dem Superintendent. Dass er sich oder andere in Gefahr bringt, werden wir nicht zulassen.«

Julie betrachtete die Karte, auf der etliche Fähnchen steckten. »Am Glacier River haben nicht wenige Grizzlys ihr Revier. Ralston sucht die Bären, die er vor einigen Jahren gefilmt hat. Meinen Sie, die sind noch in der Gegend? Wenn es männliche Tiere waren, sind sie bestimmt weitergezogen und inzwischen ganz woanders zu Hause. Was denken Sie?«

»Das halte ich sogar für wahrscheinlich.« Die Biologin deutete auf die Fähnchen, die zu beiden Ufern des Glacier River steckten. »Zwei unserer markierten Grizzlys, Bär 46 und Bär 98, streifen mit zwei beziehungsweise drei Jungen durch die Gegend. Die Jungen wurden in diesem Frühjahr geboren. Keine Ahnung, ob die Mütter zu den Bären gehören, die Ralston vor einigen Jahren gefilmt hat. Wir haben diese beiden vor einem Monat markiert und festgestellt, dass sie sich kaum aus den Bergen wagen. Ich bin sicher, von der Park Road hat sie bisher noch niemand gesehen. Etwas mehr Sorge macht mir die Bärin, die den Jungen angreifen wollte. Bär 104. Sie ist sehr aggressiv.«

Julie nickte. »Ich habe sie heute Morgen wieder gesehen. Sie ist mit ihren Jungen nach Westen gezogen. Durchaus möglich, dass sie am Glacier River auftaucht und uns Kummer bereitet. Als Filmstar kann ich sie mir nicht so recht vorstellen.« Sie lächelte flüchtig. »Könnten Sie morgen früh noch einmal mit Ralston und seiner Freundin reden und sie eindringlich vor der Bärin warnen? Ich habe ein ungutes Gefühl. Ich glaube, er würde alles tun, um sein großes Ego zu befriedigen.«

»Ich weiß«, sagte die Biologin, »diesen Eindruck habe ich auch. Ich habe ihm bereits am Telefon gesagt, dass ich auf einem Vorbereitungsgespräch bestehe. Er war natürlich der Meinung, ohne auszukommen. Er würde alles über Grizzlys wissen. Selbst wenn es so wäre, was eigentlich unmöglich ist, bietet jeder Nationalpark den Tieren andere Voraussetzungen, und es schadet sicher nichts, vor wochenlangen Dreharbeiten mit jemandem zu sprechen, der die Gegebenheiten genau kennt. Nicht einmal ich würde behaupten, alles über Grizzlys zu wissen. Ich lasse mich jeden Tag von ihnen überraschen.« Sie berührte Julie an der Schulter. »Sie kriegen das schon hin. Behalten Sie Ralston und seine Freundin im Auge, dann kann gar nichts passieren.«

Julie bedankte sich und verließ das Verwaltungsgebäude. Am Himmel hingen etliche Wolken und die Bäume schimmerten matt im kalten Tageslicht. Die meisten Berggipfel lagen im Dunst verborgen. Dennoch wimmelte der Park auch an diesem Sommertag von Besuchern. Die meisten fuhren mit den Shuttlebussen zum Wonder Lake – und hofften darauf, unterwegs Grizzlys, Elche oder den Gipfel des Mount McKinley zu sehen. Wobei die Chance, einen Grizzly zu sehen, wesentlich größer war.

Der Wind trug Carols Stimme zu ihr herüber. Sie führte einer Gruppe von Besuchern die Huskys vor und zeigte ihnen, wie man die Hunde vor den Schlitten spannte. »Im Denali National Park gibt es einige entlegene Gebiete, in die wir nur mit dem Hundeschlitten kommen«, erklärte sie dabei.

»Und Snowmobilen gegenüber haben Huskys einen großen Vorteil: Sie brauchen kein Benzin und gehen nicht kaputt.« Diesen Witz machte Carol jedes Mal und die Besucher lachten wie immer herzlich.

Julie ging hinüber, um Carol zu unterstützen, und bemerkte ein ungefähr fünfjähriges Mädchen unter den Besuchern, das sich fest an den Arm ihrer Mutter klammerte und sie von den Huskys wegzuziehen versuchte.

Julie beugte sich zu ihr hinab. »Was ist denn mit dir los? Gefällt es dir nicht bei uns?« Sie blickte die hilflose Mutter an. »Du hast doch keine Angst, oder?«

»Die Huskys wollen mich beißen«, jammerte das Mädchen. »Wie der große Hund neulich. Der ist hinter mir hergerannt und hat nach meinem Bein geschnappt.« Tränen standen ihr in den Augen und sie zog die Nase hoch. »Ich will hier weg, Mom.«

»Ich hab eine bessere Idee«, versprach Julie. »Ich stelle dir unseren jüngsten Husky vor. Er heißt Noatak und mag dich bestimmt. Na, was meinst du?«

Das Mädchen nickte zögernd, und auch die Mutter war einverstanden. »Geh ruhig mit der Rangerin, Jenny. Ich warte hier auf dich. Die Rangerin kennt sich mit Tieren aus, bei ihr brauchst du keine Angst zu haben, okay?«

»Okay«, antwortete Jenny immer noch unsicher.

Julie nahm sie auf den Arm und ging mit ihr zur Hütte von Noatak. Mit seinen sieben Monaten war er beinahe so groß wie ein ausgewachsener Husky, aber noch sehr verspielt und sah den Plüschtieren, die man im Souvenirladen kaufen konnte, ähnlicher als Chuck oder Bronco.

»Das ist Noatak«, stellte Julie ihn vor. »Wie alt bist du, Jenny?«

Jenny hielt fünf gespreizte Finger hoch. »Fünf Jahre.«

»Dann ist Noatak vier Jahre jünger als du. Komm, wir begrüßen ihn.« Sie ging langsam mit dem Mädchen in die Hocke und kraulte den Husky zwischen den Ohren. »Wie geht's dir, Noatak? Ich hab Besuch mitgebracht. Das ist Jenny. Sie wollte dich gern kennenlernen. Darf sie dich mal streicheln?«

Noatak jaulte leise und wedelte mit dem Schwanz.

»Siehst du, Jenny? Er hat nichts dagegen. Keine Angst.«

Jenny streckte zögernd ihre rechte Hand aus und berührte den Husky am Hals. Als sie merkte, dass Noatak nichts Böses im Schilde führte, wurde sie mutiger und griff etwas fester zu. Sie lächelte. »Der hat aber ein weiches Fell. Wie die Katze von unserem Nachbarn, die darf ich auch manchmal streicheln.« Sie kraulte den Husky, wie sie es bei Julie gesehen hatte, und blickte stolz zu ihr auf. »Siehst du, ich habe keine Angst mehr. Ich mag No-No...«

»Noatak«, ergänzte Julie lachend. Sie erhob sich und küsste das Mädchen auf die Schläfe. »Komm, wir gehen wieder. Deine Mom wartet sicher schon.«

Sie brachte der Mutter das Mädchen zurück und streichelte ihm liebevoll über die langen Haare. »Und jetzt pass gut auf, was meine Freundin Carol erzählt. Wer weiß, vielleicht willst du ja später selbst mal Rangerin werden?«

Wie bei jeder Vorführung drehte Carol zum Schluss noch ein paar Runden mit dem Hundeschlitten. Die Leute klatschten begeistert. Die Huskys gehörten neben dem

Mount McKinley und den Grizzlys zu den größten Attraktionen des Parks und machten unfehlbar großen Eindruck.

Nachdem alle gegangen oder in einem Bus zum Besucherzentrum zurückgefahren waren, half Julie ihrer Kollegin beim Aufräumen.

»Und? Schon nervös?«, fragte Carol.

Sie meinte natürlich Julies Treffen mit Steve.

»Du wirst lachen«, erwiderte Julie, »ich hatte noch gar keine Zeit, aufgeregt zu sein.« Sie hielt in der Arbeit inne und berichtete von ihrer Unterhaltung mit der Biologin. »Aber es ist ja nicht unser erstes Date. Er wird mich schon nicht versetzen.« Sie lächelte herausfordernd. »Was ist eigentlich mit dir?«

»Mit mir? Du meinst doch nicht …«

»Natürlich meine ich das. Hast du mir nicht mal von einem Musher erzählt? Einem Norweger, der jeden Winter rüberkommt und beim Iditarod mitmacht? Er war schon mal unter den Top Ten, nicht wahr?« Sie stieß Carol scherzhaft in die Seite. »Du warst bei ihm eingeladen …«

»Das war doch kein Date.« Carol winkte ab. »Wir waren zu siebt, alles Musher, die schon mal beim Iditarod mitgemacht haben, und ich war keine zehn Minuten mit Henrik allein. Sicher, er ist ein netter Mann, und wir waren irgendwie auf einer Wellenlänge, aber … es hat sich nie ergeben.«

»Hat er denn nicht angerufen?«

»Zweimal«, gestand sie. »Einmal hatte ich keine Zeit …«

»Und das andere Mal?«

Sie zuckte die Achseln. »Es würde sowieso nicht funktionieren, Julie. Er besitzt eine große Fabrik in Norwegen und verbringt den ganzen Sommer dort. Und ich hab hier im Park zu tun. Ich will meinen Job nicht aufgeben.«

»Das verlangt doch niemand von dir. Irgendeine Lösung gibt es immer.«

»In Kitschromanen vielleicht«, erwiderte Carol.

Am frühen Abend, als Julie ihre Uniform auszog und in ihre guten Jeans schlüpfte, dachte sie noch immer über Carols Worte nach. Ihre Kollegin hatte recht, als Rangerin hatte man wenig Zeit für eine Beziehung, und sie klappte eigentlich nur, wenn der Mann einen ähnlichen Job hatte und in der Nähe arbeitete. Steve war Biologe. Als Assistent von Patricia Deming wäre er immer in ihrer Nähe … aber das war nur ein Hirngespinst. Die Biologin arbeitete nur mit Rangern zusammen. Nach seinem Studium bekam Steve womöglich eine Stelle in Chicago oder Kansas City, und außerdem hatten weder sie noch er bisher so weit in die Zukunft gedacht. Noch war es nichts Ernstes.

Sie wählte ein buntes Top und ihre modische Strickjacke zu den Jeans und verbrachte ungefähr eine halbe Stunde damit, ihre Haare in die gewünschte Form zu bringen. Beim Make-up war sie wie immer sparsam. Einigermaßen zufrieden mit sich, griff sie nach ihrem privaten Anorak und verließ das Blockhaus.

»Viel Spaß!«, rief ihr Carol aus der Ferne zu, als sie zur Park Road lief. »Und übertreib es nicht. Du musst morgen früh raus. Der Fernsehstar wartet.«

Julie lachte nur und schlug den Weg zum Visitor Center ein. Um diese Zeit verließen die meisten Besucher den Park, und auf der Park Road und dem Parkplatz wimmelte es von Menschen. Einer der anderen Ranger musste zweimal hinsehen, bis er Julie in ihrem zivilen Outfit erkannte, und winkte ihr freundschaftlich zu.

Vielleicht hätte ich mich doch nicht vor dem Besucherzentrum verabreden sollen, dachte sie. Wenn ich Pech habe, quatscht morgen die halbe Truppe über mein Date.

Doch da ging sie schon am Gebäude vorbei, sah Steve auf den Parkplatz abbiegen, und rannte zu ihm. Ihr Herz begann wie verrückt zu pochen.

»Hey«, sagte sie, während sie die Tür öffnete und sich auf den Beifahrersitz schob. »Nichts wie weg. Hier geht's zu wie am Times Square in New York.«

»Dabei kann man nicht einmal den Berg sehen. Pizza, sagst du?«

»Mehr kann ich mir nicht leisten«, erwiderte sie lachend.

Sie fuhren zu der Ansammlung von Hotels, Restaurants und Imbissbuden im angrenzenden Dorf und parkten vor der Pizzeria, die noch den besten Ruf von allen Lokalen in der Gegend besaß. Das Motel, in dem Steve mit der Biologin und den beiden Studenten übernachtete, lag gegenüber. Bevor er ausstieg, beugte sich Steve zu Julie hinüber, zog sie näher an sich heran und küsste sie. »Wir haben uns noch gar nicht richtig begrüßt«, flüsterte er. »Wie schön, dich zu sehen.«

In der Pizzeria bekamen sie einen Tisch am Fenster. Das Lokal sah alles andere als italienisch aus. An den Wänden hingen Elchgeweihe und historische Schneeschuhe, und gleich neben dem Eingang grüßte ein ausgestopfter

Schwarzbär. Sie bestellten Pizza und Cola und griffen sich an den Händen.

»Ich bin froh, dass wir uns noch mal treffen können«, sagte Steve. »Kann sein, dass wir eine ganze Weile am Clearwater Creek bleiben.« Er drückte sanft ihre Hände und lächelte. »Nichts gegen Wölfe, so einen traumhaften Job hatte ich bisher nie, aber noch lieber wäre ich mit dir zusammen.«

Julie errötete und erwiderte seinen Händedruck. »Und ich mit dir, Steve. Tröste dich, auch ich muss ein paar Tage ins Hinterland.« Sie berichtete von ihrem Auftrag. »Ausgerechnet mit diesem verrückten Angeber. Der sieht ganz so aus, als würde er mir eine Menge Ärger machen.«

»Mit dem wirst du schon fertig.« Die Bedienung brachte die Getränke, und Steve wartete, bis sie wieder gegangen war. »Vielleicht laufen wir uns da draußen über den Weg. Wenn ich die Karte richtig im Kopf habe, liegt der Clearwater Creek nur ein paar Meilen von eurem Glacier Creek entfernt.«

»Das stimmt«, sagte Julie, »aber dazwischen liegt ein Gletscher, und du müsstest einen weiten Umweg machen, wenn du mich besuchen wolltest.«

»Den würde ich in Kauf nehmen.«

Julie hatte schon einige Komplimente bekommen, besonders während ihrer Highschool- und College-Zeit, aber niemand hatte sie je in Verlegenheit gebracht. Nicht einmal Josh, den sie anfangs sehr gemocht hatte, der sich später aber als ziemlicher Stinkstiefel entpuppt hatte. Meist hatte sie nur gelacht und die Schmeicheleien mit einer Handbewegung weggewischt. Bei Steve war es anders. Er meinte, was er sagte, auch wenn seine Komplimente selten originell waren. Er käme nie auf die Idee, einem Mädchen etwas vorzuspielen. Und gerade deswegen ging es ihr viel näher als alle Flirts und flotten Anmachsprüche.

Die Pizzen kamen, und sie aßen eine Weile schweigend. Im Lokal herrschte reger Betrieb und der Geräuschpegel war ziemlich hoch, auch weil auf den Bildschirmen ein Eishockeyspiel gezeigt wurde, und mehrere Leute lautstark mitgingen. »Eine Wiederholung«, bemerkte Steve, »die Aces haben gewonnen.«

Julie trank einen Schluck von ihrer Cola und blickte Steve nervös an. »Wolltest du mir nicht was Wichtiges sagen? Du ziehst doch nicht etwa weg?«

Steve kaute genüsslich auf seiner Pizza und grinste plötzlich übers ganze Gesicht. Erst nachdem er den Bissen heruntergeschluckt hatte, antwortete er: »Eigentlich wollte ich erst nach dem Essen damit herausrücken: Ich werde nach dem Wolfsprojekt auf die Uni in Fairbanks wechseln und kann wahrscheinlich nach meiner Studienzeit als wissenschaftlicher Assistent dort bleiben. Kate Halloran hat mir den Job angeboten – natürlich nur, wenn ich einen guten Abschluss hinlege, aber davon gehe ich aus.« Seine Augen strahlten. »Na, was sagst du dazu? Wir könnten uns öfter treffen und vielleicht … vielleicht sogar …« Sein Lächeln verschwand, und er wurde ein wenig blass um die Nase. »Natürlich nur, wenn du willst, Julie.«

»Ob ich will?« Julie beugte sich über den Tisch und küsste ihn so heftig auf den Mund, dass die Leute an den Nachbartischen schmunzelnd zu ihnen herüberblickten. »Natürlich will ich, du Dummkopf. Ich freue mich riesig! Nicht auszudenken, wenn dir ein Angebot aus dem Kongo ins Haus geflattert wäre. Dort hätte ich dich nicht mal besuchen können, auch mit viel Geld nicht. Ich kann Hitze nicht vertragen. Ich brauche die Kälte und den Schnee.«

Steve griff nach ihrer freien Hand. »Und ich könnte mich daran gewöhnen … solange du in der Nähe bist. Im *Sunny California* war ich lange genug.«

Nach dem Essen gingen Julie und Steve spazieren. Über einen schmalen Trail, der am Ende der Straße durch den lichten Mischwald führte, erreichten sie eine Lichtung und das Ufer eines kleinen Sees. Über dem Wasser hing wogender Nebel. Wie überall im sommerlichen Alaska war es auch um diese Zeit noch taghell, und zwischen den Wolken blitzte sogar die Sonne hervor.

Sie blieben stehen, und Julie ließ sich bereitwillig von Steve in die Arme nehmen. »Ich habe dich sehr lieb«, sagte er, und sie gab ihm die Antwort, auf die er gehofft hatte. Sie küssten sich, zuerst sehr sanft und liebevoll, dann immer heftiger und leidenschaftlicher, bis sie keine Luft mehr bekamen.

Atemlos lehnte Julie den Kopf an seine Brust und hörte zu, wie sein Herz pochte. Sie hatte sich selten so glücklich gefühlt wie in diesem Augenblick. Geahnt hatte sie es schon lange, doch nun erkannte sie endgültig: Steve war der Prince Charming, von dem sie immer geträumt hatte.

7

»Und?«, fragte Carol, als Julie am nächsten Morgen die Wohnküche betrat. Ihre Freundin hatte French Toast zubereitet und goss ihr Kaffee ein. »Wie lief es gestern Abend?«

Julie setzte sich lachend. »Du willst mich wohl bestechen?«

»Einen ausführlichen Bericht, mehr erwarte ich doch nicht.«

Julie rührte Milch und Zucker in ihren Kaffee und verzierte ihren French Toast mit Ahornsirup. »Da gibt's nicht viel zu erzählen«, tat sie gelangweilt. »Steve wechselt nach dem Wolfsprojekt an die Uni in Fairbanks und wird wissenschaftlicher Assistent. Kate Halloran hat ihm einen Job angeboten.«

»Wie bitte?« Carol blieb vor Überraschung der Bissen im Halse stecken. Sie spülte ihn mit einem Schluck Kaffee hinunter, ohne Julie aus den Augen zu lassen. »Und das erzählst du mir so ganz nebenbei? Das ist ja wunderbar! Dann könnt ihr euch endlich öfter treffen.« Sie strahlte beinahe so sehr wie Julie, die inzwischen kein Hehl mehr aus ihrer Freude machte, und sich freute, dass ihr die Überraschung gelungen war. »Ehrlich gesagt wäre Steve auch ziemlich bescheuert, wenn er sich anders entschieden hätte.«

»Wir stehen erst am Anfang«, schränkte Julie ein. »Wir haben uns nicht verlobt oder so. Keine Ahnung, was aus uns beiden wird. Immerhin hat er noch ein paar Semester an der

Uni vor sich, und es kann viel passieren.« Sie griff nach ihrer Gabel und schnitt eine Ecke von ihrem Toast ab. »Aber Steve ist der erste Mann, bei dem ich wirklich weiche Knie bekomme. Ein seltsames Gefühl.«

»Du bist verliebt, Julie. Das kommt in den besten Familien vor.«

Julie hatte noch immer den Geschmack des zuckersüßen Sirups auf der Zunge, als sie wenig später mit ihrem Wanderrucksack zum Verwaltungsgebäude ging. Das Wetter war durchwachsen. Die Sonne war ein heller Fleck hinter der durchlässigen Wolkendecke und überzog die Fichten vor den Park Headquarters mit mattem Licht. Ein frischer Wind zog zwischen den Blockhäusern hindurch und raschelte in den Beerensträuchern. Es duftete nach Wildblumen.

Der bunte Van des Tierfilmers stand auf dem Parkplatz für Behinderte direkt neben dem Eingang. Typisch für den Angeber, dachte Julie. Sie stellte ihr Gepäck neben dem Eingang ab, nickte einem Ranger zu, der in der Verwaltung arbeitete, klopfte an die Tür von Patricia Deming und trat ein.

»Ich hoffe, ich bin nicht zu spät«, entschuldigte sie sich, nachdem sie die Biologin und Barry Ralston und seine Freundin begrüßt hatte. Der Tierfilmer schenkte ihr ein strahlendes Lächeln und sie verstand plötzlich, wieso er auf andere Menschen so faszinierend wirkte. »Ich bin Park Ranger Julie Wilson. Ich darf Sie zu den Dreharbeiten begleiten.«

Ralston schmunzelte. »Sie meinen wohl, man schickt Sie als Aufpasserin mit.«

»Unsinn«, mischte sich die Biologin ein, »ich hab Ihnen doch gesagt, dass wir bei Dreharbeiten im Backcountry verpflichtet sind, einen Ranger mitzuschicken. Ranger Wilson kennt sich mit Bären aus und kann Ihnen sicher bei der Arbeit helfen. Sie ist eine sehr fähige Kollegin. Wie schon gesagt, es wäre fahrlässig von uns, Sie allein zum Glacier Creek zu schicken.«

Es klopfte, und der Superintendent trat ein. »Ah, die Fernsehleute«, begrüßte er Ralston und seine Freundin überschwänglich. »Wie ich sehe, haben Sie sich bereits mit Ranger Wilson bekannt gemacht.« In ernstem Tonfall fügte er hinzu: »Ich weiß, Sie sind kein großer Freund von Vorschriften und würden am liebsten auf eigene Faust losziehen. Ich kann Ihnen versichern: Wir denken nicht daran, Sie bei jeder Kleinigkeit zurechtzuweisen, aber wir müssen in einem Nationalpark wie Denali immer als Erstes an das Wohl der Tiere denken und dürfen nichts tun, was sie stören oder beunruhigen würde. Ranger Wilson kennt sich mit diesen Problemen aus und wird Ihnen in dieser Hinsicht die Arbeit abnehmen. Betrachten Sie die Rangerin als Kollegin, okay?«

Barry Ralston trat einen Schritt auf ihn zu und nickte verständnisvoll. »Meinetwegen, aber sie soll sich nicht in unsere Filmerei einmischen«, drohte er scherzhaft. »Ich weiß am besten, wie ich die Bären ins Bild bekomme, und kenne mich mindestens genauso gut mit Grizzlys aus wie sie. Was meinen Sie, wie oft ich schon mit ihnen zu tun hatte? Am Yukon River, in British Columbia, während der Lachswanderung unten in Katmai. Sehen Sie sich nur meine Filme an, dann wissen Sie, wovon ich spreche. Ich kann besser mit Grizzlys als jeder andere. Ich funke auf einer Wellenlänge mit ihnen und spreche ihre Sprache. Wir sind seelenverwandt, diese Bären und ich, nur deshalb gelingen mir immer wieder einmalige Bilder.«

»Ja, natürlich, ich finde Ihre Filme wirklich eindrucksvoll«, entgegnete der Superintendent. »Für meinen Geschmack wagen Sie sich nur manchmal etwas dicht an die Grizzlys heran. Ich will nicht, dass Sie sich in meinem Nationalpark verletzen, auch deshalb schicke ich Ranger Wilson mit. Betrachten Sie Julie als Bindeglied zwischen Ihnen und Ihrer Freundin und der Parkleitung, dann sind wir uns einig.« Er lächelte, ein wenig gequält, wie Julie zu erkennen glaubte. »In diesem Sinne … viel Erfolg! Ihr Hubschrauber wartet am Flughafen.«

Der junge Ranger, dem Julie im Flur begegnet war, fuhr sie zum nahen »McKinley National Park Airport«, der lediglich aus einigen flachen Gebäuden und einer Rollbahn bestand.

Ihr Pilot stand neben dem Hubschrauber, den die Fernsehproduktion für Ralston gemietet hatte, und begrüßte sie fröhlich. »Hey Barry, ich bin Gary Fletcher. Ich habe fast alle Ihre Filme gesehen. Super Aufnahmen!« Es gehörte zu seinem Job, die Passagiere bei Laune zu halten.

Der Tierfilmer war sichtlich erfreut über das Lob. Er half ihm, die Ausrüstung im Laderaum zu verstauen, behielt aber eine seiner kleineren Kameras und stieg vorne ein. Julie und Amy kletterten auf die Rückbank. Die Freundin des Tierfilmers hatte bisher kaum etwas gesagt und wirkte unsicher, als würde sie zum ersten Mal mit Ralston in die Wildnis fliegen.

Als sich ihre Blicke zufällig beim Anschnallen begegneten, lächelte sie scheu.

»Na, dann wollen wir mal«, rief Fletcher. »Zum Glacier Creek?«

»Ganz recht. Und vorher eine Runde vor dem McKinley bitte. Ich brauche ein paar Aufnahmen von dem Bergmassiv, bevor wir landen. Ist doch okay?«

»Sicher«, erwiderte der Pilot, »aber der Trip könnte ein bisschen unruhig werden. Die Touristenflüge mussten wir heute Morgen alle absagen. Das Wetter am Mount McKinley ist unberechenbar. Könnte sein, dass Ihnen die Aufnahmen verwackeln. Aber wenn Sie wollen … wer zahlt, schafft an.«

»Fliegen Sie schon, Mister!«

»Gary«, verbesserte ihn der Pilot. »Und wenn es da oben zu heftig zugeht, drehe ich sofort um. Ich habe keine Lust, den Chopper in den Schnee zu setzen. Dazu ist die Maschine zu teuer. Okay … festhalten … wir starten, Leute.«

Gary trieb den Hubschrauber nach oben und drehte ihn nach Nordwesten. Unter ihnen flogen die Häuser der kleinen Siedlung hinweg, zu der auch das Motel gehörte, in dem Steve übernachtet hatte. Julie zog ihr Smartphone hervor und stellte fest, dass keine Nachricht eingegangen war. Nachdenklich schob sie es in ihren Anorak zurück. Sie hatte ihm gleich nach dem Aufstehen ein hastiges »I Love U« gemailt, aber er hatte weder angerufen noch eine Message geschickt. Wahrscheinlich hat er heute Morgen zu viel um die Ohren, tröstete sie sich. Er musste einen guten Job bei Kate Halloran machen, wenn er auch weiterhin auf ihre Unterstützung zählen wollte. Halb so schlimm, sie war schließlich kein Highschool-Mädchen mehr, das einen Weinkrampf bekam, weil der Liebste eine Nachricht nicht postwendend beantwortete.

Sie blickte aus dem Fenster. Der Pilot folgte der Park Road, und man konnte sehen, wie sich mehrere Shuttlebusse langsam nach Westen bewegten. Der Mount McKinley ragte inmitten der schneebedeckten Alaska Range wie ein einsamer König empor, ließ aber nur seine grauen Beinkleider sehen. Der obere Teil des Berges lag im Dunst verborgen. So faszinierend die dunklen Felswände aus der Ferne wirkten, so bedrohlich wurden sie, wenn man ihnen näher kam und erkannte, dass nicht nur der Mount McKinley, sondern alle Bergriesen größer und mächtiger waren, als man vermutet hatte. Julie war schon einige Male über den Denali National Park geflogen, aber sie konnte sich nicht daran erinnern, jemals so beeindruckt von den Bergen gewesen zu sein. Vielleicht lag es an dem seltsamen Licht, das die wenigen Sonnenstrahlen, die einen Weg durch die Wolken fanden, auf die Felsen warfen. Es schien sie noch größer und geheimnisvoller zu machen, wie die magische Kulisse in einem Fantasy-Film.

Am Toklat River verließen sie die Park Road und hielten jetzt direkt auf den Mount McKinley zu. Normalerweise waren Hubschrauberflüge eher ruhig, aber diesmal erzitterte die Maschine bereits, als sie die ersten Gletscher erreichten, und der Pilot hatte alle Hände voll zu tun, um sie auf Kurs zu halten. Er ließ den Hubschrauber etwas höher klettern und entspannte sich ein wenig. Als die Maschine absackte, fluchte er ungeniert und bekam sie nur mit Mühe wieder in die Gewalt.

»Das ist mir zu gefährlich«, sagte er. »Wer weiß, was uns am Denali erwartet?« Wie viele Menschen in Alaska nannte er den Berg mit seinem indianischen Namen. »Da geht es selbst bei schönem Wetter stürmisch zu. Das versuchen wir ein anderes Mal.«

Der Tierfilmer hielt bereits seine Kamera in den Händen. »Versuchen Sie es wenigstens, Gary! So schlimm wird es schon nicht sein. Uns erschreckt die Rüttelei nicht, stimmt's, Amy?«

»Ich weiß nicht«, antwortete Amy. Sie klang ängstlich und war anscheinend von dem ganzen Unternehmen nicht begeistert. »Ich würde auf Gary hören. Der weiß sicher besser, wie weit er sich an den Berg heranwagen kann.«

»Gary macht das schon.« Es hätte nicht viel gefehlt, und Ralston hätte dem Piloten aufmunternd auf die Schultern geklopft. »Wir sind schließlich keine Touristen, die bei der ersten Schaukelei in Ohnmacht fallen. Ist doch so?«

Der Pilot ließ sich breitschlagen. »Wenn Sie unbedingt wollen. Aber sobald es heftig wird, kehre ich um, und wenn Sie sich noch so sehr aufregen.«

Julie hätte am liebsten auch etwas gesagt, wollte aber nicht unnötig eingreifen. Sie vertraute der Vernunft des Piloten. Kein erfahrener Flieger brachte sich freiwillig in Lebensgefahr. Besorgt war sie dennoch, zeigte der Tierfilmer mit seinem Verhalten doch, wie rücksichtslos und leichtsinnig er sein konnte, wenn es darum ging, dramatische Bilder zu bekommen.

Immer näher kamen sie dem Mount McKinley. Unter ihnen grub sich bereits der Muldrow Glacier durch das zerklüftete Land, eine gewaltige Eismasse, die in den Ausläufern des Berges ihren Anfang nahm. Die Erderwärmung hatte ihr bisher nur wenig anhaben können. Wie eine breite schneebedeckte Straße zog sie sich von der Ostwand des Mount McKinley bis zum Red Mountain hinab. Südlich davon ragte der Gipfel des Mount Mather empor, ein gigantisches Bergmassiv, das nur vor dem benachbarten Denali erblasste.

Der Hubschrauber lag wieder ruhig in der Luft, und Ralston filmte durch die großflächige Windschutzscheibe. Als er die Kamera auf den Piloten richtete, zog ein spöttisches Grinsen über sein Gesicht. Wahrscheinlich sah er in Gedanken schon den fertigen Film und hörte seinen Kommentar: »Der Pilot bekam es mit der Angst zu tun und wollte längst umkehren, aber ich bestand darauf, die Herausforderung anzunehmen und noch näher an den Berg heranzufliegen. Ich wollte diesen Denali ganz aus der Nähe sehen und herausfinden, warum selbst erfahrene Menschen solche Angst vor ihm haben.«

Eine plötzliche Turbulenz riss ihm beinahe die Kamera aus den Händen. Ein Windstoß hatte den Hubschrauber gepackt und ihn aus dem Gleichgewicht gebracht, schleuderte ihn nach links und so dicht über einige Felsgrate hinweg, dass die Kufen fast daran hängen blieben. Amy schrie vor Schreck. Ralston und Gary fluchten beide, der Tierfilmer, weil er mit der rechten Hand gegen die Seitenverkleidung geprallt war, und der Pilot, weil selbst ein erfahrener Mann wie er die Maschine nur mühsam unter Kontrolle brachte. Julie stützte sich mit beiden Händen am Vordersitz ab und rief: »Kehren Sie um, Gary! Sie bringen uns in Teufels Küche, wenn Sie weiterfliegen. Viel zu gefährlich!«

Ralston war so klug, nichts darauf zu erwidern. Er hatte wohl erkannt, in was für eine bedrohliche Lage er sie gebracht hatte, und gab vor, sich mit seiner schmerzenden Hand zu beschäftigen. Auch als der Pilot den Hubschrauber wendete und zügig aus der Gefahrenzone steuerte, blieb er schweigsam.

Sie flogen nach Osten zurück und hielten dabei respektvollen Abstand zu den Felswänden, falls der heftige Wind sie noch einmal aus der Bahn warf. Julie lächelte der Freundin des Tierfilmers aufmunternd zu und griff nach ihrer zitternden Hand. Offensichtlich hatte sie große Angst vorm Fliegen. Doch diesmal erwischte der Pilot eine bessere Route und ließ die Berge ohne größere Turbulenzen hinter sich. Erleichtert hielt er auf den Red Mountain zu.

Amy atmete tief durch. »Mach so was nicht wieder, Barry!«

Ralston lachte ein wenig verlegen. »So schlimm war's doch gar nicht. Gary ist ein erfahrener Pilot, der hatte die Maschine fest im Griff.«

»Wenn Sie das sagen«, erwiderte Gary.

»Unterschätzen Sie den Denali nicht«, konnte sich Julie nicht länger zurückhalten. »Die Indianer sagen, dass sich ein Riese unter seinem weißen Mantel verbirgt und jederzeit zuschlagen kann, wenn ihm was nicht gefällt.«

»Heidnische Ammenmärchen«, lästerte Ralston.

»Da wäre ich mir nicht so sicher«, sagte der Pilot nur.

Sie landeten in dem weiten Tal unterhalb des Castle Rock, einer schroffen Felswand inmitten der grünen und braunen

Tundra. Gary setzte den Hubschrauber so sanft auf, dass man kaum etwas spürte. »Endstation«, sagte er.

Sie stiegen aus und luden ihr Gepäck aus den Staufächern. Drei große Backpacks, die Metallkiste mit den Kameras und dem Equipment und eine weitere Kiste mit vollgepackten Proviantbehältern. Barry Ralston reiste leicht. Eine Crew von National Geographic, die im vergangenen Sommer gefilmt hatte, war mit zehn Kisten in die Wildnis gezogen. Zumindest das musste man Barry Ralston lassen: Er wollte so beweglich wie möglich bleiben.

»Eine wundervolle Gegend, nicht wahr?« Obwohl sie den Anblick der Berge fast täglich genoss, blickte Julie beinahe ehrfürchtig über die weite Tundra und auf die verschneiten Berge der Alaska Range. Wie ein grüner Teppich mit braunen Flecken zogen sich die Ebenen gen Norden und im Süden reichte der Muldrow Gletscher bis zu den felsigen Hängen der Berge hinauf. Zu beiden Ufern des Glacier Creek, der an manchen Stellen schon breit wie ein Fluss war, erstreckten sich felsige Uferstreifen. In der Nähe des Wassers wuchs verfilztes Gestrüpp und die Tundra war mit Heidelbeersträuchern übersät.

»Lassen Sie uns ein wenig nach Norden gehen«, schlug Julie vor und deutete auf eine mit Moosen und Flechten bewachsene Hügelkette. »Hinter den Hügeln sind wir sicherer, und der Ausblick auf den Gletscher ist auch besser. Das Ufer hier gehört zu einem Trail, da ist die Gefahr, von einem Grizzly überrascht zu werden, zu groß. Auch Bären nehmen die leichteste Route.«

»Aber deswegen sind wir doch hier«, protestierte der Tierfilmer. »Ich will Grizzlys filmen und keine Murmeltiere oder Vielfraße. Wir bleiben hier.«

Julie erinnerte sich an die Worte des Superintendents und blieb hart. »Es sind doch nur ein paar Schritte, und dort drüben haben Sie viel mehr Möglichkeiten. Ich weiß nicht, wo Sie vor ein paar Jahren waren, aber solange ich hier bin, haben Wanderer auf der anderen Seite die meisten Bären gesehen.«

»Wie lange arbeiten Sie schon im Park, Ranger?«

Julie blieb nichts anderes übrig, als die Wahrheit zu sagen. »Ein Jahr, aber ich habe Biologie studiert und mich auf Bären, Wölfe und Huskys spezialisiert und hier im Park war ich schon so oft unterwegs, dass ich mich genauso gut auskenne wie die Ranger, die schon seit ein paar Jahren hier arbeiten.«

»Ein Jahr? Und da wollen Sie mir Vorschriften machen?«, fragte Ralston und hob spöttisch eine Augenbraue.

»Als Rangerin habe ich fast jeden Tag mit Grizzlys zu tun.« Julie gab nicht so schnell auf. Sie wusste, wie wichtig es war, die erste Auseinandersetzung für sich zu entscheiden. »Die Bären hier sind anders als in Katmai, das müssen Sie doch wissen, besonders um diese Zeit, wenn sie mit ihren Jungen unterwegs sind. Also seien Sie so gut und lagern Sie auf der anderen Seite der Hügel.«

»Bitte!«, drängte Amy, als er zögerte.

»Also meinetwegen«, gab Ralston nach, »ich sehe mir die Gegend mal an.« Er schnallte sich seinen Backpack um und griff nach der schweren Kiste mit dem Equipment. »Wo bleibst du denn, Amy? Soll ich die Sachen vielleicht alleine tragen? Bedanke dich bei unserer Rangerin, wenn du schlappmachst.«

Julie sparte sich einen Kommentar und wartete, bis Ralston und Amy vorausgegangen waren. Erst dann griff sie ebenfalls nach ihrem Backpack und folgte den anderen mit der Proviantkiste. Der Marsch war beschwerlich. Vor allem auf dem Geröll am Flussufer kamen sie nur langsam voran und sie war froh, als sie den Hügelkamm erreicht hatte. Sie lief zu dem schmalen Bach hinunter, der sich sprudelnd einen Weg durch die Tundra bahnte, und wählte eine Stelle ungefähr fünfzig Schritte vom Bachufer entfernt für ihr Lager.

»Na, hab ich zu viel versprochen?«, fragte sie den Tierfilmer. »Eine bessere Aussicht gibt es weit und breit nicht.«

Ralston musste ihr wohl oder übel zustimmen, machte sich aber gelegentlich durch ein missmutiges Brummen bemerkbar. Er suchte die Gegend bereits mit seinem Fernglas ab.

»Wunderbar«, antwortete Amy für ihn.

Hier schienen sie dem Mount McKinley und seinen Nachbarn noch näher zu sein. Der Gletscher, eine breite Straße mit festem Eis und dunklem Geröll, die den Bergen entsprang, reichte bis tief ins Tal hinab. Über dem grünen Grasteppich der Tundra schwirrten Insekten. In weiter Ferne glänzte das Wasser eines Sees, und am Ufer des Crystal Creek, der sich einige Meilen weiter nördlich mit dem Glacier Creek verband, erkannte sie graue Flecken.

»Da haben Sie Ihre Grizzlys«, sagte sie zu Ralston.

8

Ralston ließ das Fernglas sinken und blickte angestrengt in die Ferne. Kurz darauf hatte er die grauen Flecken gefunden und hob es wieder begierig an die Augen. Aufmerksam beobachtete er die Bären. »Ist schon eine ganze Weile her«, sagte er mehr zu sich selbst, »aber das könnte Molly sein. So, wie sie sich bewegt.«

Julie hatte ebenfalls ihr Fernglas erhoben. »Wenn sie damals noch bei ihrer Mutter war, ist sie wahrscheinlich in ein anderes Revier gezogen.« Sie setzte das Fernglas ab und blickte ihn an. »Geben Sie allen Bären Kosenamen?«

»Warum nicht? Das macht einen Film viel persönlicher und bringt Spannung rein. Auch in einer Doku brauche ich Helden und Schurken und was zum Liebhaben und Knuddeln. Und möglichst noch einen Tollpatsch.«

»So wie im ›König der Löwen‹?«

»Ganz recht. Die Leute wollen es so.«

Sie nickte bekümmert. »Ja, leider. Weil sie es aus Zeichentrickfilmen wie ›Der König der Löwen‹ gewohnt sind. Das führt aber auch dazu, dass viele Besucher unsere Bären mit Teddys verwechseln und glauben, sich ihnen gefahrlos nähern zu können. Es gibt Leute, die wollen Bären füttern! Um so etwas zu vermeiden, müssen sich alle Wanderer unser Bärenvideo ansehen.«

»Ich arbeite fürs Fernsehen, da herrschen andere Gesetze.

Außerdem denke ich mir gerne Namen aus. Molly hab ich nach meiner Ex-Schwiegermutter benannt.«

»Sie waren verheiratet?«

Er nahm das Fernglas herunter und grinste. »Sechs Monate, dann wurde mir klar, dass sie die Falsche war.« Er blickte sich nach Amy um. »Sie war Krankenschwester und hatte immer Dienst, wenn ich sie zu Hause brauchte.«

Julie lächelte spöttisch. »Um Ihnen das Essen zu kochen und die Kleider zu waschen?«

»Spricht was dagegen?« Ralston hob das Fernglas an, wohl auch, um ihr nicht in die Augen blicken zu müssen. »Ich hab andere Dinge zu tun: die gedrehten Filme schneiden und kommentieren, die nächste Expedition vorbereiten ... ich hab keine Zeit, mich auch noch um den Haushalt zu kümmern.«

»Und Amy?«, fragte Julie frech.

Amy winkte lächelnd ab. »Barry will Sie nur provozieren. Wir sind sowieso die meiste Zeit unterwegs und leben in Hotels, Hütten oder Zelten. Da fällt kaum Hausarbeit an, außer Kochen natürlich, und glauben Sie mir, das würde ich Barry für kein Geld der Welt überlassen. Er kann nicht mal Spiegeleier braten und Kaffee kochen. Aber sonst arbeiten wir zusammen.«

»Sie hilft mir bei der Filmerei«, räumte er gönnerhaft ein.

Julie gewann den Eindruck, dass er seiner Freundin auch hier draußen die meiste Arbeit überließ und sich allein auf das Filmen beschränkte. Amy baute das blaue Zwei-Mann-Zelt auf, rollte die Schlafsäcke aus und verstaute die Backpacks mit der Kleidung und anderen Habseligkeiten unter der Plane. Jeder Handgriff wirkte mühelos und geübt, als wäre er ihr längst in Fleisch und Blut übergegangen. Im Zelt hatte alles seinen festen Platz, damit man es selbst in stockdunkler Nacht sofort fand, auch wenn es in Alaska im Sommer nie wirklich dunkel wurde.

»Wo verstauen wir den Proviant? Gab's da nicht eine Regel?«

Julie war bereits dabei, ihr eigenes Zelt aufzustellen, und hielt in der Arbeit inne. »Das stimmt. Den Proviant mindestens hundert Meter vom Zelt entfernt lagern und hundert Meter vom Zelt und vom Proviantlager entfernt die Kochstelle einrichten. Sonst kann es passieren, dass Ihnen ein Grizzly zu dicht auf die Pelle rückt. Halten Sie Ihr Bärenspray für alle Fälle griffbereit.«

»Bärenspray? Wir haben kein Bärenspray dabei.«

»Kein Bärenspray?« Julie blickte sie ungläubig an und wandte sich an den Tierfilmer, der immer noch durch sein Fernglas spähte. »Ist das wahr, Mister Ralston? Sie haben kein Bärenspray mitgenommen? Wenn Sie schon so viele Grizzlys gefilmt haben, müssen Sie doch wissen, wie wichtig das ist.«

Ralston zog lachend einen Revolver aus der Anoraktasche. »Ich habe meine beiden Freunde dabei. Smith & Wesson, Kaliber 40. Damit halte ich jeden Bären auf. Mit Bärenspray konnte ich nie was anfangen, das taugt nichts.«

»Dann kennen Sie wohl nicht die neuesten Untersuchungen. Die Chancen, einen Grizzly mit Spray aufzuhalten, sind wesentlich größer, als mit einem Revolver auf ihn zu schießen. Dazu müssten Sie genau zielen und ihn mehrmals treffen, sonst hat er Sie schneller in der Mangel, als Ihnen lieb ist.«

»Das lassen Sie mal meine Sorge sein, Ranger. Ich bin kein Anfänger.«

Julie verstand nicht, wie ein erfahrener Tierfilmer so leichtsinnig sein konnte. »Zum Glück habe ich zwei Dosen. Wenn Sie auf das Spray verzichten können, ist das Ihre Sache, aber Amy fühlt sich bestimmt sicherer damit.« Sie zögerte. »Ich hoffe, Sie haben einen Waffenschein für die Schusswaffe.«

»Alles legal, Ranger, alles vollkommen legal.«

Tatsächlich war das offene Tragen von Schusswaffen seit einigen Jahren im Denali National Park erlaubt, wenn auch der Gebrauch von Waffen nach wie vor untersagt blieb. Jeder Besucher, der eine amtliche Bescheinigung vorweisen konnte, durfte einen Revolver tragen. Ausgenommen waren nur öffentliche Bereiche wie das Besucherzentrum, die deutlich markiert waren. Innerhalb der Rangertruppe waren jedoch nur Mitglieder der Polizeitruppe dazu berechtigt, eine Schusswaffe bei sich zu führen, eine Ungerechtigkeit in den Augen der Ranger, die heftig dagegen protestierten. In Washington lag bereits der Vorschlag für ein neues Gesetz.

»Die Grizzlys! Sie kommen näher!«, rief Ralston plötzlich. »Das Stativ und die Kamera, Amy! Das dürfen wir uns nicht entgehen lassen. Schnell!«

Amy reichte ihm Stativ und Kamera und half ihm, beides aufzubauen. Auch diese Handgriffe waren einstudiert und gingen ihnen rasch von der Hand. Während Ralston die Kamera klarmachte und das Objektiv einstellte, zog Amy die Alukiste mit dem Equipment herbei und blieb bei ihm stehen.

Julie wartete einige Schritte entfernt und ließ die Bären nicht aus den Augen. Eine Bärin mit ihren beiden Jungen, die sich an den Heidelbeeren oberhalb des Flusses labten und neugierig hin und her tollten. Noch waren sie mehr als eine Viertelmeile entfernt, doch sie kamen stetig näher und brauchten nur so lange, weil sie sich nicht von den Heidelbeersträuchern trennen konnten. Als sich eines der beiden Jungen zu weit in ihre Richtung wagte, befahl ihm die Bärin laut fauchend zurückzukehren.

»So hab ich mir den Empfang vorgestellt«, freute sich der Tierfilmer. »Auch wenn es nicht Molly ist, aber das ist doch nicht schlecht für den Anfang. So, und jetzt bitte Ruhe! Ich brauche den Originalton. Kamera … ab!«

Das grüne Lämpchen an der Kamera flackerte auf, und Ralston begann zu drehen. Auf dem Kontrollmonitor konnte man erkennen, dass er die Grizzlys groß im Bild hatte und langsam ihren Bewegungen folgte. Als sich die Bärin auf die Hinterbeine stellte und aufmerksam in ihre Richtung blickte, reckte er unwillkürlich den Daumen nach oben. Solche Bilder liebten die Zuschauer.

Julie wusste, dass sich Grizzlys vor allem aufrichteten, um besser sehen zu können. Mit Angriffslust hatte diese Bewegung nichts zu tun. Erstaunlich elegant sank die Bärin auf alle viere zurück und hielt weiter auf sie zu. Ihre Jungen schienen nicht zu merken, dass Zweibeiner in der Nähe waren, und tollten unbeschwert herum, gehorchten aber sofort, wenn sie sich zu weit vorwagten und die Mutter sie fauchend zurückrief. Nur noch zweihundert Meter waren die Bären von ihrem Lager entfernt und anscheinend nicht gewillt, sich durch Menschen von ihrer Marschrichtung abbringen zu lassen.

Ralston sprach ins Mikrofon. Wie bei jedem seiner Filme würde er besonders spannende Szenen mit dem Live-Kommentar und andere Bilder mit später aufgenommenen Texten und Musik unterlegen. »Auf so einen Empfang war ich nicht vorbereitet«, sagte er, »kaum habe ich mein Lager aufgeschlagen, nähert sich mir eine Grizzly-Mutter mit ihren Jungen.« Er sprach mit gedämpfter Stimme, um den Zuschauern das Gefühl zu geben, einer besonders gefährlichen Szene beizuwohnen. »Ich befinde mich in einem Tal des Glacier Creek, etliche Meilen von der Park Road entfernt im Hinterland des Denali National Parks. Hinter uns der Mount McKinley, der höchste Berg der Vereinigten Staaten.« Er legte eine längere Pause ein und dann, als die Bären nur noch hundert Meter entfernt waren: »Jetzt wird es langsam brenzlig. Die Ranger empfehlen allen Wanderern, einen Abstand von mindestens hundert Metern zu einer Bärin mit Jungen zu halten. Aber ich kann hier nicht weg, denn wenn ich laufe, sieht sie mich als Beute an und verfolgt mich. Auf einen Wettlauf mit einem Grizzly sollte man sich nicht einlassen, der würde sogar den Weltrekordler im 100-Meter-Lauf einholen. Ich muss bleiben und der Bärin zeigen, dass ich keine Angst vor ihr habe.«

Julie mochte nicht, wie Ralston die Lage für seinen Film dramatisierte. Was er sagte, war zwar richtig, die Ranger empfahlen aber auch, während einer Wanderung laut zu singen oder »Hey Bear« zu rufen, um den Grizzlys zu zeigen, dass Menschen in ihrem Revier waren, und sie auf Abstand zu halten. Ralston, der vor allem auf spektakuläre Bilder aus war, suchte bewusst die Nähe zu den Bären, um möglichst eindrucksvolle und gefährliche Situationen zu schaffen, und das war etwas, das die Ranger stets zu verhindern bestrebt waren. Wilde Tiere sollten möglichst ungestört leben.

Inzwischen hatten auch die Bärenjungen die Witterung aufgenommen und blickten neugierig in ihre Richtung. Instinktiv hielten sie sich näher an der Mutter, um besser gegen einen Angriff geschützt zu sein. Besonders männliche Bären konnten ihnen gefährlich werden. Wenn diese eigenen Nachwuchs mit der Mutter zeugen wollten, würden sie nicht zögern, die Jungen zu töten.

Julie griff nach dem Bärenspray in ihrer rechten Anoraktasche. Eine reine Vorsichtsmaßnahme. Die Bärenmutter machte keinen besonders angriffslustigen Eindruck, hob aber immer öfter den Kopf und brummte unwillig. Obwohl der Wind von der Seite kam, witterte sie die Zweibeiner. Ihre Augen waren nicht besonders gut, doch umso mehr verließ sie sich auf ihr Gehör und ihren Geruchssinn.

»Nicht bewegen!«, warnte Julie, bevor der Tierfilmer etwas sagen konnte. »Und blicken Sie der Bärin nicht in die Augen! Machen Sie sich so groß wie möglich! Wenn Sie uns als gleichwertigen Räuber anerkennt, macht sie uns keinen Ärger und zieht weiter.« Sie sah, dass Amy sich hinter Ralston und der Kamera versteckte. »Bleiben Sie stehen, Amy! Nicht bewegen!«

Ralston drehte sich zu Julie um und funkelte sie wütend an. »Wir sind keine Amateure, Ranger. Wir wissen, wie man sich verhalten muss, wenn man einem Grizzly begegnet. Mit

Ihrem Gequatsche machen Sie mir den ganzen O-Ton kaputt.«

Die Bärin war bis auf ungefähr fünfzig Meter herangekommen und hatte aufgehört, Beeren von den Sträuchern zu kämmen. Ihre Aufmerksamkeit galt nur noch den Zweibeinern. Die Jungen spürten ihre Unruhe und blieben stehen.

Sofort war Ralston wieder in seinem Element. Er ignorierte Julie und konzentrierte sich auf seinen Kommentar: »Die Grizzly-Mutter hat mich entdeckt. Sie ist mir jetzt so nahe, dass ich ihr Gesicht genau sehen kann. Nein, diese Bärin kenne ich nicht. Sie ist mir bei meinem letzten Besuch nicht begegnet. Eigentlich macht sie einen friedlichen Eindruck, aber das kann täuschen. Grizzly-Mütter sind brandgefährlich und verteidigen ihre Jungen mit Zähnen und Klauen, wenn sie glauben, dass sie in Gefahr sind. Sehen Sie, wie sie den Kopf hebt und in meine Richtung blickt? Sie weiß nicht, was sie von mir halten soll. Höchste Zeit, ihr zu zeigen, dass es nichts bringt, einen gleichwertigen Räuber und Jäger anzugreifen. Ich mache mich möglichst groß und bedeute ihr auf diese Weise, dass mit mir nicht zu spaßen ist. Hoffentlich denken ihre Jungen genauso.«

Die Bärin kam noch ein paar Schritte näher und blieb wieder stehen. Ungefähr vierzig Meter trennten sie noch von dem Tierfilmer. »Jetzt wird es brenzlig«, kommentierte er. »Die Grizzly-Mutter, ich will sie Laura nennen, kennt anscheinend keine Scheu.« Er hielt in seinem Kommentar inne, damit die Zuschauer das Fauchen der Bärin hören konnten. »Ich darf ihr jetzt nicht in die Augen sehen, sonst wird sie erst recht nervös und greift sofort an.«

Julie hatte ihr Bärenspray aus der Tasche gezogen und ließ die Bärin nicht aus den Augen. In den nächsten Sekunden würde sich entscheiden, ob sie angriff. Amy hielt sich an ihrem Arm fest, und auch Ralston konnte seine Nervosität nicht verbergen. Seine rechte Hand war sicherheitshalber am Revolver. »Nicht schießen!«, warnte Julie leise. »Auf keinen Fall! Das macht sie nur noch wilder. Wenn es zum Äußersten kommt, benutze ich mein Spray.«

Sie bezweifelte jedoch, dass sich der Tierfilmer an ihre Warnung halten würde, und war umso erleichterter, als die Grizzly-Mutter sich zum Rückzug entschloss und mit ihren Jungen das Weite suchte. Ralston, wieder obenauf, richtete die Kamera auf sie, bis sie hinter einigen Hügeln verschwunden war.

»Ruhe bitte!«, signalisierte er. »Ich hänge noch einen Aufsager dran.« Er verließ seinen Platz und stellte sich einige Schritte vor die Kamera. »Amy! An die Kamera! Und sieh zu, dass du den Fluss im Hintergrund hast, okay?«

Amy richtete die Kamera auf ihn. »Läuft!«

»Das ging gerade noch mal gut«, begann Ralston seinen Kommentar. Er begleitete seine Worte mit dem jungenhaften Lächeln, das gut beim Publikum ankam, vor allem bei Frauen. »Laura respektiert uns und sucht sich eine andere Gegend für ihren Ausflug. Wir sind uns auf Augenhöhe begegnet, haben Respekt voreinander gezeigt. Das ist am wichtigsten, wenn man einem Grizzly begegnet. Respekt, aber keine Furcht. Ich habe schon seit vielen Jahren mit wilden Tieren zu tun und glaube zu wissen, was sie denken und fühlen. Sie unterliegen den Gesetzen der Natur und haben sich eine Fähigkeit bewahrt, die auch den Menschen einmal zu eigen war, aber vor Hunderten von Jahren durch die Zivilisation verdrängt wurde: die Fähigkeit, sich beim täglichen Kampf um Nahrung gegen Feinde und sogar gegen stärkere Artgenossen durchzusetzen. Ich will nicht, dass wir uns in Steinzeitmenschen zurückverwandeln, und ich befürworte weder die Jagd noch will ich, dass wir uns gegenseitig bekämpfen. Ich setze mich lediglich für diese wilden Tiere ein. Sie gehorchen anderen Gesetzen und dürfen in einem Nationalpark wie Denali ungestört ihr eigenes Leben führen. Hier draußen in der Wildnis folgen die Tiere den Gesetzen der Natur.«

»Das haben Sie schön gesagt«, erwiderte Julie, nachdem Amy die Kamera abgeschaltet hatte. »Aber verstoßen Sie nicht selbst gegen diese Gesetze, wenn Sie der Bärin einen Kosenamen geben und sich in Ihren Kommentaren als großer Bärenversteher ausgeben? Wilde Tiere sind unberechenbar, das sollten Sie am besten wissen. Sie können doch nicht so tun, als würden Sie ihre Sprache verstehen. Warum müssen Sie alles so stark dramatisieren?«

Der Tierfilmer überließ es Amy, die Kamera und das Stativ zum Zelt zu tragen, und wandte sich mit herablassendem Blick an Julie. »Weil es sich die Leute sonst nicht ansehen würden. Eine Doku muss dramatisch und spannend sein, manchmal sogar lustig, auf jeden Fall aber unterhaltsam. Und ich wüsste nicht, dass man Sie mitgeschickt hat, um mir zu erzählen, wie ich meine Filme drehen soll. Oder haben Sie ein Drehbuchseminar besucht?«

»Ich bin Rangerin«, entgegnete Julie, »mir geht es um den Schutz der Natur. Wenn ich mich recht erinnere, haben

Sie in Ihrem Kommentar von sich selbst dasselbe behauptet. Müssen Sie denn unbedingt so aufschneiden und sich als Seelenverwandten der Bären hinstellen? Die Leute bekommen doch ein vollkommen falsches Bild vom Leben in der Wildnis, wenn Sie behaupten, die Gefühle und Gedanken von wilden Raubtieren zu kennen.«

Ralston merkte, dass er mit Argumenten nicht weiterkam, und wurde zynisch. »Wie alt sind Sie? Anfang, Mitte zwanzig? Eine junge Rangerin, die noch nicht mal ein Dienstjahr hinter sich hat? Wissen Sie, wie lange ich schon mit wilden Tieren zu tun habe? Länger als zehn Jahre, meine Liebe! Also erzählen Sie mir nicht, wie ich mich Grizzlys gegenüber verhalten soll. Ich bin schon Bären begegnet, da lagen Sie noch in der Wiege. Lassen Sie mich in Ruhe arbeiten, dann kommen wir gut miteinander aus. Und halten Sie sich mit Ihren Ratschlägen zurück.«

»Dann halten Sie sich an die Vorschriften, Mister Ralston.«

Er stapfte wütend davon und herrschte Amy an, die als Blitzableiter herhalten musste und sich auch mit keinem Ton dagegen auflehnte. Immer noch missgestimmt, sah Ralston sich seine Aufnahmen im kleinen Monitor an und tat so, als ginge ihn die restliche Arbeit nichts an. Julie und Amy schleppten die Proviantbehälter allein zum Versteck zwischen einigen Felsen, errichteten eine Kochstelle am steinigen Flussufer und blieben nach getaner Arbeit am Flussufer stehen.

»Warum lassen Sie sich alles von ihm gefallen?«, fragte Julie vorsichtig.

Amy tat die Frage mit einem Lächeln ab. »Barry hat genug mit dem Filmen zu tun. Wenn er sich noch um andere Arbeiten kümmern müsste, würde er durchdrehen. Er ist ein Künstler, Julie, mit dem Alltag hat er wenig im Sinn. Er denkt ständig an seinen Film, wie er die nächsten Tage vorgehen will, was unbedingt auftauchen muss, wo er die Kamera am besten postiert. Mir macht es nichts aus, wenn er sich in den Mittelpunkt stellt. Ich muss nicht ins Fernsehen. Ich bin schon zufrieden, wenn Barry mich liebt.«

Ich glaube, der liebt nur sich selbst, dachte Julie.

9

Am frühen Abend, als Julie eine Tüte mit Nudeln und die Dose Thunfisch aus ihrem Proviantbehälter holte, meldete sie sich über Funk bei Superintendent Green. »Ich befürchte, wir werden über kurz oder lang Ärger mit ihm bekommen«, sagte sie über Ralston. »In seinem Kommentar stellt er sich als großen Grizzly-Experten hin, als Seelenverwandter, der die Sprache der wilden Tiere versteht, und im gleichen Atemzug lässt er eine Grizzly-Mutter mit zwei Jungen bis auf zwanzig Meter an sich herankommen. Er hat nicht mal Bärenspray dabei, nur einen Revolver, den er sogar benutzen würde, wenn ihm ein Grizzly gefährlich würde. Ich habe seiner Freundin mein Extra-Spray gegeben, aber ihn kann man nicht bremsen. Er ist ein Sicherheitsrisiko, Sir.«

Green hatte sich wohl schon so etwas gedacht und wirkte kaum überrascht. »Ralston ist ein selbstverliebter Blender«, sagte er, »das weiß jeder. Er will in seinen Filmen zeigen, was für ein mutiger Abenteurer und Tierkenner er ist. Das können Sie ihm nicht austreiben. Halten Sie ihn in Schach, so gut es geht, und versuchen Sie es erst einmal auf die sanfte Tour. Es bringt nichts, sich mit einem Mann seines Charakters anzulegen. Lassen Sie ihm seinen Spaß und greifen Sie nur ein, wenn es gefährlich wird. Was wir nicht brauchen können, ist ein Unfall oder eine noch größere Katastrophe, also halten Sie die Augen offen und geben Sie mir sofort Bescheid, falls er sich in zu große Gefahr begibt. Korrigieren Sie kleinere Fehler. Gehen Sie darüber hinweg, ohne ihm ständig Vorwürfe zu machen.« Er seufzte. »Ich weiß, ich mute Ihnen einiges zu. Es ist bestimmt kein leichter Auftrag, aber wie schon gesagt, wir brauchen den Deal mit dem Fernsehsender und müssen bei Ralston ein Auge zudrücken.«

»Aye, Sir. Ich will's versuchen.«

Beim Kochen war Julie mit Amy allein. Sie hatten die Gegend sorgfältig nach Bären abgesucht, bevor sie Wasser vom Fluss geholt und über ihrem Gaskocher erhitzt hatten, und behielten ihre Umgebung auch während des Kochens im Auge. Ralston war dabei, zwei winzige Kameras in einem nahen Heidelbeerdickicht zu verstecken, um möglichst gute Nahaufnahmen zu bekommen, falls sich weitere Grizzlys dorthin verirrten. Die Kameras konnte er mit einer Fernsteuerung aus seinem Equipment-Koffer bedienen.

»Wo haben Sie sich eigentlich kennengelernt?«, fragte Julie.

»In einer Buchhandlung in Portland«, antwortete Amy. »Ich bin Buchhändlerin und habe eine Autogrammstunde für ihn organisiert. Die Leute standen Schlange, und ich hatte alle Hände voll zu tun, aber dann lud er ausgerechnet mich zum Essen ein und wir verstanden uns so gut, dass er mich auf seine nächste Expedition mitnahm. Ich weiß, Sie halten ihn für einen Egoisten, aber so sind Künstler eben. Wir hatten Schriftsteller zu Lesungen, die noch viel schlimmer waren.«

»Und Ihren Job haben Sie aufgegeben?«

»Für die erste Expedition hab ich unbezahlten Urlaub genommen. Inzwischen arbeite ich bei Barry mit und werde von seiner Produktionsgesellschaft bezahlt.« Sie merkte, wie

Julie sie zweifelnd anblickte, und fügte rasch hinzu: »Oh, Barry ist ein sehr großzügiger Mensch. Ein Macho ist er auch, aber so sind alle Künstler. Er braucht jemanden, der ihm die grobe Arbeit abnimmt, damit er den Kopf für die Kunst freihat. Ist das so schlimm?«

Julie musste nicht lange überlegen. »Kommt darauf an. Ich finde, er übertreibt es ein bisschen und behandelt Sie wie eine Angestellte. An Ihrer Stelle würde ich mir nicht alles gefallen lassen. Warum wehren Sie sich nicht?«

»Barry können Sie nicht ändern«, erwiderte sie lächelnd. »Er ist eben … Barry. Einer der besten Tierfilmer, die ich kenne, wenn nicht der beste überhaupt. Ein gefühlvoller Mann, der Tiere über alles liebt und sie besser versteht als jeder andere. Ein tollkühner Abenteurer. Einer, der gern im Mittelpunkt steht und seinen Erfolg in vollen Zügen genießt.« Es klang, als würde sie aus einer Werbebroschüre für seine Filme vorlesen. »Und ein Mann, der ganz unten war und sich beharrlich nach oben gearbeitet hat.«

Julie rührte gedankenverloren in den Nudeln. Sie wusste, dass Ralston als junger Mann wegen einer Drogensache im Gefängnis gesessen hatte, allerdings nur eine Nacht, dann war sein Fall wegen Geringfügigkeit aufgegeben worden. Ein Klatschblatt hatte seine Verfehlung genüsslich breitgetreten. In seiner Kurzbiografie stand, dass er als Barkeeper gearbeitet hatte. Sie hütete sich, die Drogen zu erwähnen. »Ich weiß, dass er als Barkeeper gearbeitet hat.«

Amy nickte. »Nach seiner Studienzeit, als es mit den Filmen noch nicht besonders lief. Seine Familie hatte wenig Geld. Sein Vater war lange arbeitslos, und seine Mutter jobbte als Bedienung. Da kann man keine großen Sprünge machen. Er musste das College schon nach einem Jahr abbrechen und schlug sich mit verschiedenen Jobs durch, unter anderem als Barkeeper. Woran sich nur wenige erinnern: Er spielte sogar mal in einer Doku-Soap über eine Künstler-WG mit, aber auch das ist lange her. Er ist ein guter Mann, Julie. Beurteilen Sie ihn nicht so streng. Ich passe schon auf, dass er nicht über die Stränge schlägt.«

Amy schaltete den Gaskocher aus und schüttete das heiße Wasser ab. Zusammen mit dem Thunfisch aus der Dose und etwas Salz waren die Nudeln ein reichhaltiges Abendessen. Julie konnte Thunfisch eigentlich immer essen: als Beilage, Brotbelag und in der Sushi-Bar. Sie packte den wenigen Abfall in eine mitgebrachte Papiertüte und verstaute ihn in einem verschließbaren Behälter, bevor sie ihren Teller und ihre Gabel hervorkramte, sich Ralston und Amy anschloss und sich selbst eine Portion aufgab. Die beiden saßen vor ihrem Zelt und aßen bereits.

Ralstons Laune hatte sich gebessert und er war mit seinen Gedanken auf einem anderen Kontinent. »Hab ich schon von dem Leoparden erzählt?«, fragte er zufrieden kauend. »Das war vor ungefähr einem Jahr in Botswana. Leider vor deiner Zeit, Amy, aber sobald wir die Grizzlys im Kasten haben, fahren wir wieder hin, das verspreche ich dir. Ich hab damals einen Film über Raubkatzen gedreht. Erinnert ihr euch an die Szene, als ich mit meinem Guide am Lagerfeuer saß, und er mir von einem Killer-Leoparden erzählte, der schon mal einen Menschen gerissen hatte? Ich hatte mich natürlich gründlich vorbereitet und wusste, dass Leoparden ihre

Beute oft auf Bäume zerren und dort über einen Ast hängen. Ich hatte ein ziemlich flaues Gefühl im Magen, als wir mit dem Jeep über die Steppe fuhren. Am Flussufer sahen wir ihn dann. Er saß in einem Baum, eine aufgerissene Antilope neben sich. Er tat so, als würde er uns gar nicht sehen, aber er beobachtete uns sehr genau und verfolgte jede unserer Bewegungen. Kein Grund, sich aus dem Staub zu machen. Ich baute mein Stativ auf und holte den Leopard mit dem Objektiv so nahe heran, dass ich die Narbe an seinem Hals erkennen konnte, und wartete geduldig, bis er zu fressen begann. Als er den Baum verließ und näher kam, wollte mein Guide, ein erfahrener Wildhüter, sofort den Rückzug antreten. Ich aber blickte dem Leoparden in die Augen und erkannte, dass er kein Interesse an uns hatte. Er sah in uns keine Konkurrenz und befürchtete nicht, wir könnten ihm die Beute wegnehmen. So war es dann auch. Und wisst ihr was? Als der Bursche auf uns zukam und wütend zu fauchen begann, wurde mir warm ums Herz. Ich hatte keine Angst. Ich war sicher, dass er mir nichts tun würde.«

»Wilde Tiere sind unberechenbar«, widersprach Julie. »Sie können nicht erahnen, was sie vorhaben. Der Grizzly heute Nachmittag hätte genauso gut angreifen können. Wir Ranger haben täglich mit Bären zu tun und würden niemals ein Risiko eingehen. Fast alle Zwischenfälle mit wilden Tieren gehen auf menschliches Fehlverhalten zurück. Das wissen Sie doch auch oder verschweigen Sie das Ihren Zuschauern?«

»Ich verlasse mich auf mein Gefühl und meinen Instinkt, Ranger Wilson. Wer so oft mit wilden Tieren allein war wie ich, weiß, wie sie reagieren.«

Julie hatte keine Lust auf ein Streitgespräch. »Es hat keinen Sinn, sich hier in der Wildnis darüber zu streiten. Wir wissen, dass Sie dramatische Szenen für Ihre Filme brauchen, und gewähren Ihnen viele Freiheiten. Dennoch möchte ich Sie bitten, weder sich noch Amy und mich in Gefahr zu bringen.«

Ralston lachte. »Keine Bange, Ranger. Hier gibt's keine Leoparden.«

An diesem Abend zog sich Julie früh zurück. Sie überprüfte noch einmal die Proviantbehälter in der Felsspalte und suchte die Gegend nach Bären ab. Außer einem einsamen Karibu, das seine Herde verlassen hatte und auf einem weit entfernten Hang graste, war kein Tier zu sehen, wenn man von den lästigen Moskitos absah, die sich zu späterer Stunde auch abseits von Seeufern und Dickichten aufhielten. Über der Tundra wölbte sich ein fahler Himmel. Das Licht war spätabends anders, wirkte melancholischer und geheimnisvoller und passte zu der tiefen Stille, die sich abseits der Zivilisation über das Land senkte. Düstere Schatten hingen über den schroffen Felsenhängen der Alaska Range.

Sie blickte nach Westen, wo die sanften Hügel der Tundra fast übergangslos mit dem Horizont verschmolzen. Inmitten der weiten Ebene floss der Clearwater Creek von den Gletschern des Mount McKinley herab. Am East Fork, der östlichen Gabelung des Flusses, kampierte Steve mit der Professorin und zwei weiteren Studenten. Für einen kurzen Moment wallte Eifersucht in ihr auf, als sie daran dachte, dass einer dieser Studenten sicher weiblichen Geschlechts war, aber dann erinnerte sie sich an ihr gemeinsames Essen und die leidenschaftlichen Küsse, und alle Zweifel fielen von ihr ab. Sie hatte ihren Prince Charming gefunden, den Ritter auf dem weißen Pferd, von dem jede Frau träumte. Es waren nicht nur Liebe und Leidenschaft, die sie verbanden, sondern auch eine seltsame Vertrautheit, die sie bislang mit kaum einem Menschen in so kurzer Zeit erreicht hatte. Es klang zwar abgedroschen, aber es kam ihr tatsächlich so vor, als würden sie sich schon jahrelang kennen. Ein schönes Gefühl, auch wenn es sie manchmal überraschte, wie perfekt und schnell sich alles ergeben hatte. Aber sollte sie sich beklagen? Nur schade, dass man in der Wildnis nicht mal eine SMS austauschen konnte.

Sie hob das Fernglas an die Augen und ließ ihren Blick ein letztes Mal kreisen. Im Nordwesten, auf einem Hang weit hinter dem Gletscher, entdeckte sie einen grauen Flecken. Aus der Art, wie er sich bewegte, schloss sie, dass es sich um einen Grizzly handelte. Nur männliche Bären zogen allein durch die Wildnis, auf der Suche nach einer Partnerin, mit der sie Junge zeugen konnten, eine Gefahr für alle weiblichen Bären mit Jungen, die erst dann wieder paarungsbereit waren, wenn ihr Nachwuchs auf eigenen Beinen stand und weitergezogen war.

Ob der Bär dem Weibchen auf der Spur war, das ihnen am Nachmittag zu nahe gekommen war, ließ sich nicht erkennen. Er schlug ungefähr die gleiche Richtung ein und wirkte sehr entschlossen. Kein einziges Mal hielt er an, um sich auf die Hinterbeine zu stellen und in ihre Richtung zu blicken, obwohl er sie mit seiner feinen Nase längst gewittert haben musste.

Julie beobachtete den Grizzly, bis er hinter einem Hügelkamm verschwunden war, und kroch in ihr Zelt. Ihr Schlafsack hielt auch bei arktischen Temperaturen warm und war durch die Isomatte, die zur Ausrüstung jedes Rangers im Backcountry gehörte, selbst gegen harten und teilweise gefrorenen Boden geschützt. Ihr Funkgerät und das Bärenspray lagen in Reichweite. Sie las noch etwas auf ihrem Reader, einen kitschigen Liebesroman von Debby Macomber, und schaffte es gerade rechtzeitig, das Lesegerät abzuschalten, bevor ihr die Augen zufielen. Früh ins Bett und früh wieder raus, hieß es bei den Rangern.

Im Traum begegnete sie Bär 104. Der aufgebrachte Bär stellte sich auf die Hinterbeine und fauchte so laut, dass ihre Ohren dröhnten. Wieder auf allen vieren, schlug er mehrmals mit seiner rechten Vordertatze auf den Boden, ein Zeichen dafür, wie nervös er war. Im nächsten Augenblick griff er an. In weiten Sätzen hielt er auf sie zu, das Maul mit den Reißzähnen weit geöffnet.

Sie reagierte so langsam, wie sie es aus anderen Albträumen in Erinnerung hatte, beinahe in Zeitlupe. Erst nach mehrmaligen Versuchen bekam sie das Bärenspray aus der Tasche und richtete es auf den Angreifer. Als sie den Druckknopf betätigen wollte, passierte gar nichts. Kein Bärenspray, und dabei hatte sie die Spraydose doch noch am selben Morgen überprüft. In ihrer Panik rannte sie davon. Obwohl sie genau wusste, dass der Bär sie leicht einholen konnte, hetzte sie einen Hang hinauf. Wieder in Zeitlupe, als bewegte sie sich durch meterhohen Schnee. Ein Gefühl der Ohnmacht ergriff sie. Sie wusste, dass sie sterben würde. Der Grizzly kam immer näher, war bereits dicht hinter ihr. Stell dich tot, schoss es ihr durch den Kopf, das erzählst du den Besuchern doch immer. Das letzte Mittel gegen einen wütenden Grizzly ist, sich auf den Boden zu werfen und nicht mehr zu rühren. Hände über den Kopf und hoffen, dass der Bär weiterzieht.

Doch kaum lag sie auf dem Boden, hatte der Grizzly sie erreicht. Sie sah sein geiferndes Maul dicht vor sich, spürte seinen stinkenden Atem im Gesicht. Gerade als er seine gelben Reißzähne in ihren Kopf graben wollte, schreckte sie aus dem Schlaf. Schweißüberströmt richtete sie sich in ihrem Schlafsack auf.

Sie brauchte einige Sekunden, um die schrecklichen Bilder abzustreifen und in die Wirklichkeit zurückzufinden. Ein Blick auf die Uhr sagte ihr, dass es vier Uhr früh war. Immer noch Nacht, aber längst taghell.

Aus Angst, noch mal in ihrem Albtraum zu versinken, kroch sie aus ihrem Schlafsack und zog sich an. Funkgerät und Bärenspray verstaute sie im Anorak. Doch kaum hatte sie nach ihrem Waschbeutel gegriffen, als die Bilder aus ihrem Albtraum sie einholten. Durch die Zeltwand nahm sie einen dunklen Schatten wahr. Sie zog behutsam den Reißverschluss ihres Zeltes herunter und streckte vorsichtig den Kopf ins Freie. Was sie dort sah, ließ ihr Blut gefrieren.

Vor Ralstons Zelt standen zwei junge Grizzlys. Sie wirkten verängstigt und angespannt, nicht neugierig und sorglos wie zuvor. Direkt vor ihnen ragte das gewaltige Hinterteil ihrer Mutter aus dem Zelt. Mit dem vorderen Teil ihres Körpers machte sie sich in Ralstons Zelt zu schaffen.

Entsetzt zog Julie den Kopf zurück. »Ralston! Amy!«, flüsterte sie. Wo waren die beiden? Hatte der Grizzly sie getötet?

Unmöglich, sagte sie sich. Zumindest einer von beiden hätte doch geschrien. Und hätte Ralston nicht seinen Revolver abgefeuert?

Waren sie geflohen? Versteckten sie sich irgendwo?

So leise wie möglich zog sie den Reißverschluss des Zelteingangs nach oben und ließ ihn nur so weit offen, dass sie den Kopf durchstecken konnte. Längst hielt sie ihr Bärenspray in der Hand. Obwohl sie genau wusste, dass die Dose gefüllt war, sah sie sicherheitshalber noch einmal nach. Erst dann blickte sie durch den schmalen Spalt nach draußen. Der Bär war inzwischen im Zelt verschwunden und füllte beinahe den gesamten Innenraum aus. Immer wenn er sich drehte, beulte er die Zeltplane mit seinem Körper aus. Man hörte, wie er gegen etwas Hartes stieß, zufrieden brummte und schmatzte.

Anscheinend hatte er Vorräte gefunden. Ein furchtbarer Verdacht regte sich in Julie, doch sie weigerte sich, daran zu glauben, weil nicht einmal Barry Ralston so dumm sein konnte, eine solche Gefahr heraufzubeschwören. Ein erfahrener Tierfilmer, der von sich selbst behauptete, die Sprache der wilden Tiere zu sprechen, musste wissen, wohin der Leichtsinn eines Menschen in der Wildnis führen konnte. Nein, so töricht konnte er nicht sein.

Der Grizzly rumorte noch immer im Zelt herum. Anscheinend hatte er sich verheddert und versuchte verzweifelt freizukommen. Weil er den Ausgang nicht mehr fand, hieb er mit zwei gewaltigen Prankenhieben auf die Zeltwand ein. Seine scharfen Krallen rissen die Plane in Fetzen, und er schüttelte wütend die Stricke ab, in denen er sich verfangen hatte. Sein Fauchen war so laut und furchterregend, dass Julie rasch den Kopf einzog und den Zelteingang verschloss. Sie wich einige Schritte zurück und blieb in der Zeltmitte stehen.

Durch die Plane konnte sie die schattenhaften Umrisse der Bärin erkennen. Wenn diese die menschliche Nähe als Bedrohung auffasste, konnte es gut sein, dass sie sich auch an ihrem Zelt zu schaffen machen würde. Sie brauchte keinen Sichtkontakt, um herauszufinden, ob Menschen in der Nähe waren. Sie hatte Julie längst gewittert und wusste, dass sie sich in ihrem Zelt verkrochen hatte. Sie würde es auch wissen, wenn Ralston und Amy in der Nähe waren. So aufgebracht und wütend, wie sich die Bärin benahm, war sie zu allem fähig. Julies Herz raste.

Eine Weile bewegten sich die Schatten kaum. Inzwischen hatten anscheinend auch die Jungen etwas zu fressen abbekommen und schmatzten gierig. Sie waren schon groß, bald erwachsen genug, um auf eigenen Beinen zu stehen. Einige Mütter verstießen ihre Jungen bereits nach einem Jahr, um sich möglichst rasch wieder paaren zu können.

Julie hielt die Ungewissheit nicht länger aus und bewegte sich langsam auf den Eingang zu. So vorsichtig wie möglich zog sie den Reißverschluss ein Stück nach unten und spähte mit einem Auge durch den Spalt.

Die Bärin hatte sich beruhigt und kümmerte sich um ihre Jungen, die mit ihren kleinen Tatzen ein Schinken-Sandwich zerlegten und gierig fraßen. Im Gras lagen Konservendosen und Nudelpakete verstreut. Als die Bärin den Kopf wandte, entdeckte Julie das elektronische Halsband und die Narben an ihrer Schulter. Bär 104! Die Grizzly-Mutter, die den Jungen angegriffen hatte. Der gefährlichste Bär im Denali National Park.

Julie verschloss den Eingang und blieb ruhig stehen. Normalerweise vertrieb man einen Grizzly, der einem so nahe war, indem man sich lautstark bemerkbar machte. Doch Bär 104 war so unberechenbar und gefährlich, hatte zudem schon Nahrung gefunden und daher Interesse dazubleiben, dass sie es nicht darauf ankommen ließ und lieber abwartete. Die Angst fuhr ihr mit eisigen Fingern über den Rücken. Was sollte sie tun? Im Zelt war sie der wütenden Bärin hilflos ausgeliefert.

Mit einem unwirschen Fauchen trieb die Bärin ihre Jungen an. Ihre Schatten bewegten sich an Julies Zelt vorbei. Einen schrecklichen Augenblick lang verharrte die Mutter vor dem Eingang und Julie sah, wie sich ihre Schnauze gegen die Zeltwand abdrückte, aber dann schien sie die Lust verloren zu haben und folgte ihren Jungen zu den Hügeln. Bald war lediglich noch ihr Schnauben zu hören.

10

Julie wartete zehn endlose Minuten und lauschte angestrengt, bevor sie das Zelt öffnete und sich ins Freie wagte. Durch ihr Fernglas suchte sie sorgfältig die nähere Umgebung ab. Fahles Licht lag über der Tundra und spiegelte sich auf dem riesigen Muldrow-Gletscher. Rosafarbener Dunst hüllte die Berggipfel ein.

Sie entdeckte die Grizzly-Mutter mit ihren Jungen am Ufer des Glacier Creek. Sie waren über eine halbe Meile entfernt und anscheinend so satt und zufrieden, dass sie das Interesse an den Menschen verloren hatten. Obwohl der Wind von Süden kam und ihnen die Witterung der Zweibeinerin zutrug, drehten sie sich nicht um. Julie hatte unerhörtes Glück gehabt.

Sie steckte die Dose mit dem Bärenspray in die Anoraktasche und näherte sich dem zerstörten Zelt. Zerfetzte Teile der Plane, Schlafsäcke, Kleidungsstücke und Vorratsreste lagen über den Boden verstreut. Nur die fest verschlossene Metallkiste mit dem Kamera-Equipment hatte außer ein paar Dellen kaum etwas abbekommen. Die Batterielampe hatte die Bärin flach getreten.

Zwischen den Trümmern lag der BRFC, der Bear Resistant Food Container, der bärensichere Proviantbehälter. Julie bückte sich danach und stellte fest, was sie schon vermutet hatte. Er war offen gewesen, als die Grizzly-Mutter darüber hergefallen war. Die Behälter waren unzählige Male getestet worden, bevor man sie auf den Markt gebracht hatte, auch unter extremen Bedingungen, und es stand außer Zweifel, dass selbst ein erwachsener und sehr wütender Grizzly den Container nicht öffnen konnte. Es sei denn, ein leichtsinniger Besitzer wie Barry Ralston ließ ihn geöffnet im Zelt zurück, anstatt ihn vorschriftsmäßig zu verschließen und weit genug entfernt zu lagern.

Das Ergebnis war niederschmetternd. Die Bärin und ihre Jungen hatten die Vorräte aufgefressen oder zerstört und von dem Zelt und allem, was darin gewesen war, kaum etwas übrig gelassen. Um keine weiteren Bären anzulocken, sammelte Julie alle Vorratsreste ein und schloss sie in den Abfallbehälter, die restlichen Trümmer hüllte sie in eine Wolldecke. Die Metallkiste wuchtete sie neben ihr Zelt, öffnete sie und stellte fest, dass einige Teile fehlten. Auch das Stativ und die Kamera hatten Ralston und Amy mitgenommen.

»Dieser verdammte Idiot!«, fluchte sie wenig ladylike. »Nicht mal ein Tourist aus New York oder Chicago hätte sich so dumm benommen.«

Sie zog ihr Funkgerät hervor und meldete sich beim Superintendent. In nüchternen Worten berichtete sie ihm, was geschehen war. »Er muss die Proviantkiste spätnachts geholt haben, Sir. Wahrscheinlich hatte er Hunger. Die Kiste lag geöffnet zwischen den Trümmern. Sie wissen, was das bedeutet.«

»Und Bär 104 kam am frühen Morgen?«

»Die Grizzly-Mutter mit ihren beiden Jungen. Gegen vier Uhr, Sir. Die Bärin steckte bereits halb im Nachbarzelt, als ich aufwachte. Zum Glück waren Ralston und seine Freundin schon weg, sonst wären sie jetzt beide tot. Ich kann von Glück sagen, dass die Bärin keine Lust mehr hatte, mein Zelt einzureißen, nachdem sie mit dem Zelt des Tierfilmers fertig war.«

»Haben Sie eine Ahnung, wohin Ralston gegangen sein könnte?«

Julie erinnerte sich an den Grizzly, den sie am vergangenen Abend gesehen hatte. »Ich denke, er folgt einem männlichen Grizzly in die Nähe des Gletschers. In die gleiche Richtung habe ich eine Bärin mit ihren Jungen laufen sehen. Wie ich ihn kenne, verspricht er sich spektakuläre Bilder von der Begegnung. Sie haben die Kamera und das Stativ dabei. Was soll ich tun?«

»Folgen Sie ihm und bringen Sie ihn und seine Freundin zum Lager zurück. Sollte er sich weigern, sagen Sie ihm, ich hätte es befohlen. Ich tue viel für einen Deal mit einem zahlungskräftigen TV-Kanal, aber das geht entschieden zu weit. Ich kann nicht zulassen, dass er die einfachsten Vorschriften nicht befolgt und sich und einen meiner Ranger in Lebensgefahr bringt. Holen Sie ihn zurück. Ich schicke Ihnen inzwischen den Hubschrauber hoch. Viel Glück, Ranger.«

»Ich bemühe mich, Sir.«

Julie nahm an, dass Ralston und Amy höchstens zwei oder drei Meilen gegangen waren, und ließ ihr Gepäck im Zelt zurück. Nur die Wasserflasche, zwei Müsli-Riegel und etwas Schokolade steckte sie als Proviant ein. Das Fernglas hing um ihren Hals, und in ihren Anoraktaschen befand sich die Notausrüstung mit Kompass, Streichhölzern, Verbandszeug und anderen wichtigen Dingen, die man brauchte, wenn man in der Wildnis strandete.

Seufzend machte sie sich auf den Weg. Bisher hatte sie nur mit leichtsinnigen Touristen und aufsässigen Jugendlichen zu tun gehabt. Ahnungslose Städter, die Bären mit Teddys verwechselt und sich zu nahe an sie herangewagt hatten, junge Rabauken, die im Sommer mit Four-Wheelern und im Winter mit Snowmobilen durch den Nationalpark gerast waren. Beides war streng verboten. Dass ein erfahrener Tierfilmer gegen die elementarsten Gesetze der Wildnis verstoßen könnte, hätte sie nicht für möglich gehalten. Er musste doch wissen, wie Bären auf einen offenen Proviantbehälter reagierten.

Wie alle Ranger war Julie durchtrainiert und kam zügig voran. Um Bär 104 und ihren Jungen so weit wie möglich aus dem Weg zu gehen, nahm sie einen längeren Umweg in Kauf. Schlimm genug, dass dort, wo sich Ralston und Amy befanden, eine weitere Grizzly-Mutter mit ihren Jungen wartete und wahrscheinlich Besuch von einem männlichen Verehrer bekam. Eine solche Begegnung ging selten unblutig ab. Während der Paarungszeit war ein männlicher Grizzly der größte Feind der Jungen.

Der Gletscher schien zum Greifen nahe, doch wegen des Umweges brauchte sie zwei Stunden für den Marsch. Obwohl es diesen Sommer in den Tälern ungewöhnlich warm für Alaska war, wehte ein frischer Wind von den verschneiten Bergen und den Eisfeldern herab. Die Moose und Flechten auf dem Tundra-Boden zitterten im Wind.

Je näher sie dem Gletscher kam, desto dramatischer wuchs

der Mount McKinley vor ihr in die Höhe, ein wahrhaftiger Riese, der auch deshalb so beeindruckend wirkte, weil er sich aus flachem Land in den Himmel erhob. Denali, der Herrscher der Alaska Range.

Sie entdeckte einige Karibus, aber weder Bären noch andere Raubtiere und kam jetzt zügiger voran. Sie war schon als junges Mädchen viel gewandert und hatte immer große Ausdauer gezeigt. Wer mit seinem Hundeschlitten am Iditarod-Rennen teilnehmen wollte, musste körperlich in bester Verfassung sein. Schon bald war sie auf Spuren gestoßen, die sie in ihrer Theorie bestärkten, dass Ralston und Amy diesen Weg eingeschlagen hatten. Dort, wo sie gegangen waren, lag das Gras flach und glänzte im schimmernden Licht. Der silberne Pfad führte über die Hügel zu den Ausläufern des Gletschers, der während der letzten Jahre unter der Erderwärmung gelitten hatte und geschmolzen war, aber immer noch weit in die Tundra hereinreichte.

Unterhalb des Gletschers blieb sie stehen und hielt ihr Gesicht in den kühlen Wind. Zu beiden Seiten des Eises ragten schroffe Felsgebilde aus dem Boden und bildeten zahlreiche Schluchten und Täler. Parallel zum Gletscher zog sich dunkles Geröll dahin, das man eher auf dem Hang eines Vulkans erwartet hätte, und das den Muldrow Glacier unverwechselbar machte. Ehrfurchtsvoll betrachtete Julie die breite Straße aus Eis und Geröll. Aus der Nähe wirkte der Gletscher noch eindrucksvoller als vom Helikopter aus.

Auf dem Geröll verlor sich die Spur des Tierfilmers. Julie bezweifelte aber, dass er dem Gletscher gefolgt war. Weiter oben wurde das Eis breiter, und sie hatte noch nie gehört, dass sich ein Grizzly in diese Höhe gewagt hatte. Es gab eigentlich nur eine Möglichkeit: Die Bärin und ihre Jungen waren nach Südosten auf die Hänge unterhalb des Anderson Pass gewandert, um dort ein verirrtes Karibu zu reißen. Eine breite Geröllschneise führte abseits des Gletschers in das lang gestreckte Tal, in dem Julie schon mehrmals Grizzlys beobachtet hatte. Dort würde Ralston auf die Begegnung der Grizzlys warten.

Unwillkürlich beschleunigte sie ihre Schritte. Die plötzliche Steigung machte ihr wenig aus, lästig war nur das Geröll, auf dem man leicht ins Rutschen oder Stolpern kam. Der Trail, den die meisten Besucher auf ihren Wanderungen nahmen, führte weiter östlich über den Gletscher zu einer Eishöhle, die versteckt in den Felsen lag, und wie aus einer anderen Welt zu stammen schien, als hätten magische Wesen hier ihre Heimat. Sie tauchte in jeder zweiten Doku über den Nationalpark auf.

Schneller als erwartet erreichte sie die Abzweigung zu dem Geröllhang, über den man zu den Hügeln unterhalb des Anderson Pass gelangte. Sie war bereits über drei Stunden unterwegs und legte eine kurze Rast ein, setzte sich auf einen Felsbrocken, verspeiste einen Müsliriegel und trank Wasser, bevor sie aufstand und wieder einmal die Gegend absuchte. Der Gletscher lag einsam und verlassen im schwachen Tageslicht, doch am Ende des Geröllhangs, den sie hinablaufen würde, glaubte sie dunkle Schatten zu erkennen. »Barry! Amy!«, rief sie mehrmals, nur vom vielfachen Echo übertroffen, das jedem ihrer Rufe folgte. »Kommt zurück! Der Grizzly war in eurem Lager!«

Sie hoffte, dass ihre Worte den Tierfilmer und seine Freundin erreichten, und schüttelte zum wiederholten Male den Kopf. Wie unverantwortlich rücksichtslos musste jemand sein, durch eine Nachlässigkeit wie einen offenen Proviantbehälter eine Katastrophe heraufzubeschwören. Als Superintendent würde sie dem Tierfilmer ordentlich den Kopf waschen und dafür sorgen, dass er nie wieder den Nationalpark betrat. Wenn die Presse davon Wind bekam, was Ralston getan hatte, würde der Denali National Park die schlechteste Publicity seit Langem erhalten.

»Barry! Amy!«, rief sie wieder. »Kommt zurück!« Sie glaubte nicht wirklich, die beiden auf diese Weise zum Umkehren bewegen zu können, wollte es aber wenigstens versuchen. »Der Grizzly war in eurem Zelt! Zurück!«

Falls Ralston sie verstehen konnte, ließ er sich nicht aus der Ruhe bringen. Wahrscheinlich blickte er gerade durch den Sucher seiner Kamera und folgte der Bärin und ihren Jungen. In seiner Gier nach Action schien er alles andere zu vergessen. Auch in einer Doku setzte man auf blutige Sensationen. Die Zuschauer sollten den Nervenkitzel hautnah erleben.

Nach einer weiteren Stunde erreichte Julie das Ende des Geröllhangs. Vor ihr erstreckte sich ein keilförmiges Tal, das dem Gletscher unterhalb des Sunset Peak zu entspringen schien und ungefähr eine halbe Meile unterhalb in die Tundra überging. Dort gab es üppige Beerendickichte, ein Paradies für jeden Grizzly. Es war von hohen Felswänden eingefasst und für Menschen nur schwer erreichbar. Julie musste Ralson zugestehen, dass er sein Handwerk verstand, sonst hätte er diesen abgelegenen Ort nicht aufgespürt. Es gehört eine Art sechster Sinn dazu, die ideale Umgebung für dramatische Tierszenen zu finden. In dieser Hinsicht war Ralston ein echter Profi. Indem er sich über Vorschriften und Regeln hinwegsetzte, pflegte er wahrscheinlich bewusst sein Image als Abenteurer und unbequemer Künstler.

Auch ohne Fernglas erkannte sie Ralston und seine Freundin sofort. Sie standen ungefähr eine Achtelmeile von ihr entfernt vor einer schräg abfallenden Felswand, die sich beinahe schwarz von ihrer Umgebung abhob. Nur noch vereinzelt klebte Schnee an den Felsen. Ralston hatte die Grizzly-Mutter mit ihren Jungen im Visier, Amy stand daneben und reichte ihm einen Belichtungsmesser oder irgendein anderes Gerät. Sie hatten sie nicht entdeckt.

Julie hob das Fernglas an die Augen und suchte das Ende des Tales ab. Schon nach kurzer Zeit entdeckte sie den männlichen Grizzly, der über einen Schleichweg ins Tal gekommen sein musste und sich der Bärin und ihren Jungen näherte. Seltsamerweise sorgte sich Julie nicht um die kleinen Bären. Eine Grizzly-Mutter war nicht zu unterschätzen. Käme es zu einer Konfrontation, stand es zwei zu eins, dass der männliche Bär den Kürzeren zog.

Diesmal stand Ralston weit genug von den Bären weg, um ihnen nicht in die Quere zu kommen. Julie unterdrückte ihre Wut und näherte sich dem Tierfilmer. Wortlos stellte sie sich hinter ihn und ließ ihn ungestört seinen Live-Kommentar ins Mikrofon sprechen. Er würdigte sie kaum eines Blickes, hob nur einmal kurz den Kopf und drehte seelenruhig weiter. Amy blickte sie mit schuldbewusster Miene an und zuckte die Achseln, was wohl bedeuten sollte, dass sie keine andere Wahl gehabt hatte, als mit ihrem Freund in dieses Tal zu ziehen.

Auf dem Monitor der Kamera konnte man das Drama, das sich vor ihren Augen abspielte, in Großaufnahme beobachten. Die Bärin hatte den Eindringling bemerkt und sich schützend vor ihren Nachwuchs geschoben. Sie schlug mit einer Pranke nervös auf den Boden und stellte sich seitwärts, um ihrem Widersacher zu zeigen, wie stark und mächtig sie war. Aus ihrem weit geöffneten Maul lief Speichel. Ihre Jungen versteckten sich hinter ihrem Körper.

Der männliche Bär ließ sich nicht beeindrucken. Er war ungewöhnlich groß und wog sicher an die siebenhundert Kilo, bewegte sich aber schnell und wendig und war offenbar nicht gewillt, das Weibchen kampflos aufzugeben.

»Laura ist eine stattliche Dame«, kommentierte Ralston sichtlich begeistert, »und lässt sich nichts gefallen. Sehen Sie nur, wie sie sich dem Eindringling entgegenstellt. Sie ist keine Lady für eine Nacht und denkt nicht daran, ihre Jungen für ein kurzes Vergnügen aufzugeben. Der Fremde will die Kleinen tot sehen, um sich ungestört über Laura hermachen zu können, aber da beißt er auf Granit. Laura ist kein Leichtgewicht und geht keinem Kampf aus dem Weg.«

Beim Aufeinandertreffen der Grizzlys ließ Ralston die Bilder für sich sprechen. Auch Julie wurde von der Szene in Bann gezogen und verfolgte gespannt, wie der Eindringling die Bärin erreichte und sie mit einem Scheinangriff auf die Jungen aus der Ruhe zu bringen versuchte. Doch sie wich nicht zurück, sondern stellte sich dem Angreifer mutig entgegen, öffnete das Maul mit den scharfen Reißzähnen und fauchte ihn wütend an. Das verfehlte nicht seine Wirkung. Der Eindringling wich erschrocken zurück, sammelte sich und griff erneut an. Wieder reagierte die Bärin mit so fürchterlichem Gebrüll, dass Amy ängstlich zusammenzuckte.

Der Angreifer trollte sich beeindruckt, drehte aber nach einigen Schritten wieder um und wollte erneut angreifen, als das Rattern eines Hubschraubers über dem Tal erklang und sich hundertfach an den steilen Felswänden brach.

»Hey!«, tobte Ralston. »Sie machen mir die ganze Aufnahme kaputt! Verschwinden Sie gefälligst! Hauen Sie ab, verdammt, oder ich schieße Sie ab!«

Julie ergriff das Wort: »Das Spiel ist vorbei. Wir müssen zurück, Ralston. Sie haben einen offenen Proviantbehälter im Zelt gelassen.«

»Und? Wegen einer solchen Lappalie soll ich gehen?«

»Die Lappalie hat dazu geführt, dass eine Grizzly-Dame Ihr Zelt zerfetzt und Ihre ganzen Vorräte gefressen oder zerstört hat. Und ich kann von Glück sagen, dass sie danach die Lust verlor und mich verschonte.«

»Mein Equipment!«, erschrak er.

»Ihr Equipment ist okay«, beruhigte sie ihn. »Seien Sie lieber froh, dass Sie nicht im Zelt waren, als der Grizzly kam, sonst bräuchten Sie sich jetzt überhaupt keine Sorgen mehr zu machen. Die Dame war ziemlich wütend.«

Auch die Bärin, die gerade ihren Verehrer davongejagt hatte, war noch aufgebracht. Sie lief dem Angreifer fauchend ein paar Schritte hinterher. Erst nachdem sie sich überzeugt hatte, dass er nicht wiederkommen würde, kehrte sie zu ihren

Jungen zurück und stupste sie liebevoll mit der Schnauze an. Julie glaubte so etwas wie Stolz in ihrer Haltung zu erkennen, als sie mit ihren Jungen das Tal verließ. Um den Hubschrauber kümmerte sie sich nicht.

»Wollen Sie uns wirklich zurückbringen?«, fragte Ralston entsetzt. Er schien erst jetzt die Bedeutung von Julies Worten verstanden zu haben. »Das können Sie nicht machen! Wir drehen hier einen wichtigen Film. Der Sender wird nicht sehr begeistert sein, wenn Sie mich so mir nichts, dir nichts aus dem Nationalpark verjagen.«

Julie reagierte kühl. »Wollen Sie im Freien schlafen? Ohne Schlafsack und Proviant? Der Grizzly hat ganze Arbeit geleistet.«

»Wir könnten Ersatz kommen lassen.«

»Die Vorschriften«, entgegnete Julie nur. Sie war froh, dem arroganten Tierfilmer endlich mal die Grenzen aufzeigen zu können. »Der National Park Service ist der Regierung unterstellt, das wissen Sie doch. Wir kneifen gern mal ein Auge zu, aber bei einem so schweren Verstoß muss ich Sie zum Superintendent bringen. Setzen Sie sich mit ihm auseinander. Amy, alles okay mit Ihnen?«

Die Freundin war blass geworden, als sie vom Besuch des aufgebrachten Grizzlys berichtet hatte. »Ja … natürlich … ich hatte ja keine Ahnung.« Sie wandte sich an Ralston. »Warum hast du mir denn nicht gesagt, dass du den Proviantbehälter geholt hattest? Ich hätte ihn doch zurückgebracht, Barry.«

»Mein Gott, ich hab's vergessen. Ist ja nichts passiert.«

»Unsere Ausrüstung …«

»Die kann man ersetzen. Zahlt der Sender.«

Der Hubschrauber setzte zur Landung an, und Ralston stieg widerwillig ein. Julie und Amy kletterten auf die Rückbank.

Gary Fletcher begrüßte sie.

»Ärger?«, fragte er neugierig.

Julie ging nicht auf seine Frage ein. »Hey, Gary«, sagte sie stattdessen. »Zum Lager und dann zu den Park Headquarters. Ohne Umweg, okay?«

»Aye, Ranger Wilson«, erwiderte er.

11

Der Pilot setzte sie direkt vor dem Verwaltungsgebäude ab. Julie stellte ihren Rucksack in den Flur und half Ralston und Amy, ihr Equipment und das, was der Grizzly von ihrer Ausrüstung und ihrem Proviant übrig gelassen hatte, ins Gebäude zu tragen.

Superintendent Green bat sie sofort in sein Büro. Er gab sich keine Mühe, seinen Unmut zu verbergen. »Mister Ralston«, sprach er den Tierfilmer direkt an, »ich habe großen Respekt vor Ihrer Arbeit und weiß, dass Sie manchmal übers Ziel hinausschießen, um an möglichst spektakuläre Aufnahmen zu kommen. Aber in diesem Fall haben Sie nicht nur Ihr eigenes Leben, sondern auch das von Ranger Wilson riskiert. Einen offenen Vorratsbehälter in der Wildnis herumliegen zu lassen, ist mehr als leichtsinnig. Von einem versierten Filmemacher, der eine langjährige Erfahrung mit wilden Tieren besitzt und erst vor wenigen Monaten mit Grizzlys zu tun hatte, hätte ich mehr erwartet.«

»Es war keine Absicht«, versuchte Ralston seinen Fehler herunterzuspielen. »Wir hatten einen Bären gesichtet und mussten sofort los, um Aufnahmen zu bekommen. Da war keine Zeit mehr, den Behälter zu schließen. Ich hatte gehofft, Ranger Wilson würde aufwachen und sich darum kümmern.«

Julie gelang es nur mühsam, ihre Wut im Zaum zu halten. »Dann hätten Sie mich wecken und mir Bescheid sagen müssen. Stattdessen haben Sie es einem der aggressivsten Grizzlys unseres Parks überlassen, mich aus dem Schlaf zu reißen. Es hätte nicht viel gefehlt, und er wäre auch auf mich losgegangen.« Sie blickte ihn verächtlich an. »Mal davon abgesehen, dass er Ihr Zelt, Ihre Kleider, Vorräte und einen Teil der teuren Ausrüstung zerstört hat.«

»Das zahlt die Versicherung.« Ralston hatte erkannt, wie aufgebracht Julie war, und bemühte sich sichtlich um Schadensbegrenzung. Er lächelte zerknirscht. »Okay, ich habe einen Fehler gemacht, das gebe ich gern zu. Und ich entschuldige mich dafür. Es wird nicht wieder vorkommen.« Wenn er glaubte, dass er sie mit einem Lächeln um den Finger wickeln und alles wiedergutmachen konnte, hatte er sich in Julie getäuscht. Die Entschuldigung ging ihm so leicht über die Lippen, dass sie nicht ernst gemeint sein konnte. Sie schwieg. »Warum vergessen wir die Sache nicht einfach und kehren zum Red Mountain zurück?«, versuchte Ralston es weiter. »Ich habe erstklassige Bilder im Kasten und bin sicher, es werden noch mehr. Denken Sie an die Werbung, die der Park dadurch bekommt.«

Der Superintendent dachte sicher schon die ganze Zeit daran, sonst hätte er sich gar nicht auf eine Diskussion mit dem Tierfilmer eingelassen. Trotzdem blieb er hart. »Das geht leider nicht, Mister Ralston. Ich arbeite für die Regierung und habe meine Vorschriften. Ich habe bereits mit Ihrem Sender gesprochen und einen Termin für Montag anberaumt. Ihr Chef kommt am Montag von Anchorage hoch.« Er wandte sich an Julie. »Ich möchte, dass Sie ebenfalls an dem Meeting teilnehmen, Ranger Wilson. Danach sehen wir weiter. Einverstanden?«

»Heute ist Freitag. Was sollen wir übers Wochenende tun?« Ralston war solchen Gegenwind nicht gewöhnt. »Wie soll ich meine Termine halten, wenn mir solche Steine in den Weg gelegt werden? Und wo sollen wir mit unserem Van parken? Vor dem Visitor Center, wo uns alle sehen können?«

»Auf dem Campground am Savage River ist ein Platz frei, da sind Sie relativ ungestört. Ranger Short ist dort und sorgt dafür, dass Sie niemand belästigt. Er weiß bereits Bescheid.« Der Superintendent lächelte beinahe ein wenig schadenfroh. »Und zu tun haben Sie doch sicher genug. Ihre bisherigen Aufnahmen sichten, am Drehbuch feilen, was weiß ich. Eine gute Empfehlung wäre, sich noch einmal unser Bärenvideo anzusehen und die Broschüre durchzulesen.« Er ignorierte die säuerliche Miene des Filmemachers und tröstete ihn: »Keine Angst, Mister Ralston, die Bären laufen Ihnen nicht weg. Die sind auch noch am Red Mountain, wenn Sie zurückkehren …« Er legte eine kurze Pause ein. »… falls wir Ihnen gestatten, auch weiterhin im Denali National Park zu drehen. Tut mir sehr leid, Mister Ralston, ich kann gar nicht anders entscheiden.«

»Wie Sie meinen, Sir«, erwiderte Ralston kühl. »Aber wundern Sie sich nicht, wenn mein Sender sich anders entscheidet und nicht mehr bereit sein sollte, eine Partnerschaft mit Ihnen einzugehen. Ich hoffe, das ist Ihnen klar.«

»Die Sicherheit meiner Angestellten ist mir wichtiger.«

Ralston machte auf dem Absatz kehrt und verließ das Büro, gefolgt von seiner Freundin, die Julie im Vorbeigehen einen schuldbewussten Blick zuwarf. Sie schämte sich ganz offensichtlich für das Verhalten des Tierfilmers.

Julie atmete erleichtert auf, als die beiden verschwunden waren. »Ich habe versucht, ihm so viele Freiheiten wie möglich zu lassen, Sir, obwohl er von Anfang an nicht bereit war, sich an die Vorschriften zu halten und uns schon bei den ersten Aufnahmen in Gefahr brachte. Aber die Sache mit dem Proviantbehälter ging entschieden zu weit. Ich hatte Angst um mein Leben, Sir.«

»Das tut mir leid, Ranger Wilson. Sie haben richtig gehandelt, als Sie die Dreharbeiten sofort abbrachen. Wie wär's, wenn Sie sich übers Wochenende freinehmen? Sie haben es sich verdient. Wir sehen uns Montagmorgen.«

»Vielen Dank, Sir. Ich würde gern nach Fairbanks fahren und nach Terry sehen. Den Jungen, der Bär 104 aus der Nähe fotografieren wollte. Ich weiß, er ist nicht unser Problem, aber ich mache mir, ehrlich gesagt, etwas Sorgen. Vielleicht kann ich ihn am Sonntag schon zu einem ersten Einsatz bei den Huskys mitnehmen. Natürlich nur, wenn Sie nichts dagegen haben. Der Umgang mit den Hunden würde ihm sicher guttun. Was meinen Sie, Sir?«

»Als ob wir nicht schon genug Probleme hätten«, antwortete Green ein wenig mürrisch, »aber wenn Sie meinen? Wenn wir den Jungen auf den richtigen Weg bringen, hilft das dem Image unseres Parks. Aber denken Sie daran, dass Sie am Montag eventuell wieder Kindermädchen spielen müssen. Natürlich nur, wenn wir zu einer Einigung mit Ralston und seinem Sender kommen und er uns schriftlich versichert, unsere Vorschriften zu beachten.«

»Würden Sie ihm das abnehmen?«

»Auch Ralston hat einen Ruf zu verlieren, Ranger Wilson.«

Julie verabschiedete sich und ging bei den Huskys vorbei. Sie hatten gerade eine Vorstellung hinter sich und begrüßten Julie mit begeistertem Bellen. »Hey Carol«, rief sie ihrer Kollegin zu, die damit beschäftigt war, ihre Hunde von den Geschirren zu befreien.

»Julie! Ich hab schon gehört, was los ist. Gott sei Dank, dir ist nichts passiert. Ich wusste gleich, dass Ralston nicht zu trauen ist, aber dass er so dumm ist …« Sie band einen ihrer Hunde fest. »Wenn's nach mir ginge, würde ich ihn nie mehr in einen Nationalpark lassen. Was hat der Super gesagt?«

»Am Montag gibt's ein Meeting mit Ralston, seiner Freundin und dem Fernsehboss. Ich soll auch kommen. Ich vermute, dass der Super ihn noch mal in den Park lässt, aber er wird sich doppelt und dreifach absichern. Und ich müsste wieder Kindermädchen spielen.« Sie bemerkte Carols entrüstete Miene und schüttelte den Kopf. »Keine Angst, ich lasse ihm nichts mehr durchgehen. Beim geringsten Verstoß fordere ich den Hubschrauber an und bringe ihn sofort zurück. Ich hab keine Lust, mich erneut mit Bär 104 anzulegen.«

»Vielleicht sollte ich mitkommen«, sagte Carol. »Ich rede mal mit dem Super. Um die Huskys kann sich auch ein anderer Ranger kümmern.«

»Ich weiß nicht, Carol. Zwei Ranger würden Ralston noch mehr provozieren, so gern ich dich dabeihaben würde.« Sie beugte sich zu ihrem Leithund hinab, der schon ungeduldig an seiner Kette zerrte, und umarmte ihn liebevoll. »Hey

Chuck! Nein, mein Lieber, ich habe dich nicht vergessen. Wir haben nur gerade eine Menge Ärger mit einem Tierfilmer, aber übers Wochenende habe ich frei und bringe am Sonntag vielleicht Terry mit. Der Junge hat Angst vor Hunden. Zusammen werden wir ihn schon auf den rechten Weg bringen, was meinst du?«

Sein Jaulen schien anzudeuten, dass er einverstanden war. Auch die anderen Huskys freuten sich, sie wiederzusehen, besonders Noatak, der jüngste im Rudel. »Hallo, mein Guter. Ich freue mich auch, dich zu sehen.« Sie kraulte Noatak zwischen den Ohren und stand auf. »Haben wir noch Eier da? Dann mache ich uns zwei Sandwiches. Schmecken sicher besser als die Nudeln, die es in den Bergen gab.«

»Einverstanden. Ich bringe uns zwei Cokes aus der Rec Hall mit. Kann etwas dauern, ich hab noch ein paar Minuten mit den Huskys zu tun. Vor allem muss ich Rowdy ins Gewissen reden, der hat sich vorhin schon wieder danebenbenommen. Er hat so wütend gebellt, dass ein Kind zu weinen anfing.«

»Okay, ich warte auf dich.«

Julie winkte ihren Huskys zu und schleppte ihr Gepäck zum Blockhaus. Zum Auspacken und Aufräumen brauchte sie nicht lange. Sie stibitzte einen Riegel der Schweizer Schokolade, die Carol unvorsichtigerweise auf dem Tisch hatte liegen lassen, und ließ ihn auf der Zunge zergehen, während die Eier kochten. Obwohl sie sich mit der Zubereitung der Sandwiches viel Zeit ließ, wartete sie noch einmal zehn Minuten, bis Carol die Wohnküche betrat.

»Tut mir leid«, entschuldigte sich ihre Freundin, »aber ich

bin aufgehalten worden. Hast du den Hubschrauber gehört? Steve ist verletzt und auf dem Weg ins Krankenhaus. Das Fairbanks Memorial, hab ich mir sagen lassen.«

Julie starrte Carol entsetzt an. »Steve? Warum sagt mir das denn keiner? Ist es schlimm? Weißt du, was er hat?« Sie war aufgesprungen und stand kurz vor einer Panik. »Ich muss sofort zu ihm.«

»Warte!« Carol packte sie an beiden Oberarmen und hielt sie fest. »Du darfst jetzt nicht durchdrehen, sonst baust du noch einen Unfall. Es ist nicht so schlimm. Hörst du? Er hat sich ein Bein gebrochen, mehr nicht. Anscheinend ist er einen Hang hinabgestürzt. Er hatte Glück, sagt der Notarzt. Ich war dabei, als der Funkspruch kam. Zwar ein offener Bruch, aber keine Gehirnerschütterung oder innere Verletzungen. Also beruhige dich! Die Ärzte kümmern sich um ihn.«

»Er könnte innere Blutungen haben. Das kann man nie ausschließen.«

»Du sollst dich beruhigen!«, redete Carol eindringlich auf die zitternde Julie ein. »Du weißt doch am besten, wie gut die Ärzte im Memorial sind.« Das stimmte. Julies Vater arbeitete dort als Chefarzt. Julie atmete tief durch.

»Okay ... okay ...«, beruhigte sie sich selbst, »ich reiß mich zusammen.« Sie lief in ihr Zimmer, zog sich um und packte ihre kleine Reisetasche. Mit zitternden Fingern rief sie das Krankenhaus an. Als man sie nicht gleich zu ihrem Vater durchstellen wollte, verlor sie beinahe die Nerven. »Aber es ist wichtig! Ich muss ihn sofort sprechen!«, rief sie und entschuldigte sich im selben Atemzug. Dann endlich war ihr Vater am Apparat.

Sie ließ ihn kaum zu Wort kommen. »Steve Morgan. Er wird gerade mit dem Hubschrauber zu euch gebracht. Kümmere dich bitte um ihn, Dad! Versprich mir das! Ich bin schon so gut wie unterwegs und sehe nachher bei dir vorbei. Hilf ihm, Dad … bitte!«

Ihr Vater versprach es. Mit zitternder Stimme verabschiedete sich Julie. Dann griff sie nach der gepackten Reisetasche und rannte aus dem Zimmer. »Tut mir leid«, sagte sie zu Carol, »ich wollte nicht durchdrehen. Ich mache mir Sorgen um ihn, das ist alles.« Sie blieb kurz stehen und umarmte ihre Kollegin. »Ich bin Sonntag früh wieder zurück. Eventuell mit dem Jungen, okay?«

»Schon gut«, erwiderte Carol und drückte ihr das Sandwich und die Coke in die Hand. Sie hatte beides in eine Plastiktüte gepackt. »Für unterwegs.«

Julie bedankte sich und machte sich auf den Weg. An der preiswertesten Tankstelle im nahen Healy betankte sie ihren Suburban. Sie hatte sich etwas beruhigt, war aber immer noch nervös und musste sich zwingen, nicht zu schnell zu fahren. Erst nach ungefähr einer halben Stunde fand sie die Ruhe, ihr Sandwich zu essen und etwas zu trinken. Auf der Straße war reger Verkehr, wie meistens im Sommer, und sie war gezwungen, minutenlang im Schneckentempo hinter einem riesigen Wohnmobil herzufahren, bevor sie wieder freie Bahn hatte.

Sie erreichte Fairbanks am späten Nachmittag und fuhr direkt zum Krankenhaus, einem schmucklosen Bau in der Innenstadt. Die Sonne war hinter einigen Wolken verschwunden und würde sich an diesem Nachmittag wohl nicht mehr nach vorn kämpfen. Sie stellte ihren Wagen auf dem Besucherparkplatz ab und lief mit besorgter Miene in die Empfangshalle. Die junge Dame an der Rezeption kannte sie und suchte bereitwillig im Computer nach Steve.

»Steve Morgan … da haben wir ihn ja. Wurde vor knapp drei Stunden mit dem Hubschrauber eingeliefert und wird gerade operiert. Kennen Sie ihn?«

Julie gab keine Antwort und rannte zum Personalaufzug.

»Sie können da nicht hoch!«, rief ihr die Empfangsdame nach, doch Julie hörte nicht auf sie und fuhr zu den Operationssälen der Chirurgie hinauf. Sie war viel zu nervös und ängstlich, um daran zu denken, dass sie dort nur im Weg stehen würde und außer Ärzten und Schwestern niemand auf dem Stockwerk Zutritt hatte.

Der Zufall wollte es, dass sie gleich ihrem Vater in die Arme lief. »Dad! Gut, dass ich dich treffe! Wie geht es Steve? Ist er okay?«

»Julie! Was tust du denn hier?«, erwiderte ihr Vater überrascht. Er trug seine OP-Kleidung, hatte aber den Mundschutz nach unten gezogen und wirkte wie immer sehr in Eile. »Du weißt doch, dass du hier nicht reindarfst! Du bist doch sonst nicht so unvernünftig. Was willst du hier, Julie?«

»Steve Morgan? Wie geht es ihm?«

»Du meinst den Studenten, um den ich mich kümmern sollte? Den operiert Zimmerman. Doktor Zimmerman kennt sich mit Unterschenkelfrakturen am besten aus. Soweit ich gehört habe, handelt es sich um einen offenen Bruch, da braucht man viel Fingerspitzengefühl.« Er winkte einer ungeduldigen Schwester zu und gab ihr zu verstehen, dass er die Unterhaltung gleich beenden würde. »Woher kennst du den jungen Mann? Ist er dein neuer Freund?«

»Ja. Und was noch wichtiger ist: Ich mag ihn, Dad. Ist der Bruch schlimm? Wann kann ich zu ihm?«

»Das weißt du doch. Nach der OP kommt er in den Aufwachraum, und bis er wieder ansprechbar ist, dauert es sicher einige Stunden. Morgen früh. Kein Grund, sich Sorgen zu machen, Julie. Er hat sich das Bein gebrochen. Du tust ja gerade so, als würde ich ihm ein neues Herz oder eine Lunge einsetzen.« Die Schwester winkte erneut. »So, jetzt muss ich aber gehen. Und du verschwindest so schnell wie möglich aus dem OP-Bereich. Mach schon!«

Sie küsste ihren Vater auf die Wange und kehrte in den Aufzug zurück. Es fiel ihr schwer, das Krankenhaus zu verlassen. Ständig stand das Bild des verletzten Steve vor ihren Augen. Unwillkürlich musste sie an die Risiken denken, die bei jeder Operation auftauchen konnten. Die Gefahr einer Thrombose und Lungenembolie waren gerade bei einem offenen Bruch besonders groß, dachte sie besorgt, weil es leicht zu einer Infektion kommen konnte, selbst wenn die Operation scheinbar günstig verlaufen war.

Manchmal war es ein Nachteil, wenn beide Eltern als Ärzte praktizierten und selbst zu Hause niemals abgeschaltet hatten. Da schnappte man manches auf, und die Horrorgeschichten blieben besonders gut hängen. Sie setzte sich in ihren Wagen und schloss die Augen, bis sie wieder etwas ruhiger atmen konnte. Dann nahm sie einen großen Schluck aus der Wasserflasche, die sie auf alle Fahrten mitnahm. Gleich morgen früh würde sie Steve im Krankenhaus besuchen können.

Mach dich nicht verrückt, ermahnte sie sich in Gedanken. Steve ist in den besten Händen.

Eigentlich hätte sie sich für den Abend mit ihrem Vater verabreden sollen. Während der letzten Monate hatten sie lediglich ein paar Worte in seinem Büro oder auf den Krankenstationen gewechselt, aber nie ausführlich miteinander gesprochen. Jedes Mal, wenn sie sich mit ihm zum Essen verabredet hatte, war er kurz vorher oder während des Treffens ins Krankenhaus zurückgerufen worden. Inzwischen machte sie gar nicht mehr den Versuch, sich mit ihm zu treffen. Selbst wenn sie sich mal unterhielten, redete er nur über die Probleme in der Klinik. Nach dem, was in ihrem Leben vorging, erkundigte er sich höchstens beiläufig und hörte nur mit halbem Ohr zu. Das Gespräch im Gang war das beste Beispiel dafür. Er war mit seinem Beruf verheiratet, genau wie ihre Mutter, deshalb hatte es in ihrer Ehe auch so viele Probleme gegeben. Jeder wollte der Beste sein. Julie war ihren Eltern nicht wirklich böse, sie waren eben so, aber sie hatte es aufgegeben, zu viel von ihnen zu erwarten.

Sie entspannte sich und rief Brandy an. Ihre Freundin war mit ihrem Wrestling Star verabredet und hatte keine Zeit, versprach ihr aber, sie am Samstag zum Mittagessen zu treffen. »Um zwölf Uhr bei Luigi?«

Vorher würde Julie zu Steve und nach dem Essen zu Terry und seiner Mutter gehen. Sie ahnte, dass dieses Treffen nicht ohne Probleme ablaufen würde, vor allem, wenn Terrys Vater zu Hause war. Gut möglich, dass er Terry nicht weglassen würde, nicht ohne eine schriftliche Bestätigung der Strafe.

Julie verdrängte die Gedanken und rief ihre ehemalige Wirtin an. Sie hieß Elizabeth McCormick, wurde von jedem »Queen Elizabeth« genannt und bewirtschaftete die Happy Loon Lodge am Chena Hot Springs Highway östlich von Fairbanks. »Hi, Elizabeth! Ich bin in Fairbanks und bräuchte ein Zimmer für zwei Nächte. Zur Not übernachte ich auch im Zelt neben deinem Haus.«

»Brauchst du nicht«, versicherte ihr die Wirtin, »eines der Gästezimmer ist frei. Bekommst es umsonst, auch zum Essen bist du eingeladen. Heute Abend gibt es Wildeintopf, den magst du doch so gerne. Dafür musst du mir erzählen, was du als Rangerin alles erlebst, und mich auf eine Wanderung mitnehmen, wenn ich es mal in den Park schaffe.« Elizabeth war eine begeisterte Joggerin und träumte von einer ausgedehnten Wanderung zu den Gletschern.

»Einverstanden. Ich bin in einer halben Stunde bei dir.«

Als sie ihren Suburban vor dem zweistöckigen Blockhaus parkte und ausstieg, kam ihr Elizabeth entgegen und umarmte sie fest. Sie war um die fünfzig, sehr kräftig und schnürte ihr beinahe die Luft ab. »Schön, dass du mich mal wieder besuchst.« Sie ließ von ihr ab und strahlte sie an. »Gut siehst du aus. Das Ranger-Leben bekommt dir.« Sie zwinkerte ihr verschwörerisch zu. »Oder hast du einen neuen Freund? Ich würde es dir wünschen, meine Liebe. Nun ja, das kannst du mir nach dem Essen alles noch genau erzählen. Ich stelle dich erst mal unseren Gästen vor. Eine Familie, die morgen mit dem Flieger zur Brooks Range fliegen will, und ein verrückter Norweger. Henrik Arnesen. Keine Ahnung, was er vorhat. Er spricht nicht viel. Ich weiß nur, dass er eine

Fabrik in Norwegen besitzt. Und er versteht was von Huskys.«

»Ein Norweger, der eine Fabrik besitzt und sich mit Huskys auskennt?« Julie glaubte ihren Ohren nicht zu trauen. »Ich glaube es nicht. Das darf doch nicht wahr sein. Carol hat gesagt, er kommt im Sommer nie nach Alaska.«

Elizabeth blickte sie groß an. »Du sprichst in Rätseln, Julie.«

»Ich fasse es nicht, Elizabeth. Ich fasse es einfach nicht.«

12

Henrik Arnesen war ein stattlicher Mann. Obwohl schon Anfang vierzig, wirkte er sportlich und durchtrainiert und wie jemand, der sich auch mit weitaus jüngeren Konkurrenten messen konnte. Das musste er auch, falls er tatsächlich Carols heimlicher Verehrer war und das Iditarod gewinnen wollte. Wie viele Skandinavier, die Julie kennengelernt hatte, benahm er sich sehr zurückhaltend und redete beim Essen nur, wenn ihn jemand direkt ansprach.

Julie wagte nicht, ihn direkt anzugehen, und strich eine Weile um den heißen Brei herum. »Sie kommen aus Norwegen?«, wollte sie von ihm wissen.

»Aus Bergen«, antwortete er, »das liegt direkt am Meer.«

»Und was bringt Sie in unsere Gegend?«

»Ich bin geschäftlich in Fairbanks«, antwortete er ausweichend. »Ich war schon ein paarmal hier. Die letzten beiden Jahre habe ich beim Iditarod mitgemacht. In meiner Heimat züchte ich selbst Huskys. Mein Land ist dem Ihren sehr ähnlich, finde ich. Auch wir haben sehr kalte und lange Winter, und Hundeschlittenrennen veranstalten wir ebenfalls, nur so ein großes Rennen wie das Iditarod gibt es bei uns bisher noch nicht. Auch norwegische Musher träumen davon, es mal zu gewinnen.«

Julie trank von ihrer Limonade und gab vor, sich erst jetzt daran zu erinnern. »Das stimmt, ich habe schon einige norwegische Musher getroffen. Henrik Arnesen … waren Sie beim letzten Rennen nicht unter den Top Ten?«

»Ich war Neunter. Da ist noch viel Luft nach oben.«

Sie lächelte. »Ich werde auch beim Iditarod mitfahren. Für die Top Ten wird es nicht reichen, aber ins Ziel kommen möchte ich auf jeden Fall.« Über die Hälfte aller Teilnehmer schaffte es nicht einmal bis nach Nome. »Ich bin Rangerin im Denali National Park und kümmere mich dort um die Huskys.«

Der Name des Nationalparks ließ ihn aufhorchen. »Sie sind Rangerin? Dann kennen Sie doch sicher Carol … ich meine Ranger Carol Schneider.«

»Wir teilen uns eine Blockhütte. Sie kennen Carol?«

Er errötete kaum merklich und trank rasch von seiner Limonade, um etwas Zeit zu gewinnen. »Flüchtig … wir haben uns bei einem Rennen getroffen.«

»Dann wollen Sie Carol doch sicher besuchen. Ich könnte …«

Er unterbrach sie mit erhobener Hand. »Tun Sie mir einen Gefallen und verraten Sie ihr nichts. Ich würde sie gern überraschen. Ich möchte es jedenfalls versuchen. Ich weiß ja nicht, ob sie sich noch an mich erinnert.«

»Sie hat mal von einem Norweger gesprochen.«

»Ehrlich?« Um seine Augen bildeten sich Lachfältchen.

»Keine Angst, ich kann schweigen. Sie freut sich bestimmt.«

Eine seltsame Unterhaltung, dachte Julie, als sie sich gleich nach dem Essen auf ihr Zimmer zurückzog. Aus lauter Angst, etwas Falsches zu sagen, hatte sie nicht gewagt, ihm die Fragen zu stellen, die ihr auf der neugierigen Seele brannten. War er wegen Carol nach Fairbanks gekommen? Hatte er ernste Absichten bei ihr? Oder war er tatsächlich geschäftlich hier und wollte den Aufenthalt lediglich dazu nutzen, eine flüchtige Bekannte zu treffen?

Die nächsten Tage würden es zeigen. Sie hoffte, dass er tatsächlich wegen Carol gekommen war. Während des einen Jahres, in dem sie sich schon das Blockhaus teilten, hatte Carol nur selten von Männern gesprochen und sich ihres Wissen nie zu einem Date verabredet. Einmal hatte sie von einem »Beinahe-Verlobten« gesprochen, aber das wäre lange her gewesen, und sie hätte nie mehr etwas von ihm gehört. »Ich habe nie den Richtigen kennengelernt«, hatte sie geantwortet, als Julie ihre Neugier nicht mehr bezähmen konnte. Es schien, als hätte Carol immer nur für ihren Job gelebt und keine Zeit gehabt, sich länger mit einem Mann zu beschäftigen. Der geheimnisvolle Musher aus Norwegen war der erste gewesen, der einen bleibenden Eindruck auf sie gemacht hatte. Bahnte sich da etwa ein Happy End an?

Während ihres Probejahrs hatte auch Julie keine Zeit für Männer gehabt. Ihre ganze Konzentration hatte der Arbeit und ihrem Wunsch gegolten, als Park Ranger ins Team des Denali National Parks übernommen zu werden. Ihrem damaligen Freund hatte sie schon bald den Laufpass gegeben. Er war sowieso nicht der Richtige gewesen und hatte nie verstanden, dass sie während ihrer Ausbildung kaum Zeit für Vergnügungen hatte. Auch nach Steve hatte sie nicht gesucht. Er war zufällig in ihr Leben getreten, und sie hatten sich sofort ineinander verliebt. Eine Partnerschaft auf Augenhöhe, wie es Carol einmal genannt hatte, weil jeder den anderen respektierte und beide in verwandten Berufen arbeiteten. Ein Glücksfall, wie er nur selten vorkommt.

Beim Gedanken an Steve kehrten die schrecklichen Bilder zurück, die sie verfolgten, seit sie von dem Unfall gehört hatte. Vor dem Einschlafen tröstete sie sich damit, dass Steve von einem der besten Chirurgen des Nordens operiert worden war. Für Doktor Zimmerman war ein offener Bruch des Unterschenkels reine Routine, eine Operation, die er über hundert Mal durchgeführt hatte. Kein Grund, sich Sorgen zu machen. Sie hatte im Krankenhaus überreagiert, obwohl sie es als Arzttochter eigentlich besser wissen müsste. Ich wette, er kann schon wieder lachen, wenn ich ihn morgen besuche, beruhigte sich Julie.

Nach dem Frühstück brach sie auf. Der Himmel war bedeckt, und trübes Licht ließ den Asphalt wie schmutziges Metall aussehen. Aus den nassen Wiesen stiegen Nebelfetzen empor. Sie war zu aufgeregt, um das Radio einzuschalten und ließ sich vom leisen Brummen des Motors begleiten, ein einschläferndes Geräusch, das ihr während einer längeren Fahrt sicher Schwierigkeiten bereitet hätte. Obwohl es noch nicht einmal acht war, kamen ihr bereits zahlreiche Urlauber auf dem Weg zu den heißen Quellen entgegen. Die Chena Hot Springs gehörten zu den größten Attraktionen im Norden Alaskas.

In Fairbanks kaufte sie eine Schachtel mit den belgischen Pralinen, die Steve so mochte, bevor sie vor dem Krankenhaus parkte. Mit leichtem Herzklopfen betrat sie die Empfangshalle.

Dass man Steve bereits vom Aufwachraum in ein normales Krankenzimmer verlegt hatte, war ein gutes Zeichen. Er hatte die Operation gut überstanden, so viel war schon mal sicher. Mit den Pralinen und einem Blumenstrauß, den sie im Kiosk des Krankenhauses erstanden hatte, betrat sie den Aufzug und fuhr hinauf. Beschwingt von der Vorfreude, Steve in wenigen Minuten in die Arme schließen zu können, lief sie den Gang zu seinem Zimmer entlang.

Die Tür stand einen Spalt offen, und sie wollte schon klopfen und ihn mit einem fröhlichen »Trara!« begrüßen, als eine weibliche Stimme erklang und sie abrupt stehen blieb. Durch den Spalt sah sie eine dunkelhaarige Frau mit einem bunten Blumenstrauß vor Steves Bett stehen und ihn liebevoll anlächeln. Sie war ungefähr in ihrem Alter und sah in dem kurzen Rock, den sie über pinkfarbenen Strumpfhosen trug, ausgesprochen sexy aus.

»Das wird schon wieder, Steve«, sagte sie soeben. »Das Schlimmste hast du doch hinter dir.«

Julie beobachtete ungläubig, wie sie nach seiner Hand griff und sie drückte. Selbst aus der Entfernung sah die Geste sehr vertraut und mehr als freundschaftlich aus. Sie spürte, wie sich ihre Kehle zusammenzog. Tränen schossen ihr in die Augen, und sie wusste für einen Augenblick nicht, ob sie wütend in das Zimmer stürmen oder davonlaufen sollte. »Steve, du verdammter Mistkerl!«, wollte sie rufen, aber es wurde nur ein heiseres Krächzen daraus.

Sie wollte weder Steve noch seiner dunkelhaarigen Freundin begegnen, wusste genau, dass sie dabei nur verlieren konnte, und machte blindlings kehrt. Schon nach wenigen

Schritten stieß sie mit einem jungen Mann zusammen, der gerade aus der Toilette kam. Sie murmelte eine Entschuldigung und rannte einfach weiter, fuhr mit dem Aufzug nach unten und kam erst wieder zur Besinnung, als sie endlich in ihrem Wagen saß. Die Pralinen und die Blumen pfefferte sie auf den Beifahrersitz.

Sie heulte, bis keine Tränen mehr kamen, rieb sich den Kummer mit dem Jackenärmel aus dem Gesicht und griff nach der Wasserflasche. Nach einem kräftigen Schluck ging es ihr etwas besser. Sie tastete nach ihrem Smartphone und rief Brandy an. Mit irgendjemandem musste sie reden, und zwar sofort. Ihre Freundin war gleich dran, bat sie aber, kurz zu warten und meldete sich dann: »Jetzt sag mir bloß nicht ab. Ich bin heute voll im Spaghetti-Modus.«

Julie schniefte und erzählte ihr, was geschehen war.

»Das kann nicht sein«, reagierte Brandy sofort. »Steve ist eine treue Seele, der würde dich nie betrügen. Okay, bei Männern weiß man nie, aber dein Steve ist was Besonderes, das hast du hoffentlich schon gemerkt. Das war bestimmt ein Missverständnis. Kehr um und geh zu ihm, und ich bin sicher, du bekommst eine vernünftige Erklärung. Keine Angst. Wenn du es nicht tust, versaust du dir die ganze nächste Woche und denkst ständig darüber nach.«

»Die Frau hat ihm Blumen gebracht. Einen Riesenstrauß!«

»Die kann vom Blumenladen sein. Oder vom Krankenhaus.«

»Sie hat nach seiner Hand gegriffen.«

Brandy hatte genug. »Jammere mir nicht die Ohren voll und geh endlich! Ich hab keine Lust, mir die ganze Mittagspause dein Geflenne anzuhören. Geh zurück und kläre das mit ihm. Du brauchst Klarheit, Julie. Ich bin sicher, dann kommst du beschwingt wie eine glückliche Prinzessin zum Essen.«

»Okay ...«, gab Julie nach. »Okay ... ich geh ja schon.«

Sie machte sich tatsächlich auf, zögerte kurz, ob sie die Blumen und die Pralinen mitnehmen sollte, griff dann nach beidem und kehrte mutig in die Eingangshalle zurück. Während sie auf den Aufzug wartete, hatte sie das Gefühl von der Dame an der Rezeption beobachtet zu werden, doch als sie die Kabine betrat und sich umdrehte, war die junge Frau eifrig am Telefonieren.

Im Gang, auf dem Steves Zimmer lag, begegnete ihr eine Krankenschwester und sah, wie sie vor der Tür stehen blieb. »Sie müssen Julie sein«, sagte sie. Und als Julie verwundert nickte: »Steve redet schon den ganzen Morgen von Ihnen. Er kann es gar nicht erwarten, Sie zu sehen. Sie bedeuten ihm viel.« Sie lächelte mitfühlend. »Aber bleiben Sie trotzdem nicht so lange. Er ist noch sehr schwach und braucht dringend Ruhe. Versprechen Sie mir das?«

Ihr Herz tat einen Sprung, und sie strahlte plötzlich vor Freude. »Natürlich, Schwester.« Sie zögerte ein wenig. »War denn sonst schon jemand hier?«

»Eine Studentin und ihr Freund. Im Namen der Uni, denke ich.«

Julie bedankte sich und trat ein. Die Nachricht der Schwester hatte ihre Laune erheblich gebessert und ließ sie leichtfüßig in das Zimmer schweben. »Beschwingt wie eine glückliche Prinzessin«, hatte Brandy gesagt. Was für eine kluge Freundin sie hatte. Sie verstand wohl doch mehr von Männern als sie. Wie hatte sie Steve nur verdächtigen können, sie mit einer anderen Frau zu betrügen? Ein Glück, dass sie die Krankenschwester im Gang getroffen hatte und Bescheid wusste.

»Steve!«, begrüßte sie ihn erleichtert. »Tut mir leid, dass ich so spät komme. Ich wohne bei einer Bekannten in der Happy Loon Lodge, ungefähr dreißig Meilen von hier, und musste noch ein paar Goodies für dich kaufen.«

»Julie!« Er nahm ihr die Pralinen und die Blumen ab, legte beides auf den Nachttisch und zog sie fest zu sich heran. »Julie! Ich hab schon gehofft, dass du kommen würdest. Ich hab heute Morgen im Park angerufen und erfahren, dass du das Wochenende frei hast und nach Fairbanks gefahren bist.« Sie küssten sich lange und leidenschaftlich, bis er sein linkes Bein bewegte und einen unterdrückten Schrei ausstieß. »Oh verdammt, das tut höllisch weh!«

Sie rückte ein Stück von ihm ab und legte beide Hände auf seine Wangen. »Tut mir leid, ich wollte dir nicht wehtun.« Sie blickte auf sein verletztes Bein. »Ich hab schon gehört, dass du dir den linken Unterschenkel gebrochen hast. Aber keine Angst. Doktor Zimmerman, der Arzt, der dich operiert hat, gehört zu den Besten seines Fachs. Und mein Dad hat ein Auge auf dich.«

»Wenn du in meiner Nähe bist, kann sowieso nichts passieren.« Er griff nach ihren Händen und zog sie vorsichtig zu sich heran. Sie tauschten einen zärtlichen Kuss. »Ich hätte dich zum East Fork mitnehmen sollen, dann wäre mir das nicht passiert.« Sein Lächeln schwand für einen Moment.

»Ich bin auf einem Felsvorsprung ausgerutscht und einen Hang hinabgestürzt. Zuerst dachte ich, es wäre gar nichts passiert. Die Schmerzen kamen dann aber schnell und Kate hat den Hubschrauber gerufen. Hätte ich doch bloß besser aufgepasst, dann hätte ich das Eis vielleicht gesehen. Ich hätte es sehen müssen.«

Julie schüttelte den Kopf. »Ach was, das kann jedem passieren.«

»Das hat Kate auch gesagt. Und dass ich mir keine Sorgen zu machen brauche, sie würde mich auf jeden Fall nach Fairbanks holen. Aber jetzt darf ich erst mal Innendienst schieben und mit Ella und Bob einen Artikel über das Verhalten der Wölfe in früheren Jahrhunderten ausarbeiten.«

»Ella und Bob?«

»Zwei Studenten von der Uni in Fairbanks, mit denen ich die nächsten Semester zusammenarbeiten werde. Sie waren vorhin hier und haben mir im Namen aller Studenten gute Besserung gewünscht. Sie haben sogar Blumen gebracht.« Er blickte auf den Blumenstrauß in der Vase auf dem Nachttisch.

Julie lief rot an vor Scham und hoffte, dass er es nicht bemerkte. Wie dumm war sie doch gewesen! Die dunkelhaarige Frau war Ella und Bob der junge Mann, der aus der Toilette gekommen und in sie hineingerannt war. Und sie hatte geglaubt, Steve hätte eine heimliche Freundin. »Steve ist eine treue Seele, der würde dich nie betrügen«, hatte Brandy gesagt. Steve durfte niemals erfahren, dass sie an ihm gezweifelt hatte. »Tut mir furchtbar leid.«

»Was tut dir leid?« Steve hatte nichts gemerkt. »Dass du

später als meine Uni-Kollegen gekommen bist? Unsinn! Die beiden wohnen gleich um die Ecke und mussten sich beeilen, sonst wären sie zu spät zu einer wichtigen Vorlesung gekommen. Wieso bist du eigentlich in Fairbanks? Hat sich Ralston danebenbenommen? Habt ihr die Expedition schon abgebrochen?«

Sie wollte gerade zur Antwort ansetzen, als es klopfte und die Krankenschwester mit einer Vase hereinkam. »Wäre doch schade um die Blümchen«, sagte sie, füllte Wasser in die Vase und stellte die Blumen hinein. »Fünf Minuten, meine Lieben, dann muss ich Sie leider rauswerfen, Julie. Steve muss zum Röntgen und braucht dringend Ruhe. Kommen Sie heute Nachmittag wieder, so gegen drei Uhr, dann dürfte er sich einigermaßen erholt haben.«

»Aber ich bin okay, Schwester!«, begehrte Steve auf.

Sie lächelte. »Nur solange ich Ihnen Schmerzmittel gebe.«

Nachdem sie gegangen war, berichtete Julie von ihrem Abenteuer in den Bergen. Steve war entsetzt und sagte: »Und du willst tatsächlich wieder los?«

»Befehl vom Super«, erwiderte sie. »Falls er am Montag früh mit dem Fernsehboss klarkommt, aber davon gehe ich aus. Keine Angst, beim geringsten Verstoß gegen die Vorschriften rufe ich die Zentrale, und wir kehren um.«

»Das hätte gründlich schiefgehen können, Julie.«

»Ich weiß. So weit lasse ich es nicht mehr kommen.« Sie beugte sich über ihn und küsste ihn sanft. »Morgen kümmere ich mich erst mal um Terry, einen leichtsinnigen Jungen, der einen Grizzly aus der Nähe fotografieren wollte. Ranger Erhart hat ihm so eine Art Strafdienst aufgebrummt, und den soll er bei Carol und mir bei den Hundezwingern leisten. Wenn ich die Eltern überreden kann, nehme ich ihn morgen gleich mit. Aber heute Nachmittag komme ich auf jeden Fall noch mal bei dir vorbei. Ich liebe dich, Steve.«

»Ich liebe dich auch, Julie. Von ganzem Herzen.«

Diesmal kehrte sie ausgesprochen fröhlich zu ihrem Wagen zurück. Wie hatte sie nur an Steve zweifeln können! Beschwingt stieg sie in ihren Wagen, atmete ein paarmal tief durch und fuhr vom Parkplatz. Die Wolkendecke hatte sich aufgelockert, und die Sonne wagte sich schüchtern hervor. Dennoch hatten die meisten Autofahrer die Scheinwerfer eingeschaltet.

Sie fuhr bereits durch die Außenbezirke, als ihr Smartphone klingelte. Sie mochte keine Klingeltöne und verließ sich lieber auf das altmodische Klingeln, obwohl es sie jedes Mal zusammenzucken ließ. Sie fuhr an den Straßenrand und kramte es aus ihrer Umhängetasche. Brandy war dran und wollte wissen, wie es ihr bei Steve ergangen war. »Ich hatte recht, stimmt's?«

»Ja, du hattest recht.«

»Die Frau war seine Schwester.«

»Eine Studentin. Sie war mit ihrem Freund da, die beiden haben ihm im Namen der Uni gute Besserung gewünscht. Ihr Freund war gerade auf der Toilette, als ich dort war. Zum Glück hat mir eine Schwester verraten, wer die beiden waren, bevor ich zu Steve ging, sonst hätte ich mich schön blamiert.«

Brandy freute sich hörbar, ihr aus der Patsche geholfen zu haben. »Nicht verzagen, Brandy fragen. Mit Männern kenne ich mich aus, das weißt du doch, nur bei meinen eigenen greife ich öfter mal daneben.« Sie kicherte leise. »Na, du weißt ja, was dich das heute Mittag kostet. Einen Caffè Latte …«

»… mit doppeltem Espresso und Karamell-Geschmack.«

»Du sagst es, Schwester. Bis gleich.«

Julie steckte ihr Smartphone weg und fuhr gut gelaunt weiter. »Den hast du dir verdient«, sagte sie, obwohl Brandy sie längst nicht mehr hören konnte.

13

Zum Mittagessen wartete Brandy mit einer Überraschung auf. Captain Bigfoot war bei ihr, ihr neuer Lover, ein Hüne von einem Mann mit ausgeprägten Muskeln in einem Mickey-Mouse-Sweatshirt, das fast aus allen Nähten platzte. Doch Julie verstand sofort, was Brandy an ihm fand. Der Muskelmann hatte unglaublich treue Dackelaugen und ein beinahe scheues Lächeln.

»Das ist Benny«, stellte sie ihn vor. Sie hatte sich bei ihm untergehakt und blickte bewundernd zu ihm auf. »Er hat gestern gewonnen und versprochen, uns beide zum Essen einzuladen. Aber du musst dafür heute Abend mit zu seinem nächsten Kampf kommen.«

»Ich? Zum Wrestling?«

»Mal was anderes als dauernd die ganzen Grizzly-Bären und Elche.«

Julie musste lachen. »Da hast du auch wieder recht.« Sie schüttelte dem Riesen die Hand und folgte ihm und ihrer Freundin ins Lokal. Luigi, der Besitzer, ein quirliger Italiener, begrüßte sie überschwänglich.

Benny bestellte zwei große Pizzen für sich, und Brandy und Julie teilten sich eine Pizza mit Thunfisch. Es war schon erstaunlich, wie viel der Wrestler verdrücken konnte. Er war so mit essen beschäftigt, dass er kaum etwas sagte. Zwischendurch legte er aber Brandy mehrmals behutsam einen Arm um die Schultern und schenkte ihr ein liebevolles Lächeln. Direkt rührend, fand Julie.

»Und die Würfe sind alle einstudiert?«, fragte sie.

»Manche schon«, antwortete er kauend, »aber aufpassen müssen wir trotzdem. Es steht nicht immer fest, wer am Schluss den Pokal hochhalten darf.«

Brandy wollte natürlich wissen, wie es bei Steve gelaufen war, und verlangte einen genauen Bericht. »Den bist du mir schuldig«, sagte Brandy.

Doch Julie beschränkte sich auf das, was ihre Freundin sowieso schon wusste, und verschwieg ihr den leidenschaftlichen Kuss und die Liebesschwüre. Nicht nur wegen Benny. Mit Steve und ihr lief alles bestens, aber wie gut, das wollte sie erst mal für sich behalten.

»Siehst du. Steve ist eine treue Seele«, sagte Brandy. »Das erkennt man schon an den Augen. So wie Benny, oder können diese Augen lügen?« Sie hob ihr Glas, stieß mit ihrem neuen Lover an und drückte ihm einen Kuss auf die Lippen. »Dabei treiben sich bei den Veranstaltungen massenhaft hübsche Groupies rum. Stimmt's, Benny? Die aufgetakelten Mädels stehen Schlange bei euch, und du könntest jeden Abend eine andere haben.«

»Könnte ich. Will ich aber nicht.«

»Weil du keine Bessere als mich kriegen kannst, stimmt's?«

»Meine Miss America«, sagte er zu ihr.

Sie verschoben den Caffè Latte auf ein anderes Mal und verabschiedeten sich nach dem Essen voneinander. »Vergiss nicht die Wrestling Night heute Abend. Um kurz vor sieben vor dem Carlson Center, okay?«

Julie versprach, pünktlich zu sein, bedankte sich bei Benny für die Einladung und stieg in ihren Wagen. Über den Steese Highway fuhr sie nach Norden. Wie jeden Samstag war dichter Verkehr. Vor allem Familien von außerhalb kamen hierher, um in einem der Supermärkte oder bei Walmart für die ganze Woche einzukaufen und sich in den Einkaufszentren zu vergnügen. Dort gab es Lokale, Game Rooms und Kinos und gleich nebenan riesige Baumärkte und Spielzeugläden. Schwer beladen kehrten sie abends in die Vororte zurück.

Julie hatte Mühe, sich auf den Besuch bei Terry und seinen Eltern einzustellen. Ihr erstes Treffen mit der Mutter war nicht gerade angenehm verlaufen, und sie zweifelte daran, dass es diesmal besser sein würde. Candice Lombard war eine vom Leben enttäuschte Frau, die sich ihren Kummer mit schlechter Laune und, wenn Terry recht hatte, fremden Männern vertrieb.

Julie parkte und stieg aus dem Auto. Auf dem Spielplatz vor dem Mietshaus spielten einige Kinder. Die Haustür stand offen. Der Aufzug war außer Betrieb, und sie musste die Treppen in den dritten Stock zu Fuß hochsteigen. Schon aus der Ferne hörte sie das Geschrei, das aus der Wohnung der Lombards in den langen Flur drang. Sie blieb vor der Tür stehen und zögerte mit dem Klingeln.

»Und wo sollen die blonden Haare sonst herkommen?«, kreischte eine Frauenstimme. Sie klang verärgert und aggressiv. Candice. »Deine ganze Jacke war voll davon und nach einem billigen Parfüm hat sie auch gestunken. Gib's doch zu, du warst mit irgendeiner Schlampe auf dem Truckstop zusammen. Anstatt deinen Lohn nach Hause zu bringen, verprasst du ihn mit leichten Mädchen.«

»Und wenn schon«, fauchte ein Mann. Julie erinnerte sich, dass Terrys Vater Bill hieß. »Die wissen wenigstens, wie es geht. Bei dir reicht es ja nur noch …« Er sagte etwas, bei dem Julie rot anlief. »Du hast genug Geld. Und im Supermarkt kriegst du Prozente und lässt wahrscheinlich jeden Tag was mitgehen, stimmt's?« Er lachte. »Erzähl mir bloß nicht, du würdest alles bezahlen.«

»Was denkst du denn?« Candices Stimme war noch schriller geworden. »Wir bezahlen jedes noch so kleine Teil, sonst fliegen wir nämlich raus. Willst du, dass sie mich feuern? Glaube ja nicht, dass dann noch was zu essen auf dem Tisch steht, wenn du dich mal bequemst, nach Hause zu kommen.«

»Du lügst doch, wenn du den Mund aufmachst! Meinst du, ich weiß nicht, dass du dich mit Männern rumtreibst? Macht mir Vorwürfe wegen ein paar blonden Haaren und kriecht jeden Abend mit einem anderen in die Kiste. Einige meiner Kumpel haben dich gesehen, wie du halb betrunken mit einem Penner in den Wagen gestiegen bist. Wie viel Kohle hat er denn verlangt?«

»Das geht dich gar nichts an!« Sie hatte anscheinend nicht gewusst, dass Bill ihr auf die Schliche gekommen war, und überlegte einen Augenblick. »Ist doch kein Wunder, dass ich bei anderen Trost suche. Wenn du nach Hause kommst, schreist du ja nur rum.« Wieder eine kurze Pause und dann: »Wenn du's genau wissen willst, ich lasse mich scheiden. Ich hab die Nase voll.«

»Meinetwegen … geh doch! Ich brauch dich nicht.«

Julie überlegte, ob sie umkehren sollte, klingelte aber kurz entschlossen und versuchte so zu tun, als hätte sie nichts gehört. Als Bill öffnete, ein stämmiger Mann mit den Oberarmen und dem Hals eines Gewichthebers und dem kantigen Gesicht eines Marines, setzte sie ihr freundlichstes Lächeln auf und sagte: »Ich bin Park Ranger Julie Wilson vom Denali National Park. Ich komme wegen Ihres Sohnes. Ihre Frau hat Ihnen vielleicht erzählt, dass er …«

»Jetzt nicht«, würgte er ihr das Wort ab und schlug die Tür zu. Sie trat unwillkürlich einen Schritt zurück, so laut knallte sie ins Schloss.

Fest entschlossen, es in einer halben Stunde noch einmal zu versuchen, lief sie durch den Flur zur Treppe zurück. Sie würde in ihrem Wagen warten, bis sich die Lombards von ihrem Streit erholt hatten, und sie dann aufsuchen.

Hinter ihr klappte eine Tür, und ein halbwüchsiger Junge in einem dunkelblauen Hoodie kam an ihr vorbeigerannt und lief zur Treppe. »Terry!«, rief sie überrascht. »Bleib stehen! Ich muss mit dir reden. Warte auf mich, Terry!«

»Lassen Sie mich in Ruhe!«, erwiderte er wütend und mit Tränen in den Augen. »Lasst mich alle in Ruhe! Ich hab die Nase voll, verstanden?«

Er ließ ihr keine Zeit zu antworten und rannte durchs Treppenhaus nach unten. Als sie sich übers Geländer beugte, war er schon an der Haustür. Sie lief ihm nach, rief alle paar Schritte seinen Namen und blieb enttäuscht stehen, als sie ins Freie kam und ihn nirgendwo entdecken konnte. Sie fragte die Kinder auf dem Spielplatz, aber auch die wussten nicht, wo er hin war.

Sie setzte sich in ihren Wagen und lehnte sich gegen die Kopfstütze. Der Streit des Ehepaars hatte sie verstört, und sie fragte sich, wie es in einer Ehe jemals so weit kommen konnte. Auch ihre Eltern hatten sich vor der Scheidung gestritten, aber wesentlich leiser und auf höherem Niveau, und als beide eingesehen hatten, dass sie sich auseinandergelebt hatten, hatten sie sich relativ geräuschlos getrennt. Seltsamerweise hatte sie damals keine Tränen vergossen und kaum getrauert.

Mit Steve würde es niemals so weit kommen, das schwor sie sich schon jetzt. Egal ob sie nur befreundet, verlobt oder verheiratet waren. Sie würden einander stets mit Anstand und Respekt behandeln. Natürlich beschlossen das alle Paare, wenn sie verliebt waren und der graue Alltag noch nicht eingezogen war, aber Julies Entschluss stand fest. Steve war nicht der Typ, der fremdging, und sie würde den Teufel tun und sich einen anderen suchen, wenn sie den besten Mann der Welt hatte. Sie musste lächeln. Gut, dass er keine Gedanken lesen kann, dachte sie, sonst würde er sich noch was darauf einbilden.

Sie beschloss, es noch einmal zu versuchen, und kehrte zu der Wohnung zurück. Diesmal war es still. Als sie klingelte, näherten sich schlurfende Schritte, und Candice Lombard öffnete die Tür. Ihre Augen waren gerötet. »Terry ist nicht hier«, sagte sie, »keine Ahnung, wo er sich rumtreibt.«

»Ich muss mit ihm reden, Mrs Lombard. Ich weiß, Sie haben noch keine offizielle Mitteilung bekommen, aber Ihr Sohn wird sich verpflichten müssen, drei Tage im Denali National Park zu arbeiten, und morgen wäre ein günstiger Tag, um mit dem Strafdienst zu beginnen. Ich würde ihn mitnehmen.«

»Was sagt sie?«, meldete sich Bill Lombard aus dem Hintergrund. Er schob sich neben seine Frau, inzwischen in Trainingshose und T-Shirt und mit einer Dose Bier in einer Hand, und blickte Julie misstrauisch an. »Wer sind Sie überhaupt, und was wollen Sie? Was mein Sohn tut und nicht tut, bestimme allein ich. Also gehen Sie nach Hause und lassen Sie uns in Ruhe!«

»Park Ranger Julie Wilson«, stellte sie sich noch einmal vor, »vom Denali National Park.« Sie berichtete auch Terrys Vater, was im Park geschehen war, und dass sein Sohn nicht um eine Strafe umhinkomme. »Ich würde ihn morgen früh gern zu seinem ersten Dienst abholen. Abends nimmt ihn entweder ein Kollege mit oder wir setzen ihn in den Zug oder Bus nach Fairbanks. Wir haben vor, ihn bei unseren Huskys einzusetzen. Ich werde mich persönlich um ihn kümmern. Er kann von Glück sagen, dass er mit einer so milden Strafe davonkommt. Ehrlich gesagt, wäre das für mich gar keine Strafe.«

»Kommt nicht infrage«, widersprach der Vater.

»Wäre Ihnen eine Geldstrafe lieber?« Julie hätte ihm gern noch heftiger geantwortet, beherrschte sich aber. »Die müssten Sie nämlich bezahlen, wenn Terry seinen Strafdienst verweigern würde. Das wollen Sie bestimmt nicht.«

Bill Lombard ließ seine Wut an seiner Frau aus. »Das ist alles deine Schuld! Du müsstest dich besser um ihn kümmern, dann würde er erst gar nicht auf solche hirnrissigen Ideen kommen. Einem Grizzly auf die Pelle zu rücken … auf so was kommt doch nur ein Verrückter! Würdest du dich nicht mit irgendwelchen schmierigen Typen rumtreiben, käme es gar nicht erst so weit. Man sollte dir das Sorgerecht entziehen, du miese Versagerin!«

»Terry wird in der Schule gemobbt«, versuchte Julie zu vermitteln. »Er wollte auf sich aufmerksam machen und beweisen, dass er kein Feigling ist. Ich bin sicher, dass wir ihm helfen können. Bei unseren Huskys kann er lernen, Verantwortung zu übernehmen.« Und vielleicht die Wärme und Geborgenheit finden, die er zu Hause nicht bekommt, dachte sie. »Es hilft doch nicht, sich gegenseitig die Schuld zuzuweisen. Kein vernünftiger Mensch geht freiwillig auf einen Grizzly los. Er wurde dazu getrieben.«

»Blödsinn!«, erwiderte Bill Lombard. Seine Stimme klang gereizt. »Er ist selbst schuld, wenn er sich wie ein Idiot benimmt. Hören Sie mir auf mit diesem Psycho-Kram wie ›Mobbing‹ und ›Er wurde dazu getrieben‹. Eine hinter die Ohren braucht er, eine ordentliche Tracht Prügel. Ist doch kein Wunder, dass die anderen über ihn lachen, wenn er sich wie ein Duckmäuser benimmt. Wenn mich einer auf der Schule blöd angeredet hat, hab ich ihm eine verpasst, und zwar so, dass er mir den Rest des Jahres aus dem Weg gegangen ist. Sich mit einem Grizzly anzulegen, bringt nichts. In der Schule muss er zeigen, was in ihm steckt, seine Fäuste gebrauchen und ordentlich austeilen.«

Julie hatte keine Lust, sich auf eine Diskussion über Gewalt an der Schule einzulassen. »Wie auch immer«, wich sie aus, »um seine Strafe kommt er nicht herum. Ich hole ihn morgen früh um sieben Uhr ab, okay?«

»Sieben Uhr?«, rief er entsetzt. »Morgen ist mein freier Tag.«

»Terry kann sich den Wecker stellen, und das Frühstück kann er sich wohl auch selber machen, nehme ich an. Ich warte um sieben Uhr vor dem Haus.«

»Dazu müssen Sie ihn erst mal finden.«

»Weit kommt er hier bestimmt nicht.« Fox war ein winziger Ort an der Kreuzung zweier einsamer Highways und von Wildnis umgeben. »Haben Sie eine Ahnung, wo er sein könnte? Hat er Freunde? Einen Lieblingsplatz?«

»Keine Ahnung«, sagte Bill Lombard.

Seine Frau überlegte. »Freunde hat er nicht viele. Hier in Fox wohnt nur Sandy, diese aufgetakelte Cheerleader-Queen. Und einer vom Football-Team. Wie heißt er noch? Marty Remick. Die sind beide in seiner Schule, aber nicht seine Kragenweite. Er ist am liebsten allein, am Fluss unten, da versteckt er sich häufiger, wenn er seinen Dickkopf hat. Am Silver Gulch vorbei und die Böschung runter.« Sie wirkte plötzlich nervös und flackerte unruhig mit den Augen. »Glauben Sie denn wirklich, Sie kriegen ihn wieder hin?«

»Um seine Erziehung müssen natürlich Sie sich kümmern, sofern das in diesem Alter noch möglich ist. Aber wir können ihm zumindest beibringen, dass man Respekt vor der Natur haben sollte. Seien Sie gut zu ihm, okay?«

»Wir wissen schon selbst, was für den Bengel gut ist«, erwiderte Bill Lombard grimmig. Aber er war ein wenig kleinlauter geworden. »Ich weiß nicht, was der Dienst bei den Hunden bringen soll, aber immer noch besser als eine Geldstrafe. Ich sage, er muss sich endlich wie ein Mann benehmen.«

Julie verabschiedete sich und war froh, den Lombards zu entkommen. Sie hatte nicht geglaubt, dass es solche Eltern wirklich gab. Bei ihnen trafen alle Klischees zu: ungebildet, gewaltbereit, ständig keifend und schimpfend. Es hätte nur noch gefehlt, dass sie in einer Wohnwagensiedlung lebten. Natürlich galten auch für viele von ihnen mildernde Umstände. Mangelhafte Ausbildung, schlecht bezahlte Jobs, familiäre Probleme, aber gerade dann hätte sie sich Mühe gegeben, dem eigenen Sohn eine bessere Chance zu ermöglichen.

Sie fuhr zum Silver Gulch Saloon, einem beliebten Lokal für Ausflügler aus Fairbanks, wo der Besitzer noch sein eigenes Bier braute und das keine halbe Meile von dem Mietshaus entfernt lag. Sie stellte den Wagen auf dem Parkplatz ab und ging die paar Schritte zur Uferböschung. Ein schmaler Pfad führte zum Fluss hinab. Das Summen von Moskitos hing in der warmen Luft.

Julie stieg den Pfad hinab. Candice Lombard hatte richtig vermutet. Terry hockte auf einem Felsen und warf Steine in der Fluss, beobachtete scheinbar gelangweilt, wie sie über das Wasser tanzten. Er war nicht der einzige Jugendliche am Fluss. Ein Junge und ein Mädchen, beide in seinem Alter, näherten sich ihm und sprachen ihn an. Sie waren zu weit entfernt und Julie konnte nicht hören, was sie sagten. Das Mädchen, lange blonde Haare und kurzer Rock über den Strumpfhosen, hing wie eine Klette an ihrem Freund. Die Cheerleader-Queen.

Julie verspürte keine große Lust, sich in die Unterhaltung der drei einzumischen, aber sie hatten sie bereits entdeckt, und ihr blieb gar nichts anderes übrig. Terry wirkte verängstigt und Sandy und ihr Freund so arrogant, wie er sie geschildert hatte. »Terry!«, rief sie den Jungen. »Ich muss mit dir reden.«

Der Junge, der Marty Remick sein musste, hatte besitzergreifend einen Arm um seine Freundin gelegt, und spielte den coolen Football-Star. »Sieh mal an«, sagte er, »ist das deine große Schwester? Traust dich wohl nicht mehr in unsere Nähe ohne eine Leibwächterin.« Er blickte Julie an und grinste dabei so herausfordernd, dass sie ihm am liebsten eine runtergehauen hätte. »Obwohl ich nicht weiß, wie sie dir helfen könnte. Willst du uns der Polizei melden?«

»Wenn es sein muss«, erwiderte Julie ruhig.

Das Grinsen des Jungen blieb. Im Gegenteil, es war noch etwas stärker und arroganter geworden. »Ich glaube, du kannst gar nichts tun, selbst wenn ich diesem Weichei jetzt befehle, sich auszuziehen und in den Fluss zu steigen. Ist doch so, oder?« Er blickte Sandy an und bekam nur Zustimmung. »Wir drehen nämlich einen Film. Er heißt ›Wie sich ein Weichei zum Affen macht‹ und zeigt unseren Freund, wie er sich im kalten Fluss den Arsch abfriert.«

»Ich glaube nicht, dass sich Terry das gefallen lässt«, behauptete Julie, ohne sich um den ängstlichen Ausdruck in Terrys Augen zu kümmern. »Er weiß, dass Angeber wie du nur eine große Klappe haben. Stimmt's, Terry? Du wärst schön dumm, wenn du nackt in den Fluss steigen würdest.«

Terrys flackernder Blick sagte etwas anderes, und auch Marty Remick wirkte nicht im Geringsten beeindruckt von

Julies Worten. »Das wollen wir doch mal sehen.« Sein Grinsen verschwand, und der Klang seiner Stimme verschärfte sich. »Runter mit der Hose, Terry! Wir wollen sehen, was du zu bieten hast. Ist doch so, Sandy?«

Die Cheerleaderin war seiner Meinung. Sie hatte bereits ihr Smartphone hervorgekramt und richtete es auf Terry, ganz offensichtlich, um die Szene zu filmen und später ins Internet zu stellen.

»Was ist, Terry? Runter mit der Hose!«

Terry blickte den Football-Star und seine Freundin an, richtete den Blick auf Julie und stand langsam auf. Seine Gestalt straffte sich, und man sah ihm an, wie viel Kraft es ihn kostete, sich gegen Marty aufzulehnen. Vielleicht lag es an Julies aufmunterndem Blick, dass er sagte: »Ich denke ja nicht dran. Wenn ihr unbedingt einen Film drehen wollt, zieht euch doch selbst aus!«

Marty begann zu lachen und ging auf den Jungen zu, packte ihn am Kragen und wollte ihn durchschütteln, aber in Terry hatte sich wohl genug Wut angestaut. Über seine streitenden Eltern, seine Begegnung mit dem Grizzly und die ständigen Demütigungen, die er hingenommen hatte. Mit einem wütenden Schrei stieß er Marty so heftig von sich, dass der Football-Star stolperte und rückwärts in den Fluss fiel. Prustend kam er wieder hoch, stapfte an Land und rannte triefend vor Nässe davon. Nicht mal zu einem Fluch war er noch fähig.

»Da habt ihr euren Film«, sagte Julie. »Mal was anderes, oder?«

Das Mädchen starrte benommen auf ihr Smartphone,

schien gar nicht zu kapieren, was eben geschehen war. Ohne ein Wort hastete sie zur Straße hinauf.

Jetzt war Julie allein mit Terry.

»Komm mit. Ich muss mit dir reden«, versuchte es Julie noch mal.

14

Seltsamerweise träumte Julie in dieser Nacht nicht. Weder von Steves Küssen, obwohl sie den ganzen Nachmittag bei ihm im Krankenhaus verbracht hatte, noch von dem Wrestling Event, das sie am Abend mit Brandy besucht und damit auch das leckere Abendessen in der Lodge gegen einen faden Hot Dog im Carlson Center eingetauscht hatte. Captain Bigfoot hatte »Jolly Green Giant« in einem spektakulären Kampf besiegt.

Elizabeth war schon auf den Beinen, als Julie um kurz vor sechs Uhr mit ihrer Tasche nach unten kam, und verwöhnte sie mit Rührei, Speck und Toast. Ein starker Kaffee mit viel Milch und Zucker half ihr zusätzlich, sich von der langen Nacht zu erholen. Bis um halb elf hatte sie bei den Wrestlern aushalten müssen. Nach den Kämpfen war sie von beiden Captain Bigfoots umarmt worden und glaubte den festen Griff noch immer zu spüren. Vor lauter Freude über den Doppelerfolg hatten sich deren Arme wie Eisenklammern um Brandy und sie gelegt, bevor einige Fans sie auf ihre Ehrenrunde durch das weite Rund begleitet hatten.

Ihre Freundin hatte einen sehr wechselhaften Geschmack und war immer für eine Überraschung gut. Nie hielt sie es lange bei einem Mann aus. Kaum hatte Julie sich einen Namen gemerkt, tauchte schon ein neuer auf. Sie selbst war anders gestrickt und viel zurückhaltender Männern gegenüber, ließ sich nur selten und widerstrebend zu einem Date einladen. Dass es mit Steve so reibungslos klappte und sie sich auf Anhieb so gut verstanden hatten, war für sie eine Überraschung gewesen.

Und ein Geschenk. Das hatte sie bei ihrem nachmittäglichen Besuch im Krankenhaus gespürt, als sie auf seinem Bettrand gesessen und nach seiner Hand gegriffen hatte. Sie verstanden einander auch ohne Worte, konnten zusammen schweigen und genossen es, den anderen in der Nähe zu wissen. »Ich vermisse dich jetzt schon«, sagte sie, als sie sich schließlich widerstrebend von ihm verabschiedet hatte. »Wenn ich wieder mit Ralston und seiner Freundin rausmuss, dauert es hoffentlich nicht zu lange. Sobald ich einen freien Tag habe, besuche ich dich.«

In Fairbanks war kaum Verkehr. Morgendlicher Nebel hing über der ganzen Stadt und ließ sie grau und unwirtlich erscheinen. Die wenigen Ampeln, die zu dieser frühen Stunde in Betrieb waren, zauberten verwaschene Farbflecken in den grauen Dunst. Der Highway nach Fox war ebenso verlassen und gab ihr das Gefühl, in ein Niemandsland zu fahren. Die Vorstellung, es könnte überhaupt Menschen in dieser Leere geben, erschien ihr in diesem Moment völlig abwegig.

Doch Terry wartete tatsächlich vor dem Mietshaus, in dem er mit seiner Familie wohnte, einen Rucksack über der Schulter und sichtlich verschlafen.

»Guten Morgen, Terry«, begrüßte sie ihn, als sie die Tür öffnete und er einstieg. »Ich weiß, wir sind früh dran, aber sonst lohnt es sich nicht.« Sie wendete den Wagen und fuhr nach Fairbanks zurück. »Hast du gefrühstückt? Ich kenne einen Coffee Shop, der hat rund um die Uhr geöffnet.«

Sie hielt vor dem Lokal und holte ihm einen Kaffee und ein Croissant und für sich einen Caffè Latte. Schweigend fuhren sie durch die Stadt nach Südwesten. Weit im Osten schimmerte die Sonne durch den Nebel.

»Alles okay?«, fragte sie auf dem Highway zum Nationalpark.

»Ich bin erst abends nach Hause«, antwortete er. »Hatte Schiss, dass mein Vater mir eine verpasst. Wenn er so wütend ist wie gestern, schlägt er gerne mal zu. Eine Ohrfeige hab ich mir trotzdem eingefangen.« Er griff sich an die rechte Wange. »So ist er immer. Entweder hackt er auf meiner Mutter oder auf mir rum, dabei hat er genauso viel Dreck am Stecken. Ich hab mal gesehen, wie eine ... eine Prostituierte in seinen Truck gestiegen ist, auf dem Truckstop vor der Stadt.« Er holte tief Luft. Es kostete ihn sichtlich viel Kraft, so offen zu sprechen. »Mann, ich wollte, ich hätte andere Eltern. Ich würde gern mal wissen, warum die geheiratet haben.«

Julie musste wieder an Steve denken und schüttelte den Gedanken ab, es könnte ihm und ihr genauso ergehen, ein Horrorszenario, das sie sich nicht mal vorstellen wollte. »Manchmal merken die Menschen erst später, dass sie nicht zueinander passen und den falschen geheiratet haben. Bei deinen Mitschülern gibt's doch sicher auch Eltern, die sich nicht vertragen oder geschieden sind.«

»Klar, aber so einen Terror wie bei uns veranstalten die bestimmt nicht.« Er nippte an seinem Kaffee. »Ich bin froh, dass mein Dad die meiste Zeit unterwegs ist. Wenn der ständig zu Hause wäre, gäb's Mord und Totschlag.«

»Und gestern?«

Terry lächelte schüchtern. »Als ich ihm erzählt hab, dass ich Marty in den Fluss geschubst habe, war er zufrieden. ›Wird auch Zeit, dass du dich mal wehrst‹, hat er gesagt. ›Ich hab diesen Marty nie gesehen, aber ich kenn den Typ. Große Klappe und nichts dahinter. Stauben die hübschesten Mädchen ab und glauben alle anderen schikanieren zu können, nur weil sie einen Football einigermaßen geradeaus werfen können. Hau ihm das nächste Mal richtig eine aufs Maul, dann gibt er Ruhe. Und um Cheerleader mach einen Bogen.‹«

»Eine Schlägerei brächte dir nur Ärger ein«, widersprach sie seinem Vater, »die wäre genauso falsch wie die Sache mit dem Grizzly. Aber was seine Cheerleader-Freundin betrifft, hat er recht. Mädchen wie die gibt es an jeder Schule. Hübsch, modisch gekleidet, aber nichts auf dem Kasten. Die wollen nur angeben, deshalb hängen sie sich an einen Quarterback. Such dir ein Mädchen, das zu dir passt. Das dauert manchmal länger, aber es lohnt sich.«

In der Gegenwart des Jungen kam sich Julie wie eine besserwisserische Tante vor. Tu dies nicht, tu das nicht – so redeten sonst nur besorgte Mütter und Lehrerinnen. Aber die Szene, wie er der aufgebrachten Bärin in die Arme lief, den sicheren Tod vor Augen, hatte sich tief in ihr Gedächtnis geprägt, und sie fühlte sich verantwortlich. Ihre soziale Ader ließ sich nur schwer verleugnen. Sie wollte immer helfen, ob schwachen oder verunglückten Tieren – einer der Gründe, warum sie zum National Park Service gegangen war – oder Menschen, die auf der Schattenseite des Lebens standen. Kein leichtes Unterfangen bei ihrem Fulltime-Job.

Im Park angekommen parkte sie vor dem Verwaltungsgebäude und führte Terry zum Superintendent, der auch an diesem Sonntag im Büro war und anscheinend schon auf sie gewartet hatte.

»Ah, da sind Sie ja, Ranger Wilson. Und das ist also Terry …«

Julie stellte den Jungen vor und versprach, sich den ganzen Tag um ihn zu kümmern. »Die Arbeit mit Tieren hat bereits manchem geholfen, wie Sie wissen, Sir. Meine Huskys sind auf Jungen wie ihn spezialisiert.« Sie lächelte schwach. »Wir machen uns gleich an die Arbeit. Die Zwinger sollten schon lange gereinigt werden.«

Green blickte Terry fest in die Augen. »Du hast es gehört, mein Junge. Sei dankbar, dass sich Ranger Wilson für dich eingesetzt hat, und enttäusche sie nicht. Du wirst die Arbeit mit den Huskys mögen. Im Recreation Room gibt es ein Regal mit Gummistiefeln, die wirst du brauchen.«

»Ja, Sir.« Terry war sichtlich beeindruckt vom Superintendent.

Julie brachte ihn zum Rec Room und bat ihn, sich passende Stiefel herauszusuchen und dann auf sie zu warten. »Ich ziehe mich nur schnell um und bin gleich wieder hier.« Sie ging weiter und stieß die Tür zu ihrem Blockhaus auf. Ein erschreckter Laut ließ sie zusammenzucken.

Carol und ein Mann fuhren wie zwei Highschool-Kids, die man bei einer heimlichen Knutscherei überrascht hatte, auseinander und blickten sie aus großen Augen an. »Uuups!«, entschuldigte sich Julie und unterdrückte nur mühsam ein Lachen. »Sorry, ich hätte wohl klopfen sollen. Mister Arnesen …«

»Ihr kennt euch?«, rief Carol verwundert.

»Wir haben in derselben Lodge außerhalb von Fairbanks übernachtet«, erklärte der Norweger, »und uns ein wenig unterhalten.« Um seine Augen waren wieder Lachfältchen sichtbar. »Sie wusste, dass ich dich überraschen würde, und hätte mich sicher nicht verraten, aber so lange wollte ich nicht warten.« Er blickte Carol verliebt an. »Ich musste dich gleich wiedersehen, Carol. Ich hoffe, du hast nichts dagegen, dass ich hier so reingeplatzt bin.«

»Wow«, sagte Julie.

»Ich bin froh, dass du hier bist, Julie«, sagte Carol. »Der Super wollte mir heute nur freigeben, wenn du mit Terry zurückkommst. Du hast ihn doch dabei?«

Julie grinste. »Er sucht sich gerade Gummistiefel aus.«

»Die Arbeit wird ihm guttun.«

Julie ging in ihr Zimmer und zog ihre Uniform an, verabschiedete sich von Carol und dem Norweger und holte den Jungen im Rec Center ab. »Die Gummistiefel stehen dir gut«, sagte sie. »Komm, die Huskys warten schon.«

Die Hunde empfingen sie mit einem lauten Jaulkonzert. Wie immer sprangen sie aufgeregt hin und her, als Julie jeden einzelnen begrüßte. Ihren Leithund nahm sie liebevoll in den Arm und kraulte ihn zwischen den Ohren. »Das ist Terry«, stellte sie den Jungen vor, der in respektvoller Entfernung stehen geblieben war und misstrauisch auf die aufgeregten Hunde blickte. »Er wird uns jetzt helfen, also seid nett zu ihm und macht ihm keine Angst.

Chuck löste sich von ihr und lief auf den Jungen zu, bis ihn die Kette bremste. Terry wich unwillkürlich einen Schritt zurück und stolperte beinahe über Bronco, der ihn neugierig beschnüffelte und zu ahnen schien, dass Terry eine Heidenangst vor ihm hatte. Er benahm sich wesentlich sanfter als sonst.

»Keine Bange!«, sagte Julie. »Meine Huskys wollen dich nur kennenlernen. Sie würden nie jemanden angreifen, der unter meinem Schutz steht.« Sie winkte ihn zu sich. »Komm, mit Chuck musst du dich gutstellen. Er ist der Leithund und hat das Kommando. Kraul ihn zwischen den Ohren, das hat er am liebsten. Komm schon! Ich hab ihm gesagt, er soll sich benehmen.«

Terry trat zögernd näher. Er schloss für einen Moment ängstlich die Augen, während Chuck ihm um die Beine strich, griff dann nach Julies ausgestreckter Hand und ging vorsichtig in die Hocke.

»So ist es gut«, sagte sie, »und jetzt zeig ihm, dass du ihn magst.«

Der Junge kraulte sein Fell und wurde immer mutiger, als er merkte, dass er nichts von den Huskys zu befürchten hatte. Sie waren ein wenig stürmisch und bellten und jaulten laut, doch er sah an ihren strahlenden Augen, wie viel Spaß sie dabei hatten. »Die sehen wie Wölfe aus«, sagte er, »aber sie sind viel freundlicher. Ich wusste gar nicht, dass sie einen Fremden an sich ranlassen.«

»Ich hab dich vorgestellt, du bist kein Fremder mehr.«

»Und was tun sie, wenn wirklich ein Fremder kommt?«

»Alle Hunde stammen von Wölfen ab«, antwortete sie, »aber das heißt noch lange nicht, dass sie einen Menschen, der ihnen über den Weg läuft, anfallen und zu Tode beißen. Das tun auch Wölfe nicht. Natürlich sind Huskys keine Schoßhunde. Nicht mal Noatak, unser Jüngster.« Sie deutete auf den jungen Husky. »Sieh ihn dir an, der ist schon mit ein paar Monaten beinahe erwachsen. Sie taugen weder für eine kleine Wohnung noch für die Couch. Sie müssen sich ständig bewegen. Sie wollen laufen, immer wieder laufen, und es gibt nichts Schöneres für sie, als einen Schlitten durch die verschneite Landschaft zu ziehen. Oder im Sommer einen Schlitten auf Rädern. In eine Wohnung gesperrt zu sein und nur einmal abends eine Runde um den Block zu drehen, wie es leider zu viele Menschen mit ihnen tun, ist eine Qual für sie. Huskys sind anders als die meisten Hunde, wilder, unabhängiger und auch schlauer.«

»Und Chuck ist der Schlauste?«

»Ein Leithund vereint die besten Eigenschaften eines Huskys in sich. Er ist stark und ausdauernd, sehr treu, vor allem aber intelligent. Zur Not könnte er einen Schlitten auch allein führen, und wenn man in einen Schneesturm gerät und vom Trail abkommt, ist er derjenige, der wieder auf den Weg zurückfindet.«

»Hat ein Husky denn keine Angst?«

»Manchmal schon, aber nicht so sehr vor Bären oder Wildkatzen. Vor Elchen haben sie den größten Respekt, weil die ihnen mit ihren Hufen am gefährlichsten werden können. Ein Musher, der einem Elch begegnet, tut gut daran, einen weiten Bogen um ihn zu fahren oder rechtzeitig zu bremsen.«

Terry war beeindruckt. »Und was soll ich hier tun?«

Julie ging zum Schuppen und reichte ihm eine Schaufel sowie einen leeren Eimer. »Du sammelst den Dreck ein, der sich zwischen den Hütten angesammelt hat. Die vollen Eimer leerst du in den Container neben dem Schuppen. Ich weiß, die Arbeit ist nicht gerade angenehm, aber so habe ich auch mal angefangen. Wenn das klappt, darfst du bei der Vorführung dabei sein.«

»Um zwölf? Wenn die Zuschauer kommen?«

»Du hast dich informiert, hm? Ja, also an die Arbeit!«

Der Junge freute sich offensichtlich, den Stress in der Schule und Familie hinter sich lassen zu können, und arbeitete so, wie es sich Julie von ihm erhofft hatte. Während sie einen Zaun ausbesserte und einige der Geschirre reparierte, schaufelte er unermüdlich und trug einen Eimer nach dem anderen zum Container. Vor den Huskys hatte er bald keine Angst mehr, rief ihnen sogar aufmunternde Worte zu, wenn er an ihnen vorbeiging. Als er neben Chuck niederkniete und ihn zwischen den Ohren kraulte, musste sie beinahe lachen. Der Fortschritt war enorm, wenn man bedachte, dass er sich am frühen Morgen noch gefürchtet hatte, und erfüllte Julie mit Stolz.

»Nun, wie schlägt sich der Junge?«, fragte der Superintendent, als er bei ihr vorbeikam. Er hatte seine Arbeit beendet und war auf dem Nachhauseweg.

»Besser, als ich erwartet hatte, Sir«, antwortete Julie. Sie stand neben dem Zaun, einen Hammer in der Hand. »Wenn ich ehrlich bin, sogar ganz ausgezeichnet. Ich glaube, der Ortswechsel tut ihm gut. Anfangs traute er sich nicht an die Hunde ran, aber inzwischen versteht er sich gut mit ihnen und streichelt sie sogar. Ich bin froh, dass sich Ranger Erhart auf den Strafdienst eingelassen hat. Eine Geldstrafe hätte nur die Eltern gegen Terry aufgebracht und die Probleme in seinem Umfeld verschärft. Wir kriegen ihn wieder hin.«

»Und er hilft uns bei der Arbeit«, betonte Green. »Vielleicht lasse ich mich breitschlagen und rechne Ihnen den Dienst doch nicht als Urlaubstag an.«

»Ich würde es in jedem Fall tun, Sir.«

»Davon bin ich überzeugt.«

Der Superintendent sah dem Jungen noch eine Weile zu und ging dann weiter. Julie schmunzelte still in sich hinein. Der Super war kein Unmensch und neuen Ideen stets aufgeschlossen. Auch er schien Terry zu mögen.

Um halb zwölf schickte Julie den Jungen zum Waschen und organisierte den dunkelgrünen Anorak eines Rangers für ihn, obwohl das gegen die Vorschriften verstieß. »Hier, damit siehst du ein bisschen offizieller aus, wenn die Leute kommen. Während meiner Demonstration werde ich dich auf die Eigenschaften eines Leithunds ansprechen, und anschließend wirst du mir beim Anspannen der Huskys helfen. Zum Mittagessen gehen wir nach der Show.«

Die Zuschauer, die sich für die »Sled Dog Demonstration« angemeldet hatten, kamen mit einem Shuttlebus und verteilten sich auf die Bänke oder stellten sich erwartungsvoll ans Geländer. Auch an einem trüben Tag wie diesem war der

Bus bis auf den letzten Platz besetzt. Die Huskys waren besonders populär bei den Park-Besuchern.

Julie ließ ihren Blick über die Zuschauer schweifen und stutzte. Am Geländer lehnte Sandy, die Cheerleader-Queen, diesmal ohne ihren Footballer. Bei dem Mann und der Frau neben ihr handelte es sich zweifellos um ihre Eltern, die sie offensichtlich gezwungen hatten, einen Nachmittag mit der Familie zu verbringen. Entsprechend gelangweilt blickte Sandy in die Gegend. Sie war weniger auffällig gekleidet als gestern, trug Röhrenjeans und eine schwarze Strickjacke über der hellen Bluse.

»Ist das nicht Sandy?«, fragte Julie den Jungen.

Terry folgte ihrem Blick und erschrak. »Oh verdammt! Ich verschwinde lieber. Wenn sie mich sieht, hab ich morgen in der Schule nichts zu lachen.«

»Im Gegenteil«, widersprach Julie, »sie wird endlich ein bisschen Respekt vor dir bekommen. Zeig ihr auf keinen Fall, dass du Angst vor ihr hast, hast du gehört? Und pass auf die Hunde auf, solange ich den Leuten was erzähle.«

Terry folgte ihr zögernd vor das Publikum. Er gab sich große Mühe, nicht in Sandys Richtung zu blicken, tat es aber doch und lächelte unsicher. Julie nickte ihm aufmunternd zu und wandte sich an die Zuschauer. »Willkommen bei den Hundezwingern! Ich bin Park Ranger Julie Wilson und werde Ihnen etwas über Schlittenhunde erzählen. Das sind die wilden Vierbeiner hinter mir, die schon den ganzen Morgen ein lautes Konzert veranstalten, weil sie sich auf Sie gefreut haben. Ganz genau, auf Sie, denn sie zeigen gern, was sie so draufhaben. Und weil heute Sonntag ist, habe ich mir einen Assistenten angelacht. Er absolviert gerade ein … äääh … Praktikum in unserem Park und weiß schon mehr über Huskys als die meisten hier.« Sie sah, wie Sandy überrascht zusammenzuckte. »Begrüßen Sie meinen Assistenten Terry!«

Terry verbeugte sich und badete regelrecht im Applaus. Seine Scheu hatte er abgelegt und sein Gesichtsausdruck war beinahe triumphierend, als würde er sagen: Da staunst du, was? Das ist besser, als die ganze Zeit einem eiförmigen Ball hinterherzulaufen, oder? Mir kannst du nicht mehr imponieren, Sandy!

»… und das ist Chuck, mein Leithund«, erklärte Julie gerade. »Terry, erzähl den Leuten, welche Eigenschaften ein Leithund in sich vereinen muss …«

»Vor allem muss er intelligent sein«, begann der Junge.

15

Julie beobachtete amüsiert, wie Sandy reagierte. Hatte sie bisher müde und gelangweilt gewirkt, zuckte sie bei der Nennung von Terrys Namen regelrecht zusammen und lächelte überrascht, als er vor das Publikum trat und die Eigenschaften eines Leithunds erklärte. Einen solchen Auftritt hatte sie ihm wohl nicht zugetraut. Ihre Gestalt straffte sich unwillkürlich, und sie betrachtete ihn offenbar mit neuen Augen, beneidete ihn vielleicht sogar.

Aber nicht nur deswegen freute sich Julie, den Jungen an der Vorführung beteiligt zu haben. Für ihn war die Arbeit an diesem Tag kein Strafdienst. Im Gegenteil, er blühte regelrecht auf, wirkte motiviert und selbstsicher wie nie zuvor. Julie sah sich bestätigt. Wie einfach konnte einen das persönliche Umfeld nach unten ziehen. Zerstrittene Eltern, die vor lauter Gezeter ihren Sohn vergaßen, gemeine Mitschüler, die einen mobbten und im Internet lächerlich machten. Wer darauf aggressiv reagierte, machte in seiner Wut alles noch viel schlimmer, flog von der Schule, wurde arbeitslos und beging am Ende womöglich Straftaten.

Vielleicht war der Strafdienst, den Terry im Denali National Park ableisten musste, die Chance für ihn, sein Leben trotz aller Widrigkeiten in den Griff zu bekommen. Wenn er die letzten anderthalb Jahre auf der Highschool noch einmal kräftig Gas gab, schaffte er sicher einen guten Abschluss und bekam einen guten Job. Er würde es nicht einfach haben, aber es war eine Perspektive, die Hoffnung machte.

Wie nach jeder Vorführung drehte Julie auch diesmal wieder einige Runden mit ausgewählten Besuchern: einem jungen Mann, einem Vater mit seiner kleinen Tochter und natürlich Sandy, die sie ganz bewusst ausgesucht hatte. Die Cheerleader Queen hatte sie natürlich längst erkannt und reagierte sehr zögernd, wohl auch aus Angst, die Rangerin könnte sich wegen der gestrigen Auseinandersetzung an ihre Eltern wenden.

»Keine Angst«, spornte Julie sie an, »die beißen nicht.«

Auf der kurzen Fahrt über einen Trail, der parallel zur Park Road verlief, schwieg Sandy lange. Erst auf der Rückfahrt sagte sie: »Okay, okay, vielleicht haben wir den Falschen verarscht. Ich weiß, ich habe über ihn gelacht. Aber Terry war in mich verknallt, das sah doch ein Blinder, und ich dachte, was will so einer mit einer Cheerleaderin.«

»Seit wann sind Footballer und Cheerleader was Besseres?«, fragte Julie. Sie hatte sich immer geweigert, bei den Cheerleadern mitzumachen, fand das Gehopse in kurzen Röckchen eher affig. »Sie sind vielleicht durchtrainierter und sehen manchmal besser aus, aber wenn der Lack ab ist, können sie sich auch nichts dafür kaufen. Terry hat es schwer, daran müsst ihr auch mal denken, aber er ist nicht auf den Kopf gefallen. Ich wette zehn zu eins, dass er es mal weiter bringt als dein Marty. Nichts für ungut …«

Sandy blickte sich zu ihr um. Sie hatte heute nur wenig Make-up aufgetragen und auch ihren arroganten Blick abgelegt. »Schon gut, halten Sie mir ruhig einen Vortrag, aber Sie wissen ja nicht, wie das in der Schule ist. Du musst dazugehören, wenn du es zu was bringen willst. Nur wer in seiner Clique was zu sagen hat und coole Klamotten trägt, bringt es später zu was.«

»Willst du mal Model werden?«

»Keine Ahnung. Warum?«

»Weniger als ein Prozent schaffen es wirklich. Wer mit seinem Aussehen das große Geld verdienen will, muss verdammt viel Glück haben. Und bei den Footballern ist es nicht anders. Wer sagt denn, dass Marty bei den Green Bay Packers oder San Francisco Fortyniners landet? Viel wahrscheinlicher ist, dass er in einer unteren Liga versauert und sich seinen Lebensunterhalt woanders verdienen muss. Nach der Highschool wird alles anders, glaub mir das.«

Sie reagierte verärgert. »War das alles?«

»Nur ein kleiner Gedankenanstoß.«

Julie war weit davon entfernt, sich selbst für perfekt zu halten. Auch sie hatte sich nicht immer mit den richtigen Leuten umgeben, zum Beispiel der Junge, mit dem sie während der College-Zeit befreundet gewesen war. Obwohl sie schon bald gemerkt hatte, dass er ein ähnlicher Aufschneider wie Marty Remick gewesen war, hatte sie zu ihm gehalten und sich jede Menge von ihm gefallen lassen. Ein Fehler, wie sich später herausgestellt hatte, denn im Laufe der Zeit hatte er sie als seinen Privatbesitz betrachtet. Als sie schließlich mit ihm Schluss gemacht hatte, war er durchgedreht und hatte mit allen Mitteln versucht, sie zurückzugewinnen. Sie erinnerte sich nur ungern daran.

Vor den Hundezwingern hielt Julie an und verabschiedete

sich von Sandy. Das Mädchen brummte etwas Unverständliches, ging ein paar Schritte auf Terry zu, als wollte sie etwas zu ihm sagen, drehte dann aber abrupt um und kehrte zu ihren Eltern zurück. Ohne sich noch mal zu Terry umzudrehen, stieg sie mit ihnen in den Shuttlebus.

Dem Jungen hatte die gelungene Vorführung großen Auftrieb gegeben. Auch bei den nächsten Shows war er voll bei der Sache, und als ihn Julie auf eine längere Runde mitnahm, war er regelrecht begeistert. Er staunte und zeigte sich tief beeindruckt, als würde er die Berge und Täler zum ersten Mal sehen, und in gewisser Weise tat er das ja auch. Bei seiner Jagd auf den Grizzly war er so von seinem Wunsch nach Anerkennung beseelt gewesen, dass er die Natur um sich herum gar nicht wahrgenommen hatte. »Wow!«, kommentierte er, als Julie den Schlitten bremste, und das Panorama der Alaska Range direkt vor ihnen lag. Obwohl der größte Teil der Berge im nebligen Dunst verborgen lag, wirkten sie so gewaltig und monumental, dass selbst eine erfahrene Rangerin wie Julie noch Ehrfurcht empfand. »Das sieht riesig aus. So nahe hab ich die Berge noch nie gesehen.«

Was ein Tag doch ausmachen konnte. Dem Jungen hatte sich eine vollkommen neue Welt eröffnet, die ihn seinen tristen Alltag für ein paar Stunden vergessen ließ. Julie hoffte, ihm gezeigt zu haben, dass das Leben eine schöne Seite hatte und man für ehrliche Arbeit belohnt wurde. Der Applaus der vielen Zuschauer hatte ihm sichtlich gutgetan und ihn aufgebaut.

Auf dem Rückweg hielten sie vor einer weiten Biegung an und sahen einen einsamen Grizzly in sicherer Entfernung über die Tundra gehen. Terry blickte ihm lange nach und raffte sich zu einer Entschuldigung auf. »Ich hab ziemliche Scheiße gebaut, was? Ehrlich gesagt, ist mir so ein Bär aus der Entfernung auch lieber. Aber neulich … neulich war ich irgendwie daneben.«

»Du wirst es nie wieder tun, Terry. Versprich mir das.«

»Ja doch.«

Umso erstaunter war Julie, als sie ihn nach einer kurzen Besprechung beim Superintendent von den Hundezwingern abholen wollte, und er nirgendwo zu finden war. Sie ging alle Hütten ab, sah im Schuppen nach, lief sogar zur Park Road hinauf und fragte einen Ranger, der aber den ganzen Tag damit verbracht hatte, die Fragen von Besuchern zu beantworten, und ihn auch nicht bemerkt hatte. Über Funk wandte sie sich an alle Ranger: »Hat jemand Terry Lombard gesehen, den Jungen, der sich neulich mit dem Bären angelegt hat?«

Die einzige Antwort kam von Superintendent Green, der sie sofort in sein Büro bestellte und sie mit grimmiger Miene empfing. »Erzählen Sie mir nicht, dass der Junge Probleme macht«, warnte er sie, »dann ist es nämlich vorbei mit dem Strafdienst, und seinen Eltern brumme ich eine saftige Geldstrafe auf. Wir sind keine Erholungsstätte für missratene Teenager, Ranger Wilson. Dafür gibt es entsprechende Einrichtungen und Fachleute, die sich mit jungen Straftätern auskennen. Beweisen Sie mir bitte, dass ich mich irre, oder ich gebe den Fall an die Behörden weiter.«

»Natürlich, Sir. Sein Verhalten heute war vorbildlich, und ich glaube nicht, dass er abgehauen ist. Da steckt sicher etwas anderes dahinter.«

»Das hoffe ich, Ranger Wilson.«

»Da bin ich ganz sicher, Sir.«

Doch Julie war alles andere als sicher und befürchtete das Schlimmste. Mit dem Suburban fuhr sie den gesamten Eingangsbereich des Nationalparks ab, fragte im Besucherzentrum, im Souvenirladen und sogar am Bahnhof nach Terry und bekam überall das Gleiche zu hören: »Einen Jungen im Ranger-Parka? Nein, den haben wir nicht gesehen. Was glauben Sie, was hier los ist?«

Wo konnte der Junge bloß stecken? Eine Möglichkeit gab es noch, überlegte sie auf dem Rückweg zu den Hundezwingern. Er konnte sich unbemerkt in einen der Shuttlebusse geschlichen haben und zum Tattler Creek gefahren sein, dem Fluss, an dem er den aufgebrachten Grizzly herausgefordert hatte. Eine Möglichkeit, die ihr nach den positiven Signalen, die ihr Terry den ganzen Tag gegeben hatte, vollkommen absurd erschien, aber sie musste ihr nachgehen. Wenn der Junge tatsächlich schon wieder auf eigene Faust losspaziert war und ein Unglück passierte, wäre sie verantwortlich. Wahrscheinlich wäre sie sogar ihren Job los. War sie zu vertrauensselig gegenüber Terry gewesen? Hatte sie sich von dem Jungen blenden lassen?

Sie beschleunigte und folgte der Park Road nach Westen. Ein Shuttlebus versperrte ihr minutenlang den Weg, bevor er endlich zur Seite fuhr und sie passieren konnte. Über Funk informierte sie die Zentrale darüber, was sie vorhatte, und fuhr schneller als erlaubt über die sandige Piste. Hinter ihr wallte Staub auf und blieb in einer großen Wolke über der Straße hängen. Vor Sorge ging ihre Fantasie mit ihr durch.

In Gedanken sah sie den Jungen, wie er sich einen Weg durch das Gestrüpp am Flussufer bahnte und sein Smartphone auf einen aufgebrachten Grizzly richtete. Wie sich der Bär auf die Hinterbeine stellte, um besser sehen zu können, und dann unvermittelt angriff, mit weit geöffnetem Rachen, wütend und unerbittlich. Wie sich die Reißzähne des Grizzlys in den Schädel des Jungen bohrten, das Geräusch splitternder Knochen … Die Vorstellung ließ sie aufschreien und das Lenkrad so verreißen, dass sie beinahe von der Straße abkam. Mühevoll lenkte sie den Wagen in die Spur zurück.

Sie hielt an einer Ausbuchtung und trank einen Schluck aus ihrer Wasserflasche, ermahnte sich zur Ruhe und fuhr im normalen Tempo weiter. Mach dich nicht verrückt, redete sie sich ein, er ist bestimmt nicht hier. Warum sollte er so leichtsinnig sein? Er hat doch selbst zugegeben, Mist gebaut zu haben. Nach den Erfolgserlebnissen, die er heute hatte, wäre er doch bescheuert, so etwas zu tun. Aber der Super hatte recht, sie war keine Psychologin und hatte sich vielleicht von Terry täuschen lassen. Wer wusste denn schon, was im Kopf eines solchen Jungen vor sich ging? Was, wenn er nun mehr denn je darauf versessen war, seinen Mut unter Beweis zu stellen?

Der Himmel hatte sich verdüstert, als sie endlich das Kopfende des Trails erreichte und auf den Parkplatz fuhr. Es war kühl geworden, und frischer Wind rauschte in den Schwarzfichten am Straßenrand. Aus der Ferne klang das Plätschern des Tattler Creek durch die Bäume. Sie stellte den Kragen ihres Anoraks hoch, setzte ihre Schirmmütze auf, vergewisserte sich, dass das Bärenspray in ihrer Anoraktasche lag, und lief los. Ihr Fernglas hing vor der Brust.

Ungefähr eine halbe Stunde wanderte sie am Fluss entlang, traf lediglich einen Hasen, der sofort davonlief, und konnte den Jungen nirgendwo entdecken. In dem Gestrüpp, in dem er die Grizzly-Mutter mit ihren Jungen aufgescheucht hatte, summten nur Insekten. Immer wieder blieb Julie stehen und suchte die Gegend durch ihr Fernglas ab, erkannte in weiter Ferne einen Schwarzbär, der aber sofort wieder verschwand, und rief laut Terrys Namen. Jedes Mal hatte sie Angst, dass er ihr antworten würde, und jedes Mal lauschte sie erleichtert in die Stille.

Auf dem steilen Hügelkamm, der zum Gipfel führte, traf sie einige Wanderer und fragte sie nach Terry. Auch sie hatten keinen Jugendlichen gesehen, auf den die Beschreibung passte. Sie befanden sich schon seit mehreren Stunden am Tattler Creek und waren sehr enttäuscht, weil sie noch keinen Grizzly zu Gesicht bekommen hatten.

»Grizzlys gibt es hier genug«, erklärte Julie, »aber es gehört auch ein wenig Glück dazu, einen zu entdecken.«

»Wird der Junge vermisst?«, fragte eine Frau besorgt.

»Seit ungefähr zwei Stunden«, bestätigte Julie, »aber wir machen uns bestimmt unnötig Sorgen. Ich wette, der Junge hat sich in irgendeinen Coffee Shop verdrückt und lässt es sich gut gehen. Nicht jeder will wandern.«

»Wenn wir ihn sehen, rufen wir an«, versprach einer der Wanderer.

Julie bedankte sich und kehrte zu ihrem Wagen zurück. Sie war auf dem Holzweg gewesen. Terry war nicht zum

Tattler Creek gefahren und fast fühlte Julie sich beruhigt, wäre da nicht das unbestimmte, nagende Gefühl in ihrem Bauch gewesen. Wer wusste schon, was in dem Jungen vorging? Er konnte überall ausgestiegen und in die Wildnis gewandert sein. Selbst wenn er es diesmal nicht darauf abgesehen hatte, einen Grizzly aus der Nähe zu fotografieren, und nur vor dem Alltag fliehen wollte, schwebte er vielleicht in tödlicher Gefahr. Ich hätte ihn nicht aus den Augen lassen dürfen, sagte sie sich, als sie den Wagen auf die Park Road lenkte und in Gedanken versunken zu den Park Headquarters zurückfuhr. Ich hätte wissen müssen, dass er noch lange nicht so weit war.

Ein Geistesblitz ließ sie aus ihren trüben Gedanken aufschrecken. An die naheliegendste Möglichkeit hatte sie noch gar nicht gedacht. Sie gab wieder Gas und fuhr in einer dichten Staubwolke nach Osten, bremste gerade rechtzeitig, um einen Shuttlebus-Fahrer und seine Fahrgäste nicht zu verärgern, und griff nach ihrem Smartphone. Doch Carol meldete sich nicht, und auf die Mailbox wollte sie nicht sprechen. Bestimmt ist sie mit ihrem Norweger unterwegs, dämmerte es ihr.

Ungefähr eine halbe Meile vor den Park Headquarters nahm sie den Fuß vom Gas und fuhr einigermaßen gesittet auf den Parkplatz. Sie war froh, dass der Superintendent nicht aus dem Verwaltungsgebäude kam, lief rasch zu ihrem Blockhaus und rief schon, bevor sie die Tür öffnete, den Namen des Jungen. »Bist du in der Hütte, Terry? Du bist hier, nicht wahr?« Sie stieß die Tür auf, rannte von einem Zimmer ins andere und fand ihn nirgendwo. Enttäuscht ließ sie sich auf einen Stuhl fallen. »Und ich dachte …« Sie kam nicht weiter. Anspannung und Sorge überwältigten sie, Tränen schossen ihr in die Augen und sie musste plötzlich weinen, konnte sich erst allmählich wieder beruhigen.

Die leere Hütte, durchfuhr es sie, die Hütte, die nächste Woche renoviert werden soll! Sie sprang auf und rannte hinaus, sprintete zum ältesten der Blockhäuser und riss die Tür auf.

»Terry!«, stieß sie erleichtert hervor. »Mein Gott, da bist du ja! Wir haben dich überall gesucht. Was tust du hier, Terry?«

Terry saß gegen die Holzwand gelehnt auf dem Boden, die Beine angezogen und das Gesicht in den Armen vergraben. Beim Klang ihrer Stimme hob er den Kopf und blickte sie aus verweinten Augen an.

»Ich will nicht zurück«, jammerte er. »Ich hab keine Lust mehr, in die Schule zu gehen, und zu meinen Eltern will ich auch nicht. Denen ist es sowieso egal, was ich tue. Ich will hierbleiben und jeden Tag für euch arbeiten. Ich verstehe mich mit den Huskys, und vor der Drecksarbeit hab ich keine Angst. Immer noch besser, als mich weiter mit diesen Idioten herumzuschlagen. Ich könnte doch in dieser Hütte schlafen oder meinetwegen auch in einem Zelt. Bitte, Ranger Wilson!«

Julie kniete vor ihm nieder und suchte nach den passenden Worten. »Das geht nicht, Terry. Du musst die Schule fertig machen, sonst bekommst du nirgendwo einen Job. Du schaffst das, Terry.« Sie lächelte ihm aufmunternd zu. »Marty hat jetzt etwas Respekt vor dir, und mit Sandy hab ich gesprochen. Die weiß ganz genau, dass sie dich schlecht behandelt hat. Hab keine Angst, Terry. Im Leben geht nicht alles glatt, auch bei mir nicht, bei keinem von uns. Und jeder von uns musste hart arbeiten, bevor er seinen Job bekam. Glaube bloß nicht, dass alle Ranger hier Mustereltern hatten. Du musst da durch, Terry. Ich weiß, dass du stark genug bist.« Sie wartete darauf, dass ihre Worte wirkten. »Und jetzt komm, ich fahre dich zu deinen Eltern zurück. Wir müssen nur vorher beim Superintendent vorbei.«

Terry widersprach nicht und ließ sich bereitwillig von ihr hochziehen.

Julie meldete sich mit ihm beim Superintendent und schilderte ihm das Nötigste. »Entwarnung, Sir. Er hatte sich in der freien Hütte verkrochen und würde am liebsten hierbleiben. Alles meine Schuld, Sir. Ich hätte wissen müssen, dass er in der Nähe war. Er denkt nicht daran, noch mal eine Dummheit zu begehen.«

Green blickte prüfend in das verweinte Gesicht des Jungen und nickte zögernd. »In Ordnung, Ranger. Bringen Sie ihn nach Hause. Aber seien Sie zeitig wieder hier. Ralstons Sender ist anscheinend zu einem Kompromiss bereit.« Er blickte den Jungen an. »Und du hältst die Ohren steif, hast du mich verstanden?«

»Aye, Sir«, antwortete er gehorsam.

16

Julie löffelte bereits ihre Cornflakes, als Carol zur Tür hereinkam und sich erschöpft auf einen Stuhl fallen ließ.

»Hey«, grüßte sie verschlafen und griff dankbar nach dem Becher Kaffee, den Julie ihr einschenkte. »Ich glaube, ich werde langsam zu alt für solche Sachen.« Sie nippte zufrieden an dem heißen Kaffee und errötete tatsächlich, als sie sagte: »Ich war mit Henrik unterwegs.«

»Hab ich mir schon gedacht«, erwiderte Julie grinsend. Sie stellte ihrer Kollegin eine Schüssel mit Cornflakes hin und setzte frischen Kaffee auf. Carol würde einen zweiten Becher brauchen. »Ich mach ihn etwas stärker.«

Carol bedankte sich. »Eigentlich wollte ich mit Henrik frühstücken, aber er musste schon früh zu einem Meeting in Fairbanks aufbrechen und ich muss gleich die Hunde füttern. Ich glaube, ich hab nicht mal Zeit zum Duschen.«

»Um die Huskys kümmere ich mich«, versprach ihr Julie. »Ich muss erst um neun beim Super sein, ich hab Zeit genug.« Sie kaute angestrengt, ohne die Kollegin aus den Augen zu lassen. »Und?«, fragte sie ungeduldig. »Warum ist er hier? Bleibt er jetzt für immer? Hat er dir einen Antrag gemacht? Hat er …«

»Immer hübsch langsam«, stoppte Carol ihren Redefluss. »Ich gebe es ja zu, wir mögen uns, und ich habe mich riesig gefreut, ihn wiederzusehen, aber das heißt noch lange nicht, dass wir das Aufgebot bestellt haben. Das wäre auch schlecht möglich. Er lebt in Norwegen, das hab ich dir doch erzählt.«

»Du hast auch gesagt, dass er nur im Winter kommt.«

»Das stimmt, aber es hat sich einiges geändert.« Sie lächelte zufrieden. »Er hat sich in eine Firma in Fairbanks eingekauft. Heimlich, ohne mir was zu sagen. Er wollte mich überraschen, und das ist ihm auch voll gelungen. Bei dem Meeting heute geht es nur noch um ein paar Kleinigkeiten.« Ihr Lächeln ließ sie zehn Jahre jünger aussehen. »Er kommt jetzt öfter rüber. Jeden Monat einmal, und im Winter will er sogar für ein paar Monate in Alaska wohnen.«

Julie freute sich aufrichtig für ihre Kollegin. »Hey ... das ist toll. Das müssen wir unbedingt feiern. Sobald ich zurückkomme, köpfen wir eine Flasche Champagner. Oder wir fahren nach Fairbanks und gönnen uns ein Riesensteak mit allem Drum und Dran. Muss an der frischen Luft liegen, dass es bei uns plötzlich mit den Männern klappt. Wie lange bleibt dein Traumprinz denn noch?«

»Nur zwei oder drei Tage, dann muss er wieder zurück. Aber nächsten Monat will er wiederkommen und sich eine Wohnung in Fairbanks suchen.«

»Eine gemeinsame Wohnung?«

Carol lachte. »Nicht so stürmisch, junge Dame.«

Nach dem Frühstück kümmerte sich Julie um die Huskys. Sie warteten schon ungeduldig auf ihr Fressen, waren es nicht gewohnt, so spät gefüttert zu werden. Rowdy zerrte ungeduldig an seiner Kette und bellte vorwurfsvoll. Auch die anderen Hunde konnten ihre Ungeduld kaum verbergen.

»Nesthäkchen« Noatak wusste, dass er als Letzter drankommen würde, beklagte sich aber nicht und wartete geduldig. Bei Julie bekam jeder Futter, das wusste er.

»Guten Morgen, meine Lieben«, begrüßte Julie die Huskys. »Tut mir leid, wenn ich heute etwas später komme. Carol und ich hatten was Wichtiges zu besprechen. Sie hat sich verliebt, wisst ihr? Henrik, ihr Freund, kommt aus Europa, das liegt ein paar tausend Meilen von hier entfernt, aber er will jetzt nach Fairbanks ziehen und jeden Monat zu Besuch kommen. Ist das nicht wunderbar?«

Keiner der Hunde interessierte sich für die Neuigkeit. Sie schienen sie gar nicht zu hören und konzentrierten sich nur auf ihr Fressen. Hinterher waren die Futtertröge so sauber, als hätte Julie sie minutenlang gespült. Einen Nachschlag gab es aus Prinzip nicht, auch die Huskys mussten sich an Regeln halten.

»Ich muss jetzt leider gehen«, verabschiedete sich Julie von ihren vierbeinigen Lieblingen. »Es sieht so aus, als müsste ich wieder mit dem verrückten Tierfilmer raus. Ich könnte mir auch was Schöneres vorstellen, ist aber leider nicht zu ändern. Carol wird sich um euch kümmern. Sie muss jeden Augenblick hier sein. Seid nett zu ihr. Sie hat gestern Nacht kaum geschlafen.«

Sie kraulte Chuck zwischen den Ohren und gab Noatak einen freundschaftlichen Klaps. Auf dem Weg zum Verwaltungsgebäude begegnete sie Carol. Die heiße Dusche hatte ihr gutgetan, und mit den hochgesteckten Haaren sah sie wieder sehr manierlich aus. »Unsere Vierbeiner haben heute mächtigen Hunger. Auf Rowdy würde ich aufpassen, der hat wieder mal schlechte Laune.« Sie winkte ihr zu. »Ich melde mich, sobald ich zurück bin.«

»Meinst du, der Super lässt Ralston wirklich gehen?«

»Davon gehe ich aus … leider.«

Julie behielt recht. Als sie das Büro des Superintendents betrat, waren Ralston, seine Freundin und der Senderchef schon da, und die erleichterte Miene des Tierfilmers zeigte ihr, dass sich der Super bereits entschieden hatte. Sie hatten sich auf die Sitzgruppe neben dem offenen Kamin verteilt. Auf dem Tisch vor ihnen standen Kaffee und ein Teller mit winzigen Sandwiches.

»Ranger Wilson«, begrüßte der Superintendent sie, »wir haben schon angefangen. Unsere Gäste waren etwas früher hier.« Er stellte sie dem Chef des Fernsehsenders vor, einem älteren Mann mit grauen Schläfen und wachen Augen. »Das ist Larry Coburn.«

Coburn verstand es, mit Menschen umzugehen. »Ich freue mich, Sie kennenzulernen, Ranger Wilson, und ich bedauere zutiefst, was Ihnen letzte Woche passiert ist. Es war mehr als gedankenlos von Barry, den Proviantbehälter offen liegen zu lassen und Sie dadurch in Gefahr zu bringen. Ein unverzeihlicher Fehler, den auch Barry und Amy zutiefst bedauern.« Er blickte Barry auffordernd an.

»Das stimmt«, meldete sich der Tierfilmer zerknirscht zu Wort. Falls er log, war er ein erstklassiger Schauspieler. »Es tut mir leid. Ich wollte Sie nicht in Gefahr bringen. Ich war so darauf fixiert, gute Bilder zu bekommen, dass ich vollkommen vergessen habe, den Proviantbehälter zu schließen. Eigentlich ein unverzeihlicher Fehler, aber er wird nicht wieder vorkommen, das verspreche ich Ihnen. Ich bin Profi und werde mich so verhalten, wie es die Vorschriften im Denali National Park verlangen. Ich hoffe, Sie verzeihen mir noch einmal.«

Julie nahm ihm seine Entschuldigung ab, wusste aber auch, dass er sein Versprechen bei der erstbesten Gelegenheit vergessen würde. Daran änderte auch sein freundliches Lächeln nichts. Er gehörte zu den Tierfilmern, die sich weder um ihre Begleiter noch die eigene Sicherheit kümmerten, wenn sich die Gelegenheit für spektakuläre Aufnahmen bot. »Okay«, sagte sie dennoch.

»Auch ich versichere Ihnen«, setzte Coburn nach, »dass es sich bei diesem Vorfall um eine einmalige Verfehlung handelt. Barry Ralston gehört zu den besten Tierfilmern der Welt und weiß sehr wohl, wie man sich in der Wildnis zu verhalten hat.« Seine Stimme klang salbungsvoll. »Der Sender, den ich vertrete, ist nicht auf Sensationen aus. Wir wollen die Tiere zeigen, wie sie wirklich sind, und den Zuschauern, die in Städten wohnen und wenig mit der Natur in Berührung kommen, die Wildnis nahebringen. Natürlich bedient sich ein Mann wie Barry Ralston dazu unkonventioneller Methoden, aber er wird sich dabei stets an die Vorschriften des Nationalparks halten.«

Superintendent Green wand sich ein wenig, bevor er sagte: »Gut. Wir sind sehr dankbar für dieses Entgegenkommen und wollen ihn dabei nach besten Kräften unterstützen.« Er blickte Julie an. »Nach reiflicher Überlegung haben wir uns entschlossen, Barry Ralston und Amy Keene eine neue Genehmigung auszustellen, und hoffen, dass die nächsten Tage weniger aufregend als die ersten verlaufen.« Sein Blick wanderte zu Ralston. »Ranger Wilson wird sich nach besten Kräften bemühen, auf Ihre Wünsche einzugehen und Sie bei Ihrer Arbeit zu unterstützen. Ich bin sicher, Sie werden sich vertragen. Sie sind alle Profis und kennen sich in der Wildnis aus, da dürfte es doch keine weiteren Schwierigkeiten geben. Habe ich recht, Ranger Wilson?«

»Natürlich, Sir«, erwiderte Julie. Jede andere Antwort, das wusste sie, hätte sie nur in Schwierigkeiten gebracht. »Wann fliegen wir los?«

Der Superintendent lächelte dankbar. »Der Hubschrauber wartet schon. Ein Ranger bringt Sie zum Flughafen. Ich wünsche Ihnen allen viel Glück.«

Gary Fletcher, der Pilot, der sie auch beim ersten Mal geflogen hatte, wartete bereits auf sie und half ihnen, das Gepäck zu verstauen. Diesmal ließ er sich nicht auf einen Umweg ein und flog direkt zum Red Mountain. Der Himmel war bedeckt, und es gab wenig zu filmen. Trübe Dunstwolken hingen zwischen den scharfkantigen Felswänden der Berge. Bleierner Glanz lag auf den Wiesen und Geröllfeldern und spiegelte sich in Flüssen und Seen.

Der Pilot flog um den Red Mountain herum und hielt auf ihren Lagerplatz oberhalb des Glacier Creek zu, als Ralston eine Bewegung in der Ferne wahrnahm und seinen Feldstecher an die Augen hob. »Da ist die Grizzly-Mutter mit den beiden Jungen, die uns den ganzen Ärger eingebrockt hat. Laura … ich hab sie Laura getauft.« Er setzte das Fernglas ab. »Fliegen Sie nach Südosten.«

Fletcher legte den Hubschrauber auf die Seite und peilte den neuen Kurs an. Jetzt sah auch Julie die Bären. Sie trotteten über die hügelige Tundra und hielten auf einige Felsen in den Ausläufern des Sunset Peak zu. Ralston hatte bereits die Kamera auf der Schulter und filmte die kleine Gruppe. »Das können nur Laura und ihre Jungen sein«, sprach er ins Mikrofon. »Laura gehört zu den aggressivsten Grizzlys, denen ich je begegnet bin, und ich hoffe nur, dass sie uns keinen Ärger bereitet. Nicht mal von einem ausgewachsenen Verehrer hat sie sich beeindrucken lassen.« Er gab dem Piloten durch eine Handbewegung zu verstehen, über den Bären zu kreisen, und fuhr fort: »Aber obwohl ich großen Respekt vor Laura habe, werde ich mein Lager ganz in ihrer Nähe aufschlagen und darauf warten, dass ihr Verehrer ein zweites Mal auftaucht.«

Julie machte gar nicht erst den Versuch, Ralston zu einem anderen Lagerplatz zu überreden. Sie wusste, dass er sich nicht darauf einlassen würde. »Landen Sie am Ufer des Glacier Creek«, wies sie den Piloten an und schaffte es, Ralston wenigstens eine halbe Meile von den Bären und der Felsengruppe fernzuhalten. »Auf der Geröllhalde dort drüben.«

Fletcher folgte ihrer Anweisung und setzte den Hubschrauber geschickt auf, obwohl heftiger Wind am Flussufer tobte und die Maschine zittern ließ. Sie luden das Gepäck aus und winkten dem Piloten zu, der froh zu sein schien, sie loszuwerden und wieder nach Hause fliegen zu können. Für den Nachmittag hatte der Wetterbericht heftige Regenfälle und starke Windböen vorausgesagt.

In einer keilförmigen Mulde abseits des Flusses, die durch einige Felsen und Bäume etwas vor dem Wind geschützt war, bauten sie ihre Zelte auf. Die Feuerstelle errichteten sie auf dem Geröllfeld, das sich bis in die Hügel erstreckte, und die Proviantbehälter verstauten sie in den Felsen. Ralston rührte wie beim ersten Mal keinen Finger und kümmerte sich ausschließlich um seine Kameras und sein Equipment. Julie war relativ schnell mit ihren Vorbereitungen fertig und half Amy beim Aufbauen und Verankern ihres Zeltes.

Im brandneuen Zwei-Mann-Zelt von Ralston erholten sie sich von der Arbeit. Sie teilten sich einen Müsliriegel und tranken von dem heißen Tee, den sie in ihren Feldflaschen mitgenommen hatten. Amy wirkte erschöpft und abgespannt.

»Geht's Ihnen nicht gut, Amy?«, fragte Julie direkt.

»Doch, doch … alles okay.« Ihre betrübte Miene sagte etwas anderes, doch Julie drängte sie nicht und wartete geduldig, bis Amy einen Schluck von ihrem Tee getrunken hatte, mehrfach zum Sprechen ansetzte und schließlich damit herausrückte: »Barry und ich … wir hatten am Wochenende einen kleinen Streit. Ich stand noch unter Schock von dem, was letzte Woche passiert ist. Da habe ich mich wohl ihm gegenüber im Ton vergriffen.«

»Und das gefiel ihm nicht.«

»Barry mag es nicht, wenn man ihn kritisiert. Ich hab das schon auf unseren ersten Reisen gemerkt. Wehe, man hat etwas auszusetzen, dann wird er unausstehlich. Er wird sogar wütend, wenn er eine schlechte Kritik in der Zeitung liest oder weniger als fünf Sterne im Internet bekommt. Er will immer der Beste und Schönste sein und alle Frauen sollen ihn umschwärmen wie einen Filmstar.«

»Und dennoch haben Sie sich in ihn verliebt.«

»Er ist ein attraktiver Mann und unglaublich charmant«, erklärte Amy nachdenklich. »Es machte mir Spaß, ihn auf seinen Expeditionen zu begleiten und wilde Tiere zu beobachten. Ich bewundere seinen Mut und seine Arbeit sehr. Dass ich unterwegs seine Handlangerin bin, stört mich nicht. Im Gegenteil. So bin ich wenigstens ein Teil des Abenteuers. Wir sind mit einem Drehbuchautor und seiner Frau befreundet, bei denen ist das ähnlich. Die Frau bleibt im Hintergrund und meistert den Alltag, damit er die nötige Ruhe beim Schreiben hat. Das macht mir nichts aus. Nur auf diesem Trip hab ich plötzlich gar nichts mehr zu sagen. Und als ich ihm Vorhaltungen wegen des offenen Proviantbehälters machte, schrie er mich sogar an. Ich möchte nicht, dass jemand in Gefahr gerät, nur weil Barry wegen ein paar interessanter Filmbilder gegen alle Regeln verstößt.« Sie seufzte leise. »Nun ja, vielleicht bin ich in letzter Zeit auch zu empfindlich.«

»Sie sollten sich nicht alles gefallen lassen, Amy«, widersprach Julie.

»Ich habe Angst«, gestand sie. »Angst vor einem Unglück.«

Von draußen näherten sich Schritte, und Ralston schob die Zeltklappe zur Seite. »Weinst du dich bei ihr aus?«, fuhr er seine Freundin an. »Hilf mir lieber mal mit dem Equipment. Die Bären sind nur eine knappe halbe Meile von uns entfernt, und es könnten ein paar schöne Bilder dabei herausspringen.«

Amy wechselte einen raschen Blick mit Julie und folgte ihrem Freund nach draußen. Julie verließ ebenfalls das Zelt und stieg auf den Hügel, auf dem Ralston sein Stativ mit der

Kamera aufgebaut hatte. Dunkle Wolken hatten sich vor den grauen Himmel geschoben und sorgten für ein eigenartiges Zwielicht, das ihrer Umgebung eine magische Atmosphäre verlieh. Der frische Wind tat ein Übriges und bog das Gras so stark, dass es silbrig schimmerte.

»Halt das Stativ fest«, sagte Ralston, »der Wind ist zu heftig.«

Julie blieb etwas abseits stehen und beobachtete die Grizzly-Mutter mit ihren Jungen, die in der Nähe der Felsen einen Unterschlupf vor dem Wind suchten. Der Wind kam von Norden, und die Tiere ahnten nicht, dass Ralston sie durch den Sucher seiner Kamera beobachtete.

»Ruhe bitte!«, verlangte er und sprach wieder ins Mikrofon, das mit einer Fellkappe einigermaßen gegen den Wind geschützt war. »Sie sind es tatsächlich … Laura und ihre Jungen. Sie haben es sehr eilig, ein Versteck vor dem stürmischen Wind zu erreichen. Wir haben unser Lager in die Ausläufer des Sunset Mountain verlegt, oberhalb des Glacier Creek und nur eine Viertelmeile vom Anstieg zum Anderson Pass entfernt. Hier gingen die Indianer einst auf Karibujagd, und Laura könnte etwas Ähnliches im Sinn haben. Selbst im Denali National Park muss sich eine Grizzly-Mutter anstrengen, wenn sie ihr Jungen ausreichend ernähren will. Sehen Sie, wie nervös sie ist? Sie hat Angst, keine Beute zu finden. Vielleicht fürchtet sie sich aber auch vor einem erneuten Angriff ihres männlichen Verehrers. Wir bleiben in der Nähe und werden nichts verpassen, das verspreche ich Ihnen.«

Ralston filmte weiter, bis die Bären hinter den Felsen verschwunden waren. Enttäuscht ließ er die Kamera sinken und reichte sie seiner Freundin. Dann wandte er sich an Julie. »Was ist hinter den Felsen?«

»Da fließt der Sunset Creek«, antwortete sie. »Ein schmaler Fluss, der von den Gletschern gespeist wird und ins Tal hinabfließt. Am anderen Ufer steigt das Land steil an und zieht sich über mehrere Hügel und Geröllfelder bis zum Anderson Pass hin. Sagten Sie nicht, Sie wären schon mal hier gewesen?«

Dem Tierfilmer war es sichtlich peinlich, die Gegend nicht besser zu kennen. »Ja, aber auf der anderen Seite, wo wir neulich waren, und weiter westlich, am Clearwater Creek. Ich hab natürlich eine Karte und einen Kompass dabei, aber ich dachte mir, es wäre einfacher, Sie zu fragen. Muss doch langweilig für Sie sein, hier in der Gegend rumzustehen und auf mich aufzupassen.«

»Ich bin gern draußen in der Natur«, entgegnete sie. »Außerdem bin ich der Meinung, wir sollten auf diesen vorwurfsvollen Ton verzichten und einander mit Respekt behandeln. Als ein Mann, der sein halbes Leben in der Wildnis verbracht hat, wissen Sie ja, welche fatalen Folgen es in einer verlassenen Gegend wie dieser haben kann, wenn es in einer Gruppe zu Streitigkeiten kommt. Ich denke, wir sollten uns den Rat von Superintendent Green zu Herzen nehmen und gemeinsam am Gelingen dieses Projektes arbeiten.«

»Der Meinung bin ich auch«, erwiderte Amy schnell.

Ralston zögerte lange, bis er sich endlich zu einer Antwort durchrang. Er bemühte sich, weder Julie noch Amy dabei anzusehen. »Nichts dagegen.«

17

Nachdem die Bärenmutter mit ihren Jungen hinter den Felsen verschwunden war, ließ sich lange Zeit gar kein Tier blicken. Nicht einmal ein Fuchs oder Erdhörnchen. Die einzige Bewegung kam von dem böigen Wind, der unablässig über die Hügel strich und schwarze Gewitterwolken in ihre Richtung trieb. Der würzige Geruch feuchter Erde hing in der Luft.

Ralston gefiel die Stille überhaupt nicht. Alle Tierfilmer und Landschaftsfotografen, die Julie bisher im Nationalpark getroffen hatte, waren ausgesprochen geduldige Menschen gewesen und Julie hatte das für eine der wichtigsten Eigenschaften in diesem Beruf gehalten. Ralston dagegen war nahe dran, durchzudrehen, als sich nach einer Viertelstunde immer noch nichts regte.

»Verdammt, so kriege ich meine Story nicht zusammen«, schimpfte er. »Wo bleibt Lauras Verehrer?« Er blickte durch seinen Feldstecher. »Wo steckst du?«, rief er so laut, als könnte er den Grizzly mit seiner Stimme erreichen. »Sag bloß, du hast plötzlich die Hosen voll. Du hast doch keine Angst vor der wilden Lady? Greif noch mal an, du Feigling! Ich brauche ein paar starke Bilder. Mach mir nicht meine Story kaputt. Komm aus deinem Versteck, du Nichtsnutz!«

»So läuft das nicht, Mister Ralston«, sagte Julie. Eigentlich hatte sie sich vorgenommen, sich nicht wegen ein paar blöder Kommentare mit ihm anzulegen, aber sie konnte nicht anders. »Wir sind hier nicht in Hollywood, und Sie kein Regisseur, der nur ›Action!‹ zu rufen braucht, damit sich ein Schauspieler in die gewünschte Richtung bewegt. Ich hab noch keinen Grizzly getroffen, der sich nach einem Drehbuch richten würde. Haben Sie Geduld!«

»Fangen Sie schon wieder damit an, mir Vorschriften zu machen?« Ralston hatte das Fernglas von den Augen genommen und blickte sie vorwurfsvoll an. »Ich weiß schon, was ich tue. Oder meinen Sie, ich lag wochenlang auf der Lauer, bis sich die Löwen von Massai Mara endlich mal bequemten, etwas Interessantes zu tun? Als Tierfilmer muss man der Natur manchmal auf die Sprünge helfen. Ich kriege den Grizzly, verlassen Sie sich drauf.«

Als ob die Natur nicht schon aufregend genug wäre, dachte Julie, ohne dass sich ein ehrgeiziger Tierfilmer zum Affen machte und einen unsichtbaren Grizzly beschimpfte, weil er sich nicht nach dem Drehbuch richtete! Aber das sah oder hörte man ja nicht, wenn man sich einen Film von Barry Ralston ansah. Er würde alles so zusammenschneiden, dass es eine dramatische Story ergab, die Emotionen hervorrief und natürlich für Einschaltquoten sorgte. Julie fand dagegen schon spannend genug, welche Überraschungen die Natur selbst bereithielt. Sie brauchte keine gestellten Szenen und hielt es sogar für bedenklich, die Wildnis auf diese Weise zu verfälschen. Als Rangerin in einem Nationalpark hatte sie dafür zu sorgen, dass sich die Natur ganz ungestört vom Menschen entwickeln konnte.

Selbst ohne Tiere fand sie den Ausblick alles andere als

langweilig. In einer so abgelegenen Gegend wie am Red Mountain spürte man unentwegt die Kraft, die von der Wildnis ausging, die Energie der Tundra, die sich im Rauschen des Windes, der scheinbar endlosen Weite und der erhabenen Stille ausdrückte, in der jeder menschliche Laut störend war. Nicht umsonst flüsterten viele Ranger, wenn sie sich in der Wildnis trafen. Aus Ehrfurcht vor der Schöpfung, wie man sie in dieser ursprünglichen Schönheit und Erhabenheit nur noch in Naturschutzgebieten wie den Nationalparks bewundern konnte.

Ralston empfand anders. Den ganzen Morgen lief er rastlos auf und ab und suchte verzweifelt nach einem Motiv. »Daran sind nur Sie schuld!«, lud er seinen Frust bei Julie ab. »Am Wochenende ist es bei Laura und ihrem Verehrer bestimmt zur Sache gegangen. Wer weiß, was wir da alles verpasst haben. Aber Sie mussten ja gleich die Kavallerie alarmieren und mich verpetzen. Und anstatt die Scharte auszuwetzen und unser Lager in unmittelbarer Nähe der Bären aufzuschlagen, halten Sie wieder den Sicherheitsabstand und lassen mich hier verhungern. Das lasse ich mir nicht länger gefallen! Ich hoffe, Sie haben nichts dagegen, wenn ich mich mal selbst nach Lauras Verehrer umsehe.« Er nahm die Kamera vom Stativ und marschierte davon. »Du bleibst hier, Amy!«, rief er seiner Freundin zu. »Ist wohl besser, wenn ich allein gehe.«

»Das glaube ich kaum, Mister Ralston«, rief ihm Julie hinterher. »Oder haben Sie vergessen, worum der Superintendent Sie gebeten hat? Keine Alleingänge! Die sind viel zu gefährlich. Auch wenn Sie gerade keinen Bären sehen, sind sie doch in der Nähe, und so unvorsichtig, wie Sie sich ihnen nähern, gäbe es nur Ärger. Kommen Sie zurück, Mister Ralston!«

Der Tierfilmer dachte nicht daran. Wie ein trotziger Junge, dem man verboten hatte, vor dem Haus der Nachbarn zu lärmen, zog er davon. »Ich weiß, was ich tue«, rief er. »Ich glaube kaum, dass der Superintendent was dagegen hat, wenn ich mich ein wenig in der Gegend umsehe. Ich mache nichts anderes als die vielen Wanderer, die sich jeden Tag im Backcountry tummeln. Wenn er mir das verbietet, dürfte er überhaupt keine Wanderer in den Park lassen.«

»Wanderer gehen den Grizzlys aus dem Weg«, erwiderte Julie, doch Ralston, der ein flottes Tempo vorlegte, konnte sie schon nicht mehr hören.

Amy wirkte etwas verletzt, weil Ralston sie nicht mitnehmen wollte, verteidigte ihn aber dennoch: »Barry meint es nicht so. Legen Sie ihn nicht an die Kette. Lassen Sie ihm seine Freiheit. Er ist kein Dummkopf. Er weiß, wie gefährlich Grizzlys sein können.«

»Vielleicht haben Sie recht«, räumte Julie ein. Ob sie aus lauter Angst, Ralston könnte einen weiteren fatalen Fehler begehen, übers Ziel hinausschoss? Oder wollte sie dem arroganten Kerl unbewusst nur eins auswischen? »Ich werde trotzdem nach dem Rechten sehen. Sie können gern mitkommen.«

Sie folgten Ralston über den nächstgelegenen Hügel, von wo aus sie einen guten Blick auf den Glacier Creek hatten. Im Schatten der mächtigen Regenwolken, die bereits über den Gletschern des Mount McKinley hingen, wirkte der Fluss dunkel und abweisend.

»Sie haben doch diesmal Bärenspray dabei, oder?«, vergewisserte sich Julie.

Amy griff in ihren Anorak und zog eine Dose hervor. »Ich bin ja lernfähig. Aber wenn ich ehrlich bin, hab ich keine große Lust, es anzuwenden.« Sie blickte Julie fragend an. »Hilft das Spray wirklich gegen wütende Grizzlys?«

»Meistens«, antwortete Julie. »Und Ralston? Hat der auch was dabei?«

»Seinen Revolver«, erwiderte Amy. »Er hält nicht viel von dem Spray. Man muss dem Grizzly zeigen, dass man keine Angst vor ihm hat, behauptet er, nur das würde was nützen. Alles andere wäre …« Sie suchte nach Worten.

»Dummes Geschwätz?«

»So ungefähr.«

Auf dem Hügelkamm oberhalb des Flusses blieb Julie stehen und blickte durch ihr Fernglas. Durchs Objektiv sah das mit Geröll übersäte Ufer noch finsterer und unheimlicher aus. Böiger Wind fuhr in die Sträucher und fegte entwurzeltes Gestrüpp über die Steinhalden. Das Tundra-Gras glänzte silbern.

Nach Ralston brauchte sie nicht lange Ausschau halten. Er hatte bereits das Ufer erreicht und stapfte über das nasse Geröll in eine zerklüftete Senke, die sich wie ein Hohlweg durch die gefrorene Erde zog. Die Kamera in der rechten Hand, hatte er den Feldstecher erhoben und suchte beide Flussufer ab.

»Da ist er«, sagte Julie. Sie nahm das Fernglas von den Augen. »Südlich vom Hohlweg.« Sie wartete, bis Amy den Tierfilmer entdeckt hatte, stutzte und blickte erneut durch ihren Feldstecher. »Der Grizzly! Am Ende der Senke!«

Amy schrie auf. »Hat er ihn gesehen? Ist er in Gefahr?«

Julie sah genauer hin und bemerkte, dass Ralston stehen geblieben war und die Kamera auf den Bären gerichtet hatte. Zweifelsohne war es derselbe Grizzly, der einige Tage zuvor auf die Mutter mit ihren Jungen losgegangen war. Er stand oberhalb des Hohlwegs, machte sich an einem Blaubeerstrauch zu schaffen und ließ sich weder durch den heftigen Wind noch durch den Zweibeiner mit der Kamera aus der Ruhe bringen, obwohl er ihn längst gewittert haben musste. Sein Fell schimmerte im magischen Zwielicht beinahe so silbern wie das Gras unter seinen Pranken.

»Jetzt sehe ich ihn auch«, sagte Amy atemlos. Sie hatte ihr kleines Fernglas aus der Anoraktasche gekramt und hielt es auf den Grizzly gerichtet. »Er ist viel größer, als ich ihn in Erinnerung habe.« Sie beobachteten, wie der Bär den Kopf hob und witterte. Er schien sie selbst auf die große Entfernung gespürt zu haben. »Das ist Lauras Verehrer, nicht wahr?« Vor Nervosität flüsterte sie fast. »Der Grizzly, der sie angegriffen hat und ihre Jungen töten wollte. Sehen Sie nur seine Zähne. Wie groß und scharf die sind.« Sie schluckte. »Wie weit ist er weg?«

»Eine Dreiviertelmeile«, schätzte Julie, »von Ralston vielleicht eine halbe. Ich hoffe, er lässt ihn nicht näher an sich heran. Bei solchen Bären weiß man nie. Wenn die sich was in den Kopf gesetzt haben, machen sie alles nieder. Obwohl ...« Sie beobachtete den Bär eine Weile. »Er will anscheinend nichts mehr von der Bärenmutter wissen, sonst wäre er doch längst bei den Felsen. Die Heidelbeeren sind ihm wichtiger. Kann ich ihm nicht verdenken.«

»Glauben Sie?« Amy starrte unverwandt auf den Grizzly. »Wenn das stimmt, ginge Barry die ganze Geschichte durch die Lappen. Der wütende Verehrer, der es mit der wildesten Grizzly-Mutter des Nationalparks aufnimmt und nach einer bitteren Niederlage zum letzten Kampf antritt ... so was mögen die Leute, sagt Barry.« Sie zögerte eine Weile. »Ich will ihm nicht in den Rücken fallen, aber ich möchte auch nicht, dass er sich in Gefahr bringt. Falls der Verehrer kneift, wird Barry mit allen Mitteln versuchen, ihn über die Tundra zu treiben. So hat er es in Afrika mit einem verletzten Löwen gemacht, der sich eigentlich schon zum Sterben niedergelegt hatte. Ich ... ich habe Angst um Barry. Ich will nicht, dass er sein Leben riskiert.«

Julie glaubte nicht, dass selbst ein Draufgänger wie Barry Ralston so dumm sein konnte, einen Grizzly mit Gewalt in eine bestimmte Richtung zu zwingen, doch schon im nächsten Augenblick wurde sie eines Besseren belehrt.

Ein Schuss zerriss die Stille. Wie ein unheilvolles Echo hallte der Knall über die Tundra und vermischte sich mit dem leisen Donnern, das von den Gletschern im Nordwesten kam. Entsetzt beobachtete Julie durch ihr Fernglas, wie weit vor dem Grizzly der Dreck aufspritzte. Der Bär nahm kaum Notiz davon und fühlte sich augenscheinlich nicht in seiner Ruhe gestört. Er war im Nationalpark aufgewachsen und kannte keine Bedrohung durch Menschenhand.

Das trieb Ralston zur Weißglut. Den Revolver in der Hand, schrie er so laut, dass Julie und Amy auf dem Hügelkamm jedes Wort verstanden. »Was ist los mit dir?«, brüllte er dem Grizzly zu. »Willst du ewig in den Beerensträuchern rumsuchen? Rüber zu den Felsen mit dir! Oder hast du etwa Angst vor Laura und ihren Jungen?«

Der Grizzly strafte ihn mit Nichtachtung und hob nicht einmal den Kopf, als hielte er es für unter seiner Würde, überhaupt auf den verrückten Zweibeiner zu reagieren. Mehr noch, er wandte sich von ihm ab und stapfte in östlicher Richtung davon, drehte Ralston sein mächtiges Hinterteil zu und trottete in aller Seelenruhe den fernen Hügeln entgegen. Selbst aus der Ferne erkannte man, welch ungeheure Kraft in ihm steckte, welche wilde Entschlossenheit. Er gehörte zu den mächtigsten Tieren der Erde und war sich seiner Stellung wohl bewusst. Ungestraft legte sich keiner mit ihm an. Nicht einmal Wölfe oder Berglöwen konnten ihm gefährlich werden. Er war der König der nördlichen Wälder.

»Ralston! Kommen Sie zurück! Sofort!«, rief Julie aufgebracht.

Der Tierfilmer merkte jetzt erst, dass ihn Julie und seine Freundin beobachtet hatten. Scheinbar gelangweilt steckte er den Revolver weg und stieg zu ihnen auf den Hügelkamm. Er grinste spöttisch. »Nun sagen Sie bloß, das war auch gegen die Vorschriften«, ging er sofort in die Offensive. »Auf die Entfernung würde ich nicht mal ein Scheunentor treffen. Mein Revolver trägt gar nicht so weit. Ich wollte ihn nur ein wenig aufschrecken. Warum läuft das blöde Vieh auch nicht zu den Felsen rüber? So schlimm kann die Ohrfeige von Laura nicht gewesen sein. Ich will, dass er es noch mal versucht.«

»Der Gebrauch von Schusswaffen ist im Nationalpark nur in höchster Not gestattet«, zitierte Julie eine der wichtigsten Vorschriften. Sie musste sich sehr beherrschen, um ihn nicht anzubrüllen. Ihr ging der Tierfilmer gehörig auf die Nerven. »Auf keinen Fall aber, um einem Grizzly klarzumachen, dass er sich an das Drehbuch eines Tierfilmers zu halten hat.«

Ralston tat entrüstet. »Ich hab ihn nicht verletzt. Ich bin ihm nicht mal zu nahe gekommen. Ich wollte ihm nur etwas Beine machen. Das kann doch nicht verboten sein? Oder wollen Sie wieder beim Superintendent petzen?«

»Ich hätte gute Lust dazu«, erwiderte Julie scharf. »Auf jeden Fall muss ich es melden. Wo kämen wir denn hin, wenn hier jeder nach Herzenslust rumballern könnte? Am Schluss treffen Sie noch einen einsamen Wanderer.« Sie wusste, dass sie jetzt nicht schwach werden durfte. »Geben Sie mir den Revolver, Mister Ralston.« Sie streckte eine Hand aus. »Ich werde ihn für Sie verwahren. Nach unserer Rückkehr bekommen Sie die Waffe zurück.«

»Das können Sie sich abschminken, Ranger.«

Julie war am Ende ihrer Geduld. »Dann fordere ich den Hubschrauber an und lasse Sie zurückbringen«, drohte sie. »Und glauben Sie bloß nicht, dass sich mit Geld und Einfluss alles regeln lässt. Eine Pressemeldung und Sie sind Ihren Job ein für alle Mal los. Also?«

Der Tierfilmer gab nach und reichte ihr widerwillig die Waffe. Julie verstaute sie in ihrer Anoraktasche. »Gegen einen wütenden Grizzly nützt Ihnen ein Revolver sowieso nichts. Da müssten Sie schon sehr genau zielen. Amy hat eine Dose Bärenspray dabei, mit der fahren Sie wesentlich besser.«

»Schon gut.« Ralston winkte missmutig ab. »Wenn es Ihnen dann besser geht. Ich komme so oder so zu meinen Bildern. So wie ich den Verehrer kenne, schläft er noch mal eine Nacht, bevor er in den entscheidenden Kampf gegen Laura und ihre Jungen zieht. Ich hab in seinen Augen gesehen, was er vorhat. Glauben Sie mir, ich verstehe was von wilden Tieren, ich spreche ihre Sprache. Nicht umsonst jubeln mir Menschen in aller Welt zu … nicht nur junge Mädchen.«

»Wenn Sie meinen.« Julie schüttelte angewidert den Kopf. Sie mochte es nicht, wenn sich ein Mensch so in den Mittelpunkt stellte. Nicht mal beim Iditarod kannte sie Champions, die sich so arrogant und anmaßend gaben. »Und jetzt genug der Missverständnisse. Gehen wir zurück und gönnen uns ein Sandwich.«

Wenig später saßen sie um ein kleines Feuer herum. Ralston tat so, als wäre nichts gewesen. Diesmal erzählte er von einer Expedition in die kanadische Arktis, eines seiner ersten großen Unternehmen, bei dem er der Assistent eines damals noch bekannteren Tierfilmers gewesen war. »Der Mann hatte ja keine Ahnung«, kanzelte er ihn gleich mit einem seiner ersten Sätze ab. »Vom Fotografieren vielleicht, aber nicht von wilden Tieren.«

»Hat er sich mit einem Eisbär angelegt?«, fragte Amy. Der Charme ihres Freundes tat seine Wirkung. Die Verstimmung von vorhin war verflogen und sie lauschte andächtig. Ihre Augen strahlten wie bei einem verliebten Schulmädchen.

»Wir hatten unser Lager in einem Jagdcamp der Inuit aufgeschlagen«, berichtete er, »oben an der Hudson Bay. Sie haben dort keine Iglus, wie man sie aus Filmen kennt, die meisten wohnen in Fertighäusern der Regierung. Wir hatten eines dieser Häuser für uns und wurden von einer zahnlosen Alten bekocht. Jeden zweiten Tag gab es Sealburger … Hamburger aus Robbenfleisch.« Er schien nur darauf gewartet zu haben, dass Amy angewidert das Gesicht verzog, und kicherte zufrieden. »Eines Morgens fuhren wir mit ihrem Sohn und ihrem Enkel auf die Jagd. John und Henry Apangaluk. Die beiden wollten Robben jagen. Aber daraus wurde nichts, zumindest nicht an diesem Morgen, denn die beiden Jäger hatten was vergessen und mussten noch einmal ins Dorf zurück. Uns ließen sie auf dem offenen Eis stehen. Das war ein Gefühl! So weit man blicken konnte, nur Eis, und wären die Spuren des Snowmobiles nicht gewesen, hätten wir wohl niemals zurückgefunden, falls uns die Apangaluks im Stich gelassen hätten.«

»Und dann kam der Eisbär?«, fragte Amy gespannt.

Ralston wusste, wie man eine Geschichte spannend aufbaute, das musste Julie ihm lassen. »Zuerst sahen wir nur einen dunklen Punkt, der stetig näher kam. Dann erkannte ich, dass es sich um einen Eisbären handelte. Er hielt schnurstraks auf uns zu. Von unseren Jägern war weit und breit nichts zu sehen. Doch wir schossen nicht. Wir blieben einfach stehen. Einen unbeschreiblichen Moment lang blickte ich dem Bär tief in die Augen. Da verlor er die Lust und lief davon. Kurz darauf erschienen die Apangaluks und erlegten ihn mit ihren Gewehren. John Apangaluk verkündete, dass ein Teil des Ruhms auch mir gehörte. Ich ärgerte mich nur, dass wir die Szene nicht gefilmt hatten. Wäre ich damals schon so erfahren wie heute gewesen, hätte ich zur Kamera gegriffen, das könnt ihr mir glauben.«

»Das war knapp«, kommentierte Julie. Sie war überzeugt, dass die Geschichte zur Hälfte gelogen war. »Normalerweise geht so was übel aus. Ein Grizzly lässt sich bestimmt nicht auf diese Weise verjagen.«

Ralston grinste. »Das werden wir ja sehen, Ranger.«

18

Einen Grizzly bekam Ralston an diesem Nachmittag nicht mehr vor die Linse. Der Verehrer der Bärenmutter schien keine Lust mehr zu haben, gegen die aggressive Dame anzutreten, oder er hatte sich vor dem nahenden Gewitter in den Ausläufern des Red Mountain verkrochen.

Julie verstand den Tierfilmer nicht. Er schien tödlich beleidigt zu sein, dass der Bär seine Pläne durchkreuzte. Dass man einen ausgewachsenen Grizzly nicht manipulieren konnte, schien nicht in seinen Kopf hineinzugehen. Natürlich ließ er seinen Frust an Julie aus.

»Da sehen Sie, was Sie angerichtet haben«, schimpfte er zum wiederholten Mal. »Wie soll ich denn einen anständigen Film hinbekommen, wenn mir ständig jemand auf die Füße tritt und schon Zeter und Mordio schreit, wenn ich mich ein paar Schritte aus dem Lager entferne? Die Ranger in Katmai waren großzügiger. Zumindest an den ersten beiden Tagen, und als sie begannen, mir auf die Nerven zu gehen, hatte ich die wichtigsten Aufnahmen schon im Kasten. Aber hier hab ich ja überhaupt keine Freiheiten. Ich bin kein kleines Kind mehr, Ranger Wilson. Ich drehe einen Film für einen bedeutenden Fernsehsender. Wenn Sie sich weiterhin wie eine penible Beamtin benehmen, kann ich genauso gut einpacken. Sie nehmen sich viel zu wichtig, Ranger Wilson.«

Normalerweise hätten Julie solche Worte auf die Palme gebracht, und auch jetzt musste sie schwer an sich halten, um ihn nicht wütend anzufahren, aber sie wusste, dass eine Auseinandersetzung nur zu weiteren Problemen geführt hätte, und versuchte, ihn mit Argumenten zu überzeugen. »Wenn ich penibel wäre und mich streng an die Vorschriften halten würde, säßen wir schon längst wieder im Hubschrauber, Mister Ralston. Ich versuche, Ihnen so viel Freiheit wie möglich einzuräumen, glauben Sie mir. Aber solange Sie es darauf anlegen, einen Grizzly mit Revolverschüssen in eine gewünschte Richtung zu treiben, gefährden Sie auch Ihre eigene Sicherheit.«

Seine Mundwinkel verzogen sich. »Ich passe schon auf mich auf.«

Immerhin wartete noch ein besonderes, gänzlich unerwartetes Highlight auf den Tierfilmer. Ein Wolfsrudel verirrte sich in das lang gestreckte Tal des Glacier Creek, und Ralston brauchte nicht mal seinen Standort zu wechseln, um die hungrigen Tiere ins Bild zu bekommen. Sie waren auf der Jagd, das erkannte man schon an der zielstrebigen Art, wie sie sich fortbewegten. Selbstsicher und mit nach vorne gerichteten Ohren folgten sie dem südlichen Ufer des Flusses, ohne die nahen Zweibeiner eines Blickes zu würdigen, und liefen über einen Hügelkamm zum Anderson Pass hinauf.

Ralston zückte die Kamera und stieg ebenfalls auf einen Hügelkamm. Von dort hatte er einen ungehinderten Blick auf die Wölfe. Julie und Amy schlossen sich ihm an und schauten fasziniert auf das Rudel hinab. In dem fahlen Zwielicht, das zwischen den Gewitterwolken leuchtete und einen blassen Schleier über das Land zog, glänzte das Fell der Wölfe in allen Schattierungen von Dunkelgrau bis Silber. Ihre Bewegungen wirkten athletisch und anmutig. Sie waren geborene Jäger, von ihrer Stärke überzeugt, beinahe schon arrogant, so unbesiegbar fühlten sie sich.

Selbst Julie bekam nur selten Wölfe im Nationalpark zu sehen. Sie lebten im Verborgenen, scheuten die Begegnungen mit Menschen und zogen sich weit ins Hinterland zurück. Ein bekannter Tierfotograf, der im letzten Winter nach Denali gereist war, hatte vier Wochen lang auf der Lauer gelegen, bis er endlich einem Rudel auf die Spur gekommen war. Besuchern liefen die Tiere nie über den Weg, denn Wölfe mieden die Nähe der Park Road.

Ralston hatte unverschämtes Glück. Keine halbe Meile von ihm entfernt rissen die Wölfe ein humpelndes Karibu und zeigten dabei auf vorbildliche Weise, wie streng die Aufgaben in einem Rudel verteilt waren. Die beiden Anführer, der Alpha-Wolf und die Alpha-Wölfin, durften zuerst fressen, dann kamen die anderen Tiere an die Reihe und ganz zum Schluss die Welpen. Wölfe jagten mit Vorliebe kranke und schwache Tiere und sorgten so für eine natürliche Auslese. Wer zu schwach war, sich gegen seine Feinde zu verteidigen, musste weichen, so lautete das Gesetz der Wildnis. Besonders gegenüber jungen Besuchern, die Mitleid mit den »armen Tieren« hatten, war das manchmal schwer zu vermitteln. »Ohne diese natürliche Auslese wäre die Zukunft aller Tiere in Gefahr«, erklärte Julie dann, »denn es gäbe nicht mehr genug zu fressen. Das hat die Natur so eingerichtet. Tiere sind viel fairer als Menschen. Sie töten nur für ihren eigenen Bedarf und greifen niemals ein Mitglied der eigenen Spezies an. Bären töten keine Bären, und Wölfe würden niemals einen anderen Wolf umbringen. Aber Menschen töten Menschen.«

Leider sorgten die unerwarteten Aufnahmen für keinen Stimmungsumschwung bei Ralston. Für die Geschichte, die er in seinem Film erzählen wollte, musste der männliche Grizzly unbedingt zurückkehren und »seine Laura« entweder erobern oder endgültig von ihr zum Teufel gejagt werden. Die Wölfe waren lediglich ein attraktives Extra. Entsprechend ungeduldig und gereizt zeigte er sich am Abend. »Ich bekomme meine Geschichte. Und wenn ich ihn persönlich zu Laura schleppen muss!«, fügte er angriffslustig hinzu. Er blitzte Julie an. »Daran werden mich weder Sie noch ein anderer Ranger hindern, verstanden?«

Julie verkniff sich eine Antwort.

Nach dem Essen, das aus Reis und süßsaurem Hühnchen bestand, reinigten Julie und Amy die Teller im nahen Fluss. Weder von den Wölfen noch von dem Grizzly war weit und breit etwas zu sehen. Sie blieben dennoch wachsam. Alle paar Minuten hob Julie ihren Feldstecher an die Augen und suchte die Gegend nach wilden Tieren ab. Die Gewitterwolken wurden immer dunkler und schwerer. In der Ferne flammten Blitze auf, und es donnerte dumpf.

»Machen Sie sich wegen Barry keine Sorgen«, sagte Amy. »Bei dem Wetter bleibt er sowieso lieber im Zelt.« Sie deutete zum dunklen Himmel hinauf und lächelte. »Ich werde zu ihm in den Schlafsack kriechen, dann kommt er gar nicht erst auf dumme Gedanken.«

Julie war zufrieden. »Gute Idee, dann kann ich auch mal ausschlafen.«

Während Amy die Teller und das Besteck wegräumte, versuchte Julie, den Superintendent über Funk zu erreichen. Sie erwischte ihn im Büro, aber die Verbindung war wegen des nahenden Gewitters sehr schlecht, und deshalb meldete sie lediglich, dass es keine größeren Zwischenfälle gegeben hätte. Dass Ralston vorgehabt hatte, einen Grizzly mit Revolverschüssen anzutreiben, verschwieg sie ihm. Noch gab es keinen Grund, deswegen Alarm zu schlagen.

Leider funktionierten Handys nicht in dieser Einöde, und sie konnte lediglich in Gedanken mit Steve sprechen, ihm sagen, wie sehr sie ihn vermisste, und wie sehr sie sich darauf freute, ihn im Krankenhaus zu besuchen und in die Arme zu schließen. Schon seltsam, wie schnell sich eine Beziehung entwickelte, wenn man sicher war, den Richtigen gefunden zu haben. Mit Steve war sie auf einer Wellenlänge. Alles schien richtig und logisch, wenn sie mit ihm zusammen war, und die berühmten Schmetterlinge hörten gar nicht mehr auf, in ihrem Magen zu flattern. Sie waren verliebt und gleichzeitig bereit, den anderen so zu nehmen, wie er war. Keiner musste sich verstellen, um dem anderen zu gefallen, sie brauchte kein übertriebenes Make-up und er keine albernen Macho-Sprüche.

Bevor sie in ihr Zelt kroch, überprüfte Julie noch einmal die Verankerung der Planen und beschwerte sie mit einigen größeren Steinen. Der Wind zerrte bereits heftig daran, und sie hatte keine Lust, während des Gewitters plötzlich ohne Zelt dazustehen. Auch Ralston hatte vorgesorgt, ein

Zeichen dafür, dass er nicht ganz so leichtsinnig war, wie er sich manchmal gab. Im Zelt schlüpfte sie in ihren Schlafsack, das Bärenspray und eine Thermosflasche mit heißem Tee in Griffweite. Zur Belohnung, weil sie einen weiteren Tag mit dem anstrengenden Tierfilmer überstanden hatte, gönnte sie sich einen Riegel von der Schokolade, die sie eingepackt in ihrem Anorak hortete.

Mit dem beruhigenden Gedanken, dass sie bei diesem Wetter keinen Alleingang von Ralston befürchten musste, schlief sie ein.

Im Traum sah sie wirre Bilder von Bären und Wölfen, die sich mit entblößten Zähnen auf ihre Beute stürzten und heulend und fauchend daran rissen. Fasziniert und wie in Zeitlupe näherte sie sich den wilden Raubtieren, die sie gar nicht wahrzunehmen schienen, doch als sie hinter ihnen stand und ihr Blick für einen Moment auf die zerfetzte Beute fiel, erkannte sie zu ihrem Entsetzen die Überreste von Ralston, der seinen eigenen Tod filmte und dabei einen klagenden, unmenschlichen Laut ausstieß.

Schweißnass fuhr Julie aus dem Schlaf und blickte entsetzt ins Halbdunkel. Der Wind war heftiger geworden und zerrte wütend an der Verankerung. Die Planen knarrten, als würde jemand mit einer Peitsche auf sie einprügeln. Ein greller Blitz leuchtete auf und grollender Donner ließ den Boden erzittern. Dumpf klatschten die ersten Regentropfen auf die flatternden Planen. Wieder einmal zeigte die Natur, wie überlegen und mächtig sie war.

Das Krachen des Schusses übertönte selbst den Donner und hallte als vielstimmiges Echo von den Bergen zurück.

Ein Schuss, mitten in der Nacht!

Sie griff nach ihrem Anorak und tastete nach dem Revolver, den sie Ralston abgenommen hatte. Er war verschwunden. Ralston musste ihn sich zurückgeholt haben, als sie mit Amy am Fluss gewesen war.

»Dieser verdammte Mistkerl!«, fluchte sie. »Er ist schon wieder abgehauen!«

Krank vor Angst kroch sie aus dem Schlafsack und schlüpfte in ihre Stiefel. Über den Anorak zog sie den langen Regenmantel, ein formloses Modell, wie es Cowboys schon vor über hundert Jahren getragen hatten. Sie schlug den Kragen hoch und knöpfte ihn bis zum Hals zu. Die Wollmütze musste als Kopfschutz genügen. Ihr Bärenspray verstaute sie in der Manteltasche.

»Ralston! Amy!«, rief sie, obwohl ihr längst bewusst war, dass die beiden nicht mehr in ihrem Zelt waren und sie mit ihrer Stimme sowieso nicht gegen den heulenden Wind ankam. »Wo sind Sie?«

Mit eingeschalteter Taschenlampe öffnete sie die Verschlussklappe und trat in den Regen hinaus. Der Wind war so stark, dass sie beinahe das Gleichgewicht verloren hätte und sich mit einer Hand an einer Zeltstange festhalten musste. Heftiger Regen peitschte ihr entgegen und trommelte auf ihren Mantel. Zwischen einem flammenden Blitz, der wie ein leuchtendes Diagramm den Himmel aufriss, und dem grollenden Donner, der tief aus der Erde zu kommen schien, lag keine Sekunde, ein Zeichen dafür, dass das Gewitter direkt über ihnen hing. Der Himmel war dunkler noch als im tiefsten Winter.

Die Verschlussklappe von Ralstons Zelt schlug im hektischen Rhythmus des Windes gegen die Plane. Nur um sicherzugehen, leuchtete Julie hinein und stellte fest, dass die Bewohner ausgeflogen waren. Was nun?

Waren sie in Gefahr? Warum hatte Ralston einen Schuss abgefeuert?

»Übergeschnappt. Er ist völlig übergeschnappt«, flüsterte sie entsetzt.

Sie griff nach ihrem Funkgerät, um die Zentrale zu alarmieren, bekam aber keine Verbindung zustande. Vielleicht weiter westlich, wenn sie aus dem Schatten der Berge kam? Sie blickte sich aufmerksam um, konnte aber kaum etwas in dem strömenden Regen erkennen, zückte ihr Fernglas und sah noch weniger. Der Regen war einfach zu stark. Entschlossen leuchtete sie in das Dunkel hinein.

Der Schuss war aus Richtung der Felsen gekommen, zumindest bildete sie sich das ein, aber genau ließ sich das in diesem Chaos nicht sagen. Sie stieg auf den nächsten Hügel hinauf. Als ein besonders heller Blitz das Land in grelles Licht tauchte, sah sie zwei dunkle Schatten hinter den Felsen verschwinden. Ralston und seine Freundin!

In Panik lief sie auf die Felsen zu. Den Oberkörper gegen den böigen Wind und den peitschenden Regen gesenkt, stapfte sie über die morastige Tundra. Sträucher und Grasbüschel, die der Sturm entwurzelt hatte, wirbelten mit dem Wind über die Hügel, schwere Regentropfen ließen kleine Fontänen in den Wasserlachen aufspritzen. Mit jedem Schritt sank sie tiefer in dem aufgeweichten Boden ein, kaum noch in der Lage, sich eilig fortzubewegen.

Bei den Felsen angekommen, blieb sie erschöpft stehen. Sie stützte sich mit einer Hand an dem kalten Stein ab und ließ den Lichtkegel ihrer Taschenlampe an den Felsen entlangwandern, doch in diesem Unwetter nützte ihr die Lampe nur wenig und sie schaltete sie enttäuscht aus, um die Batterie zu schonen.

»Ralston!«, rief sie verzweifelt. »Machen Sie keinen Unsinn! Das ist viel zu gefährlich!«

Sie lief ein paar Schritte und versuchte erneut, den dichten Vorhang aus Dunkelheit und Regen mit ihren Blicken zu durchdringen. Wieder half ihr ein Blitz, etwas klarer zu sehen. Vor ihr erstreckte sich ein steiler Geröllhang, unterbrochen nur von einigen Felsen, die sich wie stumme Wächter aus dem Boden erhoben. Jenseits der Felsen ging das Geröllfeld in grasbewachsene Hügel über, zwischen denen sich ein breiter Trail zum Anderson Pass hinaufwand. Das bevorzugte Jagdgebiet der Indianer, die hier seit Hunderten von Jahren die wandernden Karibuherden abgepasst hatten. Eine Jagd hatte sie mit genug Fleisch für einen ganzen Winter versorgt, doch inzwischen waren die Herden kleiner geworden, und die Jagd war auch den Indianern verboten.

Während der zwei Sekunden, die das flackernde Licht die Dunkelheit durchbrochen hatte, fiel es schwer, die gesamte Umgebung zu erfassen, und Julie war nicht sicher, was die dunklen Schatten, die sich durch das Licht zu bewegen schienen, zu bedeuten hatten. Ralston und Amy? Die Grizzly-Mutter mit ihren Jungen? Der männliche Grizzly? Oder war alles nur Einbildung? Hoben sich die Schatten einiger Felsbrocken gegen das Licht ab?

Sie wartete nervös, bis ein weiterer Blitz aufflammte, und sah jetzt deutlich, dass sich die Schatten bewegten. Ob es sich um Menschen oder Tiere handelte, konnte sie nicht sagen. Sie griff erneut nach ihrem Funkgerät und hörte nur das Prasseln des Regens auf dem Gehäuse. Eine Verbindung kam nicht zustande. Nervös steckte sie das Gerät weg. Es nützte alles nichts. Wenn es stimmte, was sie vermutete, schwebten Ralston und Amy in großer Gefahr. Sie musste allein versuchen, die drohende Katastrophe zu verhindern. Während eines Gewitters waren auch die Grizzlys aufgewühlt, und die Chancen, dass eines der Tiere auf einen Menschen losging, waren ungleich größer. Ralston und Amy durften auf keinen Fall zu nahe an die Bären heran. Wenn sie angriffen, würde Ralston auch sein Revolver nichts nützen.

Julie kletterte das Geröllfeld hinauf. Teilweise musste sie auf allen Vieren gehen, so nass und schlüpfrig waren die Steine. Hartnäckig arbeitete sie sich von einem Felsbrocken zum nächsten vor, blieb jedes Mal stehen und atmete ein paarmal kräftig durch, bevor sie weiterlief. Aus weiter Ferne drang das Fauchen eines Grizzlys an ihre Ohren. Oder bildete sie sich das ein? Das Gewitter war laut genug, um das Rattern eines Güterzugs zu übertönen, und als ein weiterer Blitz den Himmel aufriss, waren die Schatten verschwunden. Julie zweifelte langsam daran, dass sie auf dem richtigen Weg war. Im Unwetter war auf die eigenen Sinne kaum Verlass. Harmlose Schatten wurden zu Ungeheuern, und die zuckenden Blitze und der starke Regen gaukelten einem etwas vor, das es gar nicht gab.

Dennoch lief sie weiter. Immer noch tief gebeugt, obwohl

der Regen jetzt von hinten kam und der Wind sie wie mit unsichtbaren Händen über die Hügel schob. Zu spät merkte sie, dass sie auf einem der Steine ins Rutschen geriet und den Halt verlor. Sie stürzte der Länge nach vorn, griff mit beiden Händen verzweifelt ins Leere, und prallte mit der Stirn gegen etwas Hartes. Ein dumpfer Schlag, dann wurde ihr schwarz vor Augen.

19

Dröhnender Schmerz. Quälend, fordernd.

Dumpfes Pochen drang durch ihre Bewusstlosigkeit.

Stöhnend erwachte Julie und öffnete schmerzerfüllt die Augen. Sie griff sich an die Stirn und spürte etwas Warmes und Klebriges.

Julie hatte keine Ahnung, wie lange sie bewusstlos gewesen war. Die schweren Gewitterwolken waren nach Süden weitergezogen, und es hatte zu regnen aufgehört. Auch der Wind hatte nachgelassen, nur ein leises Rauschen war noch zu hören.

Sie lag auf den nassen Steinen und beobachtete erstaunt das Blut aus einer leichten Platzwunde, das an ihren Fingern klebte. Helligkeit breitete sich zunehmend aus und das Geröllfeld glänzte im fahlen Licht.

Es dauerte eine Weile, bis sie sich stark genug fühlte, den Kopf zu heben. Leichte Nebelschwaden hingen über den Ausläufern der Berge und ließen die schneebedeckten Gletscher nur schemenhaft erkennen. Sie stemmte sich auf die Knie hoch und hielt Ausschau nach Ralston und Amy, glaubte eine Bewegung in weiter Ferne zu sehen, konnte sich aber auch getäuscht haben.

Mit klammen Fingern kramte sie ihr Verbandszeug aus der Anoraktasche. Sie verarztete ihre Wunde mit einem Pflaster und schluckte zwei Schmerztabletten. Ächzend stand sie auf, wartete eine Weile schwankend, bis sich der Schwindel gelegt hatte, und ging los. Zuerst mit ungelenken Schritten, dann immer sicherer und selbstbewusster. Sie war hart im Nehmen, das hatte man schon öfter zu ihr gesagt, und ihre Angst um Ralston und Amy war stärker als aller Schmerz.

Nachdem sie das Geröllfeld überquert hatte, blieb sie erschöpft stehen. Sie aß etwas Schokolade, um den faden Geschmack aus ihrem Mund zu vertreiben, blickte durch ihren Feldstecher und suchte die steilen Hänge ab, die zum Anderson Pass hinaufführten. Keine Bewegung, kein verräterischer Schatten, nichts.

Und dann hörte sie es plötzlich: wildes Fauchen und verzweifelte Schreie, die Julie das Blut in den Adern gefrieren ließen.

»Ralston! Amy!«, rief sie entsetzt.

Ohne zu überlegen, rannte sie los. Müdigkeit und Schmerz waren mit einem Mal wie weggewischt. Mit kräftigen Schritten stieg sie den nächsten Hügel hinauf, rutschte in einer Wasserlache aus, rappelte sich auf und rannte weiter, die rechte Hand bereits in der Tasche mit dem Bärenspray und auf das Schlimmste gefasst. Nackte Angst machte sich in ihr breit.

»Ralston! Amy!«, rief sie, von Panik getrieben.

Ein Schuss krachte, dann noch einer und noch einer. Ihr Echo hallte über die kahlen Hänge, nur überdeckt vom aufgebrachten Fauchen und den verzweifelten Schreien einer Frau. Die schrillen Hilferufe hatten kaum noch was Menschliches, klangen eher wie die Todesschreie eines sterbenden Tieres.

»Verschwinde! Hau ab!«, hörte sie Ralston rufen.

Julie erreichte den Hügelkamm und blieb keuchend stehen. Geschockt blickte sie in die vor ihr liegende Mulde hinab, beinahe unfähig, das Gesehene zu verarbeiten. Amy lag blutüberströmt auf dem Boden, weinte und schrie. Ralston stand neben ihr, den Revolver in einer Hand und blickte dem männlichen Grizzly nach, der sie angegriffen hatte und vor seinen Kugeln geflohen war.

Auf seinem Fell war Blut, aber anstatt weiter anzugreifen, wie er es normalerweise getan hatte, war er geflohen und verschwand im Laufschritt über die Hügel. Das hatte dem Tierfilmer das Leben gerettet.

»Das hast du davon, du feige Bestie!«, rief er dem Bär nach, erst dann beugte er sich über seine verletzte Freundin und kümmerte sich um sie.

Julies Panik verwandelte sich in blinde Wut. So schnell sie konnte, kletterte sie zu Ralston und Amy hinab. Sie stieß den Tierfilmer aufgebracht zur Seite und schrie ihn an: »Was haben Sie getan, Ralston? Ich denke, Sie verstehen was von Bären. Wie kommen Sie dazu, sich mit einem Grizzly anzulegen? Gehen Sie zur Seite, verdammt!«

Sie untersuchte Amy hastig und erkannte erleichtert, dass der Grizzly sie nur am rechten Oberarm erwischt hatte. Seine scharfen Krallen hatten den Anorak zerfetzt und Fleisch aus ihrem Arm gerissen. »Es ist vorbei, alles wird gut, Amy!«, beruhigte sie die Verletzte. »Eine Fleischwunde, weiter nichts.«

»Es … es war so … so furchtbar«, stammelte Amy.

Julie legte ihr einen festen Verband an und wischte ihr

das Blut vom Gesicht. Dann griff sie nach ihrem Funkgerät. Diesmal erreichte sie die Zentrale sofort und schilderte in knappen Worten, was geschehen war.

»Rufen Sie das Fairbanks Memorial ... sie sollen einen Arzt und einen Hubschrauber schicken ... und Gary Fletcher soll Ralston und mich holen.« Sie gab ihre Koordinaten durch. »Sagen Sie dem Superintendent und Ranger Erhart Bescheid.«

Sie verlor keine unnötigen Worte. Alle Ranger hatten gelernt, in einer kritischen Situation einen kühlen Kopf zu bewahren, auch wenn sie beim Anblick der blutüberströmten Amy beinahe die Nerven verloren hätte.

»Der Arzt ist schon unterwegs«, tröstete sie die Verletzte, »er bringt Sie ins Fairbanks Memorial, da kümmert man sich um Sie. Mein Vater ist dort Chefarzt.« Sie lächelte aufmunternd. »Ich sage ihm, er soll Ihnen ein besonders schönes Zimmer geben, okay? Das Essen ist gar nicht so übel dort.«

»Es war ein Unfall.« Ralston dachte auch jetzt vor allem an sein eigenes Wohl. Seine Stimme klang weinerlich, aber auch ein bisschen rechthaberisch. »Ich hatte die Sache voll im Griff, war auf einer Wellenlänge mit dem Grizzly.« Er hob seine Kamera auf und tätschelte sie liebevoll. »Die Kamera ist heil geblieben. Gott sei Dank. Sie können sich die Bilder ansehen. Der Grizzly traute mir, er hätte mir sogar aus der Hand gefressen, und ich hätte die tollsten Bilder bekommen, wenn Laura und ihre Jungen nicht Fersengeld gegeben hätten. Keine Ahnung, wo sie abgeblieben sind. So etwas habe ich noch nie erlebt!«

Julie blickte zu dem Tierfilmer auf und war überzeugt, noch nie zuvor einem so arroganten und selbstgerechten Mann begegnet zu sein.

»Sie haben unser Lager verlassen, ohne mir Bescheid zu geben, und so ziemlich gegen alle Vorschriften gehandelt, die es im Bezug auf Bären gibt«, zischte sie. »Ihnen hätte doch klar sein müssen, dass sich Bären in einem Gewitter noch aggressiver verhalten als sonst, und es beinahe an Selbstmord grenzt, sich zwischen einer Bärenmutter mit zwei Jungen und ihrem Verehrer zu postieren. Mister Ralston, ich habe Ihnen mehr Freiheit als jedem anderen zugebilligt, aber das ging entschieden zu weit und hätte Ihre Freundin um ein Haar das Leben gekostet. Sie können von Glück sagen, dass sich der Angreifer aus dem Staub machte.«

»Glück?«, begehrte er auf. Er hielt seinen Revolver hoch. »Ich habe dem Grizzly ein paar Kugeln ins Fell gejagt, das ist passiert. Ich habe meiner Freundin das Leben gerettet. Meine Fans werden mich als Helden feiern. Ihr Superintendent sollte dankbar für die Werbung sein. Sein Nationalpark wird in allen Nachrichten vertreten sein. ›Heldentat im Denali National Park: Berühmter Tierfilmer rettet seine Freundin vor einem aufgebrachten Grizzly.‹«

»Das könnte Ihnen so passen«, erwiderte Julie.

Inzwischen war die Luft von lautem Rattern erfüllt, und beide Hubschrauber näherten sich der Unglücksstelle. Während sich der Arzt um die verletzte Amy kümmerte, kam Julie in den Genuss eines festen Pflasters, das ihr einer der Sanitäter auf die gereinigte Wunde klebte. »Halb so schlimm«, sagte er, »nach der nächsten Dusche sind Sie genauso hübsch wie vorher.« Er wischte vorsichtig das Blut von ihrem Gesicht. »Ich nehme an, Sie sind vergeben.«

»An einen Ritter in schimmernder Rüstung«, antwortete sie lächelnd.

Julie bat den Notarzt, sich besonders gut um Amy zu kümmern. »Sagen Sie meinem Vater, sie wäre eine Freundin.« Sie half den Sanitätern, Amy auf eine Trage zu legen, und griff nach ihrer Hand, bevor man sie in den Hubschrauber schob. »Machen Sie's gut, Amy. Werden Sie wieder gesund.«

Während der Rettungshubschrauber aufstieg, landete Gary Fletcher, und Ranger Erhart und einer seiner Mitarbeiter sprangen heraus. Nachdem Julie den Vorfall erläutert hatte, baten sie Ralston, in den Hubschrauber zu klettern. Es klang mehr wie ein Befehl.

»Tut mir leid«, entschuldigte sich Julie, »aber die Sache war mir zu heikel, um sie allein durchzuführen. Ich fürchte, wir müssen den Bär, der Ralston und Amy angegriffen hat, erschießen. So sind die Regeln, wenn ein Grizzly auf Menschen losgegangen ist, nicht wahr?«

»Das stimmt«, antwortete Erhart, »wir kümmern uns darum.« Die Lage war zu ernst, um sie mit einer Szene in einem seiner Western zu vergleichen. »Ich hab schon mit dem Super gesprochen.« Er blickte den Tierfilmer an. »Sie sollen gleich nach unserer Rückkehr zu ihm kommen, Mister Ralston. Ohne ein Park-Verbot wird es leider nicht abgehen. Sie haben gegen mehrere Vorschriften verstoßen und unnötig Ihre Freundin und eine Rangerin in Gefahr gebracht.«

»Ich habe Amy das Leben gerettet«, widersprach Ralston.

»Heben Sie sich Ihre Einwände für Ihr Gespräch mit dem

Superintendent auf, Mister Ralston«, sagte Ranger Erhart. »Und jetzt steigen Sie endlich ein!«

Nach einem kurzen Zwischenstopp am Lagerplatz, wo sie beide Zelte und die Ausrüstung in den Hubschrauber luden, flogen sie zu den Park Headquarters zurück. Zu ihrer großen Überraschung warteten dort bereits zwei Fernsehteams, die von dem Zwischenfall gehört hatten und Ralston sofort in Beschlag nahmen.

»Mister Ralston, stimmt es, dass Sie sich mit einem wilden Grizzly angelegt haben? Man sagt, dass Ihre Freundin schwer verletzt ist? Man sagt, dass Sie sich nicht an die Vorschriften gehalten haben. Stimmt das? Bedeutet der Zwischenfall das Ende Ihrer Karriere?«

»Mister Ralston hat jetzt keine Zeit«, wehrte Ranger Erhart die Reporter ab. Er und der andere Ranger geleiteten den Tierfilmer ins Verwaltungsgebäude, und ein Ranger, den der Superintendent vor dem Eingang postiert hatte, hielt die Fernsehcrews zurück und verwies auf eine Pressekonferenz, die für den nächsten Morgen anberaumt war. »Um neun im Besucherzentrum.«

Superintendent Green war so wütend, wie Julie ihn noch nie erlebt hatte, und behandelte den Tierfilmer nicht gerade mit Samthandschuhen. »Da haben Sie uns ja was Schönes eingebrockt«, empfing er ihn. »Ihren Chef habe ich bereits informiert, er kommt morgen früh zur Pressekonferenz. Ich glaube nicht, dass er sehr erfreut über Ihr Vorgehen ist, Mister Ralston. Wie konnten Sie sich nur so gehen lassen? Sie haben fahrlässig mit dem Leben von drei Menschen gespielt. Sie können froh sein, wenn Ihre Freundin Sie nicht anzeigt.«

»Ich habe ihr das Leben gerettet, Superintendent.«

»Sie hatten mehr Glück als Verstand!«

Nachdem Julie ihre Version zum Besten gegeben hatte, bedankte sich der Superintendent bei ihr und schenkte ihr einen Tag Urlaub, allerdings erst nach der Pressekonferenz am nächsten Morgen. Mit letzter Kraft schleppte sie sich in ihr Blockhaus, sank angezogen aufs Bett und schlief augenblicklich ein, so erschöpft war sie.

Am nächsten Morgen wurde sie vom verlockenden Duft nach Kaffee geweckt. Sie öffnete die Tür und blinzelte verschlafen. »Träum ich, oder hat da jemand Kaffee aufgesetzt?«

»Willkommen zu Hause«, begrüßte Carol sie. »Mein berühmtes Omelett ist auch schon fast fertig. Ich hatte noch die kleinen süßen Tomaten übrig.« Sie umarmte Julie fest. »Bin ich froh, dass du wieder heil zurück bist. Ich hab schon gehört, was in den Bergen passiert ist. Was für ein furchtbarer, egoistischer Mensch dieser Ralston ist.«

»Das kann man laut sagen.«

Während Carol das Frühstück servierte, brachte sie Julie auf den neuesten Stand. »Seine Freundin hab ich gestern Abend in den Nachrichten gesehen. Es geht ihr gut. Sie war ziemlich sauer auf ihn und hat sich von ihm getrennt.«

»Kluges Mädchen.« Julie trank einen Schluck Kaffee und fühlte sich gleich etwas besser. »Ein Wunder, dass sie es überhaupt so lange bei ihm ausgehalten hat.« Sie griff nach dem Toast und biss hinein. »Ist Henrik noch hier?«

Carol kaute nervös. »Heute den letzten Tag.« Sie räusperte sich und blickte verlegen auf ihren Teller. »Ich weiß, der Super hat dir einen freien Tag gegeben, aber ich wüsste nicht, wen ich sonst fragen könnte.« Sie zögerte einen Moment. Dann rückte sie mit der Sprache heraus. »Würdest du heute meinen Dienst übernehmen? Ich würde Henrik gern noch mal treffen und ihn anschließend zum Flughafen bringen. Ich weiß, das ist reichlich viel verlangt, aber Henrik kommt erst in einem Monat wieder, und ich möchte ihm noch einiges sagen …« Sie hob den Kopf und wartete ängstlich auf Julies Antwort.

Julie brauchte nicht lange zu überlegen. Natürlich wäre sie am liebsten gleich nach der Pressekonferenz nach Fairbanks gefahren und hätte Steve im Krankenhaus besucht, aber er blieb im Lande, und sie konnte das auch an ihrem nächsten freien Tag nachholen.

»Unter einer Bedingung«, erwiderte sie lächelnd. »Ich darf eine deiner Brautjungfern sein, wenn du ihn heiratest.«

»Abgemacht!« Carol schlug lachend ein.

Nachdem Carol gegangen war, kümmerte sich Julie um die Huskys. Sie jaulten und bellten vor Freude, als sie bei den Zwingern auftauchte.

»Da bin ich wieder«, rief sie ihnen zu. »So schnell lassen wir uns nicht unterkriegen.«

Sie kniete sich neben Chuck und nahm ihn in die Arme. »Na, mein Lieber? Ihr habt doch nichts dagegen, dass ich mich heute um euch kümmere? Carol muss nach Fairbanks, ihren Freund treffen. Henrik muss heute nach Europa zurück, wisst ihr? Ich glaube, Carol meint es wirklich ernst.«

Das ungeduldige Jaulen der Hunde sagte ihr, dass sie im Augenblick ganz andere Sorgen hatten. Sie wollten endlich ihr Fressen haben.

»Schon gut«, erwiderte sie lachend, »natürlich bekommt ihr euer Fressen, und weil ihr so geduldig wart, gibt's heute was ganz Besonderes. Frischen Lachs mit Reis. Na, was haltet ihr davon?« Sie füllte die Futtertröge und beobachtete zufrieden, wie sich ihre vierbeinigen Lieblinge darüber hermachten. »Ich wusste doch, dass euch das schmeckt. Haben die Ranger für euch übrig gelassen.«

Nachdem die Hunde gefressen hatten und sie sich noch eine Weile mit ihnen unterhalten hatte, duschte sie gründlich und ging in ihrer frisch gebügelten Uniform zur Pressekonferenz. Bevor sie sich mit Superintendent Green, Barry Ralston und Larry Coburn vor die Mikrofone setzte, nahm der Superintendent sie beiseite und flüsterte ihr zu: »Wir haben uns mit dem Sender geeinigt, Ranger Wilson. Sagen Sie nichts, was neues Öl ins Feuer gießen könnte. Wenn Sie Larry Coburn hören, werden Sie mich verstehen.«

Der Fernsehboss war ein erfahrener Diplomat und hatte sich einen Text zurechtgelegt, der allen Beteiligten gerecht wurde. Nach den üblichen Begrüßungsfloskeln erteilte ihm der Superintendent das Wort.

»Im Namen unseres Senders möchte ich mich erst einmal bei Superintendent Green und bei Ranger Julie Wilson und ihren Kollegen für ihre Mitarbeit bedanken. Ihrem professionellen Eingreifen ist es zu verdanken, dass nach dem bedauernswerten Unfall so schnell Hilfe kam und Amy Keene auf schnellstmöglichem Wege ins Krankenhaus gebracht wurde. Wir danken auch dem Ärzteteam, das sich um sie gekümmert hat. Sie ist bereits auf dem Weg der Besserung. Die Vorwürfe gegenüber Barry Ralston, die sie gestern Abend in einem Interview äußerte, möchte ich nicht kommentieren. Das Paar hat sich getrennt … aber dazu kann nur Barry Ralston selbst etwas sagen, und ehrlich gesagt, glaube ich nicht, dass es hierher gehört. Betonen möchte ich, dass der gestrige Angriff des Grizzlys nicht auf einen Fehler von Barry Ralston zurückzuführen war. Es war ein Unglücksfall, das können Barry und der Superintendent bezeugen. Barry Ralston ist ein sehr verantwortungsvoller Tierfilmer, der auf große Erfahrungen mit wilden Tieren zurückgreifen kann.«

»Vor dem Angriff des Bären war ein heftiges Gewitter niedergegangen«, fiel Ralston ein, »und wir hätten vielleicht noch vorsichtiger sein sollen, aber der Grizzly griff so plötzlich an, dass mir nichts anderes übrig blieb, als mit meinem Revolver auf ihn zu schießen. Bären sind manchmal unberechenbar.«

Coburn nickte. »Barry hat Amy das Leben gerettet. Aus Sicherheitsgründen haben wir uns allerdings entschlossen, die Dreharbeiten für den Bärenfilm auf unbestimmte Zeit zu verschieben und stattdessen eine Dokumentation über die wechselnden Jahreszeiten in diesem schönen Nationalpark zu drehen. Pete Marion, ein junger aufstrebender Tierfilmer, wird sich dieses Projektes annehmen, und wir werden den ersten Teil im Dezember senden.«

»Und wir werden diese Dreharbeiten nach bestem Wissen unterstützen«, fügte der Superintendent hinzu. »Die Welt soll wissen, wie wunderschön und abwechslungsreich die Natur im Denali National Park in Alaska ist.«

Das war es also, dachte Julie. Der Superintendent hatte einen Kuhhandel mit dem Fernsehsender geschlossen. Green würde Ralston nicht anzeigen und in der Öffentlichkeit verurteilen, und Coburn würde ihn aus dem Verkehr ziehen und dafür einen Werbefilm für den Denali National Park drehen.

Coburn beantwortete die anschließenden Fragen der Journalisten routiniert und nichtssagend, aber immer mit einem Lächeln, wie ein geborener Politiker.

Die einzige Frage, die Julie beantworten musste, lautete: »Glauben Sie, dass Barry Ralston alles getan hat, um sich und seine Freundin vor den Bären zu schützen? Man sagt ja, dass er sich manchmal sehr leichtsinnig verhält und für eine gute Aufnahme sogar sein eigenes Wohl riskiert.«

Sie empfing einen warnenden Blick von Green und überlegte sich ihre Worte genau. »Ein Draufgänger kommt in der Wildnis nicht weit«, antwortete sie vieldeutig. »Wer bei den Bären zu viel riskiert, spielt mit seinem Leben.«

Julie war froh, als die Pressekonferenz vorbei war, und lief sofort zu ihren Hunden. In einer Stunde würden die ersten Besucher kommen, und sie hatte noch einige Vorbereitungen zu treffen. Sie versuchte Steve anzurufen, aber sein Handy war ausgeschaltet. Wahrscheinlich war gerade ein Arzt oder eine Schwester bei ihm.

Wie gerne wäre sie jetzt bei ihm gewesen. Ohne ihn war die Welt nur halb so schön, und selbst der blaue Himmel konnte sie nicht versöhnen. Sie liebte ihn von ganzem Herzen, vermisste seine Berührungen und seine Küsse, sein sanftes Lächeln und das verschmitzte Blitzen in seinen Augen. Carol hatte keine Ahnung, welches Opfer sie für ihr Date mit Henrik gebracht hatte.

Kurz bevor der Bus mit den ersten Besuchern kam, rief sie noch mal bei Steve an, aber auch diesmal erhielt sie keine Antwort. Nur mühsam konzentrierte sie sich auf die bevorstehende Vorstellung.

»Da kommen sie«, rief sie den Huskys zu, als sie den Shuttlebus von der Park Road abbiegen sah. »Benehmt euch, okay? Wir wollen den Leuten eine gute Show bieten.«

Sie nahm den jungen Noatak auf den Arm, um den Besuchern gleich ein gutes erstes Fotomotiv zu bieten, und begrüßte die Neuankömmlinge lächelnd. Ein junger Ranger sorgte dafür, dass sich die Zuschauer auf dem Gelände verteilten und jeder sehen konnte.

Plötzlich fing Noatak wie verrückt an zu bellen und mit dem Schwanz zu wedeln.

Als letzter Besucher stieg ein junger Mann auf Krücken aus dem Bus. Sein linkes Bein war bandagiert, und in seinen Augen stand das verschmitzte Blitzen, das sie so vermisst hatte.

Julie ließ Noatak aus den Armen gleiten und blieb vor Überraschung wie angewurzelt stehen. Steve humpelte auf sie zu und nahm sie fest in beide Arme. Während sich ihre Lippen trafen, vergaß Julie für einen Moment alles um sich herum.

»Steve!«, flüsterte sie. »Steve! Ich liebe dich!«

Die Zuschauer johlten und klatschten begeistert. Sogar die Huskys schienen sich über den Kuss zu freuen. Noatak sprang aufgeregt an ihr empor und war erst zufrieden, als sie ihn packte und ihm einen schmatzenden Kuss auf die Stirn drückte.

Danksagung

Auch für diesen Roman habe ich wieder in Alaska recherchiert. Während zahlreicher Besuche im Denali National Park und informativer Gespräche mit der Rangern Clare Curtis und weiteren Kollegen und der Bären-Expertin Donna Phelan in Ely (Minnesota) erhielt ich wertvolle Erkenntnisse für meinen Roman. Im Denali National Park bin ich vielen Grizzlys begegnet, ihnen aber (Gott sei Dank!) niemals so nahe gekommen wie Julie, Amy oder Barry Ralston. Der Charakter des Tierfilmers mag einigen Leserinnen und Lesern übertrieben vorkommen, aber es gab tatsächlich einen Mann, der durch seinen Leichtsinn sogar sein Leben verlor. Er war im Herbst 2003 mit seiner Begleiterin im Katmai National Park in Alaska unterwegs. Auch er war dafür bekannt, für möglichst dramatische Bilder ein unnötiges Risiko einzugehen. Beide wurden am 5. Oktober 2003 von einem aggressiven Grizzly getötet, seine Begleiterin bei dem Versuch, den bereits verletzten Tierfilmer zu retten.

Danken möchte ich an dieser Stelle wieder meinen treuen Leserinnen, Lesern und Fans und verspreche ihnen, auch weiterhin spannende Geschichten um Julie zu schreiben.

Euer Christopher Ross
www.christopherross.de
www.facebook.com/christopher.ross.autor

Sehnsucht, Liebe, große Abenteuer

Die »Alaska Wilderness«-Reihe des Erfolgsautors Christopher Ross

Die Wölfe vom Rock Creek (Bd. 1)
256 Seiten, Hardcover
ISBN 978-3-7641-7003-5

Julie nimmt an einem wissenschaftlichen Programm Teil, in dem das Verhalten der Wolfsrudel in und um den Denali Nationalpark untersucht werden soll. Ein Wolfsrudel am Rock Creek hat es Julie besonders angetan, da dieses Rudel sich unter schwierigen natürlichen Bedingungen behauptet. Doch die ansässigen Trapper beäugen dieses Rudel mit Argwohn, da es ihre Geschäfte bedroht. Schon findet sich Julie in einer Fehde zwischen Fallenstellern und Tierschützern wieder ...

Verschollen am Mount McKinley (Bd.2)
256 Seiten, Hardcover
ISBN 978-3-7641-7004-2

Julie Wilson arbeitet als junge Rangerin im Denali Nationalpark mit ihren treuen Huskys. Während eines geführten Trips zum Mount McKinley verschwindet einer der Teilnehmer der Bergwandergruppe. Julie muss sich im eisigen Schneesturm auf die Suche machen und kommt einem spannenden Familiengeheimnis auf die Spur.

Allein am Stony Creek (Bd. 3)
240 Seiten, Hardcover
ISBN 978-3-7641-7019-6

Im Nationalpark wird ein kleiner Husky geboren, der Julie Wilson sofort verzaubert. Doch das Glück währt nicht lange: Als Julie mit ihrem Hundeschlitten im Hinterland ist, kollabiert einer ihrer Hunde und ist dem Tode nahe. Der Husky wurde vergiftet. Wer hat das Tier auf dem Gewissen?
Bei einem Ausflug nach Fairbanks nimmt der Fall eine Wendung: Julie merkt, dass sie von einem jungen Mann verfolgt wird, einem Stalker, der ihr zu Beginn freundlich begegnet, ihr dann aber immer unangenehmer wird. Als dieser den jungen Husky in die Bergwildnis am Mount McKinley entführt, wird die Situation immer dramatischer ...

www.ueberreuter.de
www.facebook.com/UeberreuterBerlin

Leseprobe aus »Die Gefährtin des Wolfs«

Lara blickte angestrengt in die Dunkelheit. Dichte Nebelschwaden zogen über den schmalen Highway und die Sicht war so schlecht, dass ihr nur die Begrenzungspfähle und der weiße Mittelstreifen als Orientierung blieben. Im Licht der Scheinwerfer flogen die dunklen Schatten der Bäume vorbei.

Sie hatte keine Ahnung, wo sie sich befand. Der Farmer, bei dem sie den Chevy gekauft hatte, hatte ihr empfohlen, den Interstate zu meiden und die Landstraße zu nehmen, so wie er es machte, wenn er zum Einkaufen nach Grand Forks fuhr. Aber sie lebte erst seit wenigen Wochen in North Dakota und kannte sich kaum aus. Auf der zerfledderten Karte, die sie im Handschuhfach gefunden hatte, war die Straße nicht verzeichnet.

Ihre Hände schlossen sich fest um das Lenkrad. Seit sie die Abkürzung genommen hatte, war ihr noch kein einziges Fahrzeug begegnet. Sie war nicht der ängstliche Typ, fürchtete sich weder vor Gewittern noch vor dunklen Kellertreppen, doch in dieser Einöde wurde auch sie nervös. Es gab keine Straßenlampen und keine Wegweiser und die nächste Siedlung war meilenweit entfernt. Warum hatte sie bloß auf den Farmer gehört?

Sie verlangsamte das Tempo und kniff die Augen zusammen. Dicht vor ihr tauchte plötzlich ein Schatten aus dem

Nebel auf und ließ sie erschrocken auf die Bremse treten. Aber da war nichts und sie fuhr zögernd weiter. Mach dich nicht verrückt, sagte sie sich, irgendwo musst du wieder auf die Hauptstraße kommen.

Von neuem Mut beseelt beschleunigte sie wieder. Der Chevy zog stark nach links und zwang sie alle paar Meter gegenzusteuern. Was soll's, dachte sie, der Farmer hatte ihr den Wagen für ein paar hundert Dollar gegeben, und mehr konnte sie sich im Augenblick nicht leisten. Sie war sofort losgefahren, als sie seine Anzeige im *Herald* gelesen hatte.

Sie schaltete die Heizung ein. Ein Schwall warmer Luft ließ ihre schulterlangen Haare flattern und brachte sie zum Husten. Es war Anfang Dezember und in North Dakota begann der Winter früh. Bridget hatte ihr gesagt, dass es in Grand Forks manchmal kälter als in Alaska wurde. Dr. Bridget Johnson war Professorin für Englisch und Indianische Kultur und Geschichte an der Uni. Laras Wagen driftete nach links und sie steuerte ihn über den Mittelsteifen zurück. Die Uhr am Armaturenbrett funktionierte nicht, aber ein rascher Blick auf ihre Armbanduhr zeigte ihr, dass es zwanzig nach acht war. In was für eine gottverlassene Gegend hatte sie sich nur verirrt? Bisher war sie immer mit Bridget unterwegs gewesen. Die Professorin lebte schon seit vielen Jahren in North Dakota und kannte jeden Stein zwischen Grand Forks und Fargo.

Ein Handy wäre jetzt Goldes wert gewesen, aber sie kannte nur wenige Leute in Grand Forks und hatte sich noch keines besorgt. Außerdem hätte sie es als lächerliches Armutszeugnis betrachtet, wenn sie Bridget angerufen hätte. Was hätte sie denn sagen sollen? Hallo, Bridget, ich habe keine Ahnung, wo ich bin, aber kannst du mir sagen, wie ich zum Interstate komme?

Zwischen den Bäumen tauchte greller Lichtschein auf. Die aufgeblendeten Scheinwerfer eines Lieferwagens leuchteten ihr direkt ins Gesicht. Sie war viel zu erschrocken, um angemessen zu reagieren. Noch bevor der Wagen auf gleicher Höhe war, geriet sie in Panik und riss das Lenkrad scharf nach rechts. Schreiend wartete sie darauf, gegen einen Baum zu prallen.

Stattdessen kippte ihr Chevy mit den rechten Rädern in den Graben, holperte durch dichtes Buschwerk und über abgebrochene Äste und kam dicht vor einem Begrenzungspfahl zum Stehen. Der Motor verstummte.

Lara wurde gegen die Rückenlehne geschleudert und schloss die Augen. Mit klopfendem Herzen wartete sie darauf, dass der Schmerz einsetzte. Doch nichts geschah. Sie war unverletzt und auch ihrem Chevy war nichts passiert. Wenn man davon absah, dass er mit zwei Rädern in einem tiefen Graben hing und sie es niemals schaffen würde, ihn auf die Straße zu steuern.

Sie öffnete langsam die Augen, immer noch misstrauisch und fest damit rechnend, dass sich ihr irgendein schlimmer Anblick bieten würde. Doch alles, was sie sah, waren die Rücklichter des Lieferwagens in ihrem Seitenspiegel. Der Fahrer hatte anscheinend nicht gemerkt, dass sie verunglückt war.

Ansonsten herrschte tiefe Dunkelheit. Erst als die Lichtflecken von ihrem Rückspiegel verschwanden, stellte sie fest, dass sie mitten in einem Gestrüpp gelandet war. Zweige und Äste hingen über die Windschutzscheibe.

Sie öffnete die Tür und erkannte zu ihrem Schrecken, dass diese blockiert war. Mehr als einen Fingerbreit ließ sie sich nicht aufdrücken. Sie rutschte nach rechts und versuchte es mit der Beifahrertür. Diesmal hatte sie mehr Glück. Die Tür öffnete sich knarrend und sie kletterte nach draußen.

Mit beiden Händen drückte sie das Gestrüpp zur Seite. Sie kletterte auf die Böschung und blieb erleichtert stehen, als sie die frische Luft auf ihrer Haut spürte. Mit einem Schritt war sie auf der Straße. Sie betrachtete ihren Wagen, der mit leuchtenden Scheinwerfern und Rücklichtern im Graben hing, und versetzte ihm einen wütenden Tritt, obwohl er sie nicht im Stich gelassen hatte. Den Unfall hatte sie sich selbst zuzuschreiben.

»Und jetzt?«, rief sie vorwurfsvoll. Ihre dunklen Augen blitzten wütend. »Soll ich vielleicht zum Interstate laufen? Das sind mindestens … ach, was weiß ich, wie viele Meilen das sind!«

Sie zog den Kragen ihres Anoraks zusammen und fluchte leise. Wenigstens ihren Schal hätte sie mitnehmen können. Und ihre Wollmütze hatte sie ebenfalls zu Hause liegen lassen.

Fröstelnd schlug sie die Hände gegeneinander. Ihr war längst klar, dass ihr ein langer Fußmarsch nicht erspart bleiben würde, denn hier kam bestimmt nur alle paar Stunden jemand vorbei. Und wenn er so schnell unterwegs war wie der Fahrer des Lieferwagens, würde er sie nicht einmal bemerken. Sie beschloss, sich sobald wie möglich ein Handy zu kaufen, und marschierte los.

Sie war noch keine zehn Schritte gegangen, als in der Ferne ein Pick-up auftauchte. Zuerst waren seine Scheinwerfer nur schemenhaft zu erkennen, dann tauchte der Wagen dicht neben ihr auf und blieb stehen. Fast hatte es den Anschein, als hätte der Fahrer genau gewusst, dass sie Hilfe brauchte.

Neugierig beobachtete sie, wie die Tür aufgestoßen wurde und ein junger Mann ausstieg. Ein Indianer, das erkannte sie im Licht der Innenbeleuchtung, die eingeschaltet blieb, weil er die Tür offen stehen ließ. Er holte eine Taschenlampe unter dem Sitz hervor und schaltete sie ein. Der Lichtkegel wanderte über den Asphalt, blieb an ihrem Chevy hängen und erfasste sie.

»Gott sei Dank«, stieß er hervor. »Bist du verletzt?«

»Nein, alles okay«, erwiderte sie.

»Und ich dachte schon, ich käme zu spät.«

Sie blickte ihn verwundert an. Der junge Indianer kam ihr bekannt vor, irgendwo hatte sie ihn schon gesehen. »Du wusstest, dass ich einen Unfall hatte?«, fragte sie verwundert.

Er ging nicht darauf ein. »Paul Campbell«, stellte er sich vor. Er ging auf sie zu und reichte ihr die Hand. »Wir kennen uns von der Uni.«

Jetzt fiel es ihr wieder ein. Der Junge hatte die ersten drei oder vier Seminare der »Indian Studies« mitgemacht und war dann nicht mehr zu den Vorlesungen erschienen. Sie nannte die Seminare immer noch »Vorlesung«, obwohl sie inzwischen wusste, dass die Lektionen eher Diskussionsrunden waren und einer Schulstunde auf einem deutschen Gymnasium entsprachen.

»Du bist Lara, nicht wahr?«, fuhr er fort. Er sah wirklich gut aus, auch im schwachen Licht der Innenbeleuchtung. Sein blauschwarzes Haar war zu langen Zöpfen gebunden wie bei allen Indianern, die etwas auf Tradition hielten, und in seinen dunklen Augen brannte ein warmes Feuer.

»Lara Jensen«, bestätigte sie. »Bist du zufällig hier?«

Er rückte seine dunkle Baseballmütze zurecht und ging wieder nicht auf ihre Frage ein. Entschlossen stieg er zu dem Chevy in den Graben. Er lief um den Wagen herum, betrachtete ihn eingehend wie ein Mechaniker und kam dann nachdenklich lächelnd wieder zu ihr zurück. »Gerade gekauft?«

»Ja. Für vierhundertzwanzig Dollar. Von einem Farmer.«

»Er hat dich reingelegt«, erwiderte Paul. »Die Kiste ist höchstens dreihundert wert.« Er lächelte. »Aber bis zum Semesterende wird er halten.«

Der Nebel hatte sich etwas gelichtet und sie schien nicht mehr so zu frieren wie unmittelbar nach dem Unfall. »Warum kommst du nicht mehr zu den Indian Studies?«, fragte sie. »Kein Interesse mehr?«

»Keine Zeit«, antwortete er.

Ohne eine weitere Erklärung holte er ein Abschleppseil aus seinem Pick-up und trug es zu ihrem Wagen. Er befestigte den Haken an der Halterung unter der Stoßstange und warf das andere Ende auf den Asphalt.

»Meinst du, das klappt?«, fragte sie.

Christopher Ross
Die Gefährtin des Wolfs
ueberreuter

0 10 20 km
Lake Minchumina
Kantishna
Wonder Lake
McKinley River
Cottonwood Hills
Slow Fork Hills
DENALI NATIONAL PARK
Mt. Foraker
5304 Meter
4442 Meter
6194
ALASKA
DENALI NATIONAL PARK
nach Anchorag